Août 2020

UNE PREUVE D'AMOUR

C. J. ROBERTSON

UNE PREUVE D'AMOUR

EDITIONS PRISMA

Titre de l'édition originale :
Proof of love

Chapitre 1

Shelby

Une Porsche est garée sur ma place de parking. D'accord, bon, ce n'est pas exactement *ma* place de parking, mais plutôt celle de McRae Capital. Pourtant, J. P. a dit que je pourrais me garer à cet emplacement, quand il m'a demandé de venir aujourd'hui. Et je ne suis même pas en retard. Pile à l'heure, on est d'accord, mais il m'avait promis cette place à *moi*, pas à un vulgaire intrus qui semble avoir un goût infect en matière de voiture.

Pour commencer, elle est noire, et avec les options de base. Pourquoi acheter une Porsche aussi ennuyeuse et commune ? Quand on a l'intention d'exhiber au monde entier le prolongement de sa virilité, autant ne pas faire le timide ! C'est parti pour de l'orange ou du vert citron, et avec les bandes blanches, et les jantes bling bling, et tous les attributs de l'impuissance. Et pourquoi pas acheter un autocollant où il est écrit : « La mienne est minuscule en vrai » pendant qu'on y est.

Certes, le propriétaire pourrait tout aussi bien être une femme, mais au fond, on sait que ce n'est pas le cas, n'est-ce pas ? On sait que c'est un type aux cheveux plaqués en arrière par une tonne de gel, portant un costume sur mesure trop brillant et une cravate avec l'inscription « crétin plein de fric » écrit en gros. Aucun doute, c'est l'aigrie en moi qui parle, celle qui vit mal d'être sur la paille, mais allez, le seul admirateur d'un mec comme ça, c'est celui qui le contemple tous les matins dans son miroir.

Zut. Aucune place de libre, et maintenant je *suis* en retard. J. P. est génial et il m'aime bien, mais cette réunion est trop importante pour la faire capoter. J'ai besoin de réussir haut la main. J'ai même fait un effort vestimentaire pour l'occasion. J'ai mis mes plus belles bottes et tout le toutim.

Dommage. Tant pis, je me gare sur la place du gars à la Porsche. Je doute qu'il me cherche dans tous les bureaux, fou de rage : le pick-up Dodge des Vins Flora Valley donne l'impression de sortir de la série *Sons of Anarchy*. Le type ne se doutera pas qu'une blonde d'un mètre soixante est aux commandes, jusqu'à ce que je saute à nouveau derrière le volant. Et quand bien même, qui dit que côté passager, je n'ai pas un frère musclé et couvert de tatouages, et membre d'un gang, hein ?

Oups. J'oublie toujours que le Dodge a une énorme attache pour remorque. Je mets le frein, je bondis au bas du camion, et j'évalue les dégâts infligés au capot de la Porsche. Hum. Il se *pourrait* que ça laisse quelques marques. Quoi qu'il en soit, aucun doute là-dessus : Monsieur Minus a forcément une assurance tous risques. Je ne vais pas m'enquiquiner à fermer le Dodge à clé. Je n'ai pas d'assurance, mais personne ici ne volera le dernier véhicule en date de Billy Armstrong. Ils savent trop bien que le fantôme de mon père se relèverait de sa tombe et leur botterait les fesses.

En montant au bureau de J. P., je répète mon baratin. J'ai coupé au montage la partie où je me prosterne à ses pieds et où j'embrasse ses chaussures avant de me mettre à plat ventre pour le remercier d'avoir accepté de racheter les Vins Flora Valley. J'ai sollicité la société de J. P. en dernier, parce que j'avais entendu dire que c'était un homme dur, avec la réputation d'arracher des têtes avec les dents et de les recracher à moitié mâchouillées, comme des noyaux d'olives. Mais après avoir essuyé des refus de la part de toutes les sociétés de capital-risque de l'univers, j'étais aux abois. Aux abois du genre à hyperventiler et à pleurer à grosses larmes dans le Dodge et, de temps à autre, dans un ascenseur d'immeuble au cours d'une lente descente vers le désespoir.

Je vous donne la version courte : au décès de papa, les Vins Flora Valley revenaient à maman, mais elle n'en voulait pas. Il en est ressorti qu'elle avait détesté chaque minute des journées de travail (de quatorze heures, sans aucun salaire) qui s'ajoutaient au fait d'élever leurs quatre enfants, tout en vivant au jour le jour pendant toutes ces années de vache maigre. Elle adorait mon père, de tout son cœur, et elle aurait fait n'importe quoi pour l'aider à réaliser son rêve. Mais, il était mort, et ma mère souhaitait partir. Elle voulait du temps pour peindre – temps qu'elle n'avait jamais eu auparavant – dans un petit atelier près de la côte, avec suffisamment d'argent pour couler des vieux jours sans gêne financière.

Rien de déraisonnable, pas vrai ? Il aurait fallu être un véritable Grinch pour le lui reprocher. Et, ah oui, *j'étais* ce Grinch-là. Vous voyez, papa m'avait dit que j'hériterais des Vins Flora Valley. Seulement il n'a pas trouvé le temps de le mettre par écrit, et donc, sans testament, par défaut, tout ce qu'il possédait revenait à son épouse, Lee, et pas à moi, sa fille, Shelby.

Mes frères et sœurs étaient contents que ma mère vende, cela leur convenait parce qu'ils ont tous des boulots qui payent très bien, et par ailleurs, aucun d'eux n'a aimé travailler sur le vignoble non plus. Ils n'achètent même plus de gelée de raisin aujourd'hui. J'étais… Je *suis* la seule et unique à me préoccuper des affaires de papa, de sa passion, de son rêve. Il m'a appris à faire du vin, et je suis douée. Pendant les cinq années qui ont précédé sa mort, mon père gérait les affaires et moi, je faisais le vin. Nous formions une équipe. Une équipe assez chaotique, qui marchait à l'instinct, je l'admets, mais on y était presque. On renversait la situation.

C'est pour ça que j'ai supplié ma mère et mes frères et sœurs – qui détestent pourtant le raisin – de me laisser trouver un investisseur. Quelqu'un qui maintiendrait l'entreprise à flot et me garderait comme administratrice *et* vigneronne, pour la consolider, la développer, l'agrandir. Ils m'ont donné six mois, parce que, dans les faits, ce ne sont pas d'horribles individus et il se pourrait même qu'ils m'aiment. Dans tous les cas, maman touchera son argent. La seule personne susceptible de tout perdre, c'est moi.

À cette époque-là, six mois me paraissaient une éternité. J'allais réussir ce pari les doigts dans le nez ! Les Vins Flora Valley sont une affaire géniale ! Des vins naturels, en biodynamie, fabriqués ici même, à l'ancienne : raisins cueillis à la main, foulage des grains au pied et pas par machine. Comment ne pas être séduit ?

Au bout de cinq mois, une semaine et quatre jours à entendre : « non » (un non qui arrivait après un certain temps parce que, en général, les gens riaient si fort qu'ils étaient incapables de parler), la chute venait au-devant de moi comme la falaise dans le film préféré de ma mère, *Thelma et Louise*. Sauf que je ne voulais *pas* faire une chute mortelle en emportant notre Pinot Noir 2009. (Oui, je sais quel grand cru je sauverais d'une maison en flammes si le cas se présentait. Je suis la seule à y avoir réfléchi ?)

Donc j'ai finalement approché McRae Capital et son PDG, l'homme dur, J. P. McRae. Il a répondu oui. Puis, il a dû répéter, parce que j'étais convaincue de ne pas avoir bien entendu. Il admirait mon père depuis longtemps, et il adorait l'esprit de Flora Valley. Il approchait de la retraite et il était prêt à spéculer sur un investissement qui en valait la peine, même s'il était risqué. Il a ajouté d'autres trucs aussi, mais j'avais cessé de l'écouter, à cause du soulagement à l'état pur qui faisait battre mon cœur dans mes oreilles. J'aurais pu scander : « MerciMerciMerci » à voix basse.

C'était la semaine dernière. Aujourd'hui, je le rencontre pour parcourir le contrat, finaliser des détails. Lui garantir que je suis celle qu'il lui faut pour gérer cette affaire. Que je saurai vraiment guider les Vins Flora Valley sur le chemin de l'avenir, ou les trucs qu'on raconte dans le jargon des entreprises. Mieux vaut apprendre cette langue si je dois ajouter le titre d'« Administratrice » à mes cartes de visite.

Mieux vaudrait que je fasse faire quelques cartes de visite d'ailleurs.

OK, voilà la porte de J. P. Profonde inspiration. Et… on frappe !

– Shelby.

Et le voilà. J. P. McRae. Élancé. Du type renard argenté d'Arctique. Me tend la main, me fait un sourire si chaleureux, façon grand-père, je me retiens presque de me jeter à son cou pour lui faire un câlin.

Heureusement, j'ai un brin de self-control. Et d'un, faire un gros câlin est radicalement non professionnel, à moins d'appartenir à la Mafia, et de deux, apparemment nous ne sommes pas seuls. Un homme nous tourne le dos, les yeux rivés à la fenêtre du bureau. Assez jeune à première vue, grand, sombre, épaules larges moulées dans une chemise noire tout à fait seyante. Se montre extrêmement grossier en cet instant en nous ignorant superbement, même si la vue est réellement charmante. Le bureau de J. P. (de la branche locale de sa société) se trouve à Martinburg, et il surplombe la place de la ville avec son étang tout mignon et son kiosque à musique. Le bureau principal se trouve à San Francisco, mais il n'y va plus que deux jours par semaine maintenant. Et je m'en réjouis. Le Dodge est en bout de course. Des voyages fréquents jusqu'à San Francisco l'auraient achevé et m'auraient obligée à tirer une balle dans la grille de sa calandre.

Concentre-toi. J. P. te parle.

– Shelby, j'aimerais te présenter Nathan Durant. Nate, voici Shelby Armstrong, la fille du célèbre Billy.

Le type grossier se retourne. Rhooo, zut ! Il est très beau. Yeux bleus avec de longs cils sombres ; pourquoi est-ce si sexy ? Des pommettes ! Bon sang de Batman, regardez-moi ça ! Et cette bouche…

Concentre-toi, Shelby ! Il te voit parfaitement gober les mouches et ça lui donne un avantage. Non que tu aies la moindre idée de ce qu'il fabrique ici, mais malgré tout. Professionnel, voilà le mot du jour. Managériale, voilà l'ambiance du jour.

– Enchantée de faire votre connaissance, Nathan.

Je tends la main, parce que le serrement de mains, voilà ce que font les professionnels du management. Bien que, pour être strictement honnête, mon but consiste à le surprendre. Des années de taille de la vigne m'ont forgé une poigne de fer. J'ai fait monter les larmes aux yeux de vétérans de guerre avec des avant-bras gros comme ceux des gorilles, et même si c'est un vœu mesquin je sais, j'aimerais assez entendre un petit gémissement s'échapper de l'exquise bouche de ce malpoli de Nathan.

Mon souhait est rejeté. Il saisit ma main une nanoseconde avant de la laisser retomber. Au lieu de répondre : « Enchanté moi aussi », il se contente d'un hochement de tête. Un seul. Comme s'il avait fait vœu de silence dans un monastère pour abrutis.

– Shelby...

J. P., le retour.

– Tu sais que je parle franchement. (Ça je le sais. Il n'y va pas par quatre chemins.) Tu n'as pas les compétences pour diriger les Vins Flora Valley, lâche-t-il. Tu fais de l'excellent vin, mais il te manque l'expérience commerciale et, excuse-moi de me montrer direct : il en allait de même pour ton père. Billy Armstrong était un visionnaire, mais c'était un vigneron d'abord et avant tout, pas un homme d'affaires. Il s'en sortait de justesse, parce que les gens l'adoraient et voulaient qu'il réussisse. À partir de maintenant, Flora Valley a besoin d'être dirigé correctement. Par un directeur commercial.

Mince alors, je sens les larmes me monter aux yeux. D'abord la bouche bée, et maintenant les pleurs. Et ce chagrin n'est pas uniquement lié à papa. Il y a un bon paquet d'humiliation et de déception là-dedans. Je n'ai pas convaincu J. P. Je pouvais y arriver, et maintenant il va embarquer quelqu'un pour me chapeauter. Il me reste à espérer que ce quelqu'un nous comprenne, qu'il partage les mêmes idéaux et qu'il veuille concrétiser notre conception. Papa me *hantera* jusqu'à mes derniers jours si je laisse un étranger se mêler du travail de toute sa vie.

– Toi et ton père, vous avez construit une marque formidable.

J. P. remue le couteau dans la plaie et me le replante dans le cœur.

– Et avec toi à la fabrication, et Nate ici présent à la gestion commerciale, nous garantirons à Flora Valley un superbe avenir.

Une minute... *Quoi ?* Non !

– Nate a obtenu un Master de commerce à Harvard.

Et alors ? J'ai un certificat, catégorie biberon, au foot. Il faut plus qu'un bout de papier pour faire de vous un expert en vin.

– Et ces quatre dernières années, il a redressé un domaine viticole français en faillite et en a fait un succès international.

M'en fiche. Je ne l'aime pas. Bon, d'accord, je ne le connais pas. Mais je connais les types dans son genre. Les étudiants en commerce à Harvard sont tous obsédés par l'argent, le profit prime sur les personnes, et ils n'hésitent pas à, comme ils le formulent de façon si charmante, « couper les branches mortes ». Les Vins Flora Valley sont une affaire *familiale*, et nous nous traitons bien les uns les autres. Nous unissons nos efforts dans les moments difficiles et dans les bons aussi. Nous nous serrons toujours les coudes.

Je remarque une expression fugace passer sur le visage de Nathan Durant. Disparue trop vite pour que je décrypte l'émotion. Si j'étais d'une humeur indulgente, j'appellerais peut-être cela de la « compassion ». Mais comme je suis furieuse et humiliée, je choisis de l'interpréter comme une jubilation malveillante. Il apprécie de me voir rabaissée. Il a hâte de détruire tout ce que mon père et moi avons créé et de remplacer le moindre ouvrier du domaine par un robot. Je suis en colère, j'invente des trucs, mais je sais au plus profond de mon âme qu'il ne correspond pas à notre affaire. Je ne peux pas… Je ne travaillerai pas avec lui.

– Le poste de Nathan est une clause non négociable de notre contrat, Shelby.

Devinez quoi ? Je vais collaborer avec lui.

J. P. nous sourit à tour de rôle, comme si nous étions les plus âgés de ses petits-enfants, à qui il confiait les plus jeunes, pendant que grand-maman et lui vont au thé dansant.

Et alors il sourit, et arf, mon système nerveux enclenche une réaction perfide.

Mais une seule seconde à peine, parce que c'est ce qu'a duré ce sourire.

– Discutons-en, propose-t-il.

Nathan Durant, mon nouveau patron. Rompant son vœu de silence débile.

– Je vais recenser les changements que j'ai l'intention d'apporter.

Chapitre 2

Nate

Je devrais lui lâcher un peu la grappe. Un type qu'elle n'a jamais vu, qu'elle ne connaît pas, à qui elle ne fait pas confiance, prend la relève de son défunt père et chamboule tout. J'ai vu son visage dans le bureau de J. P. Une peur mêlée de chagrin. Je sais à quel point je serais désireux de coopérer si *moi* j'étais à sa place.

Mais au bout d'une demi-heure qu'elle a passée à faire obstruction au moindre point de mon business plan – un plan que J. P. a déjà validé à cent pour cent, devrais-je ajouter –, je cherche malgré moi un objet à portée de main pour l'assommer. Nous sommes dans un restaurant à deux pas du bureau de J. P. Un restau qui vend aussi des ustensiles de cuisine haut de gamme, des gadgets pour écailler les huîtres et des vinaigriers. Je repère un moulin à épices en fonte. Ça ferait l'affaire. Est-ce que j'arriverais à l'attraper d'ici ?

– Vous ne *connaissez* pas Flora Valley, répète-t-elle pour la quarante millièmes fois. Alors comment pouvez-vous nous imposer un plan générique et croire qu'il va fonctionner ?

– Je n'ai pas besoin de connaître l'exploitation, je réplique encore et toujours. Un domaine reste un domaine. Comme une pommeraie est une pommeraie. Les seules variables concernent le climat, le sol et la compétence des ouvriers. Les premiers, je les *connais* bien, et les ouvriers, on peut les manager, et les former. (Et j'ajoute parce qu'elle me gonfle :) ou bien les virer.

Elle grimace. Pas de maquillage. Pas de maquillage d'après ce que je vois. Shelby Armstrong opte pour un look *au naturel**[1], ce qui dans cet endroit fait qu'elle se démarque autant qu'une resquilleuse bourrée lors d'un mariage. J'ai grandi à la périphérie de cette ville, et j'ai observé cet endroit se hisser sur l'échelle sociale. En cet instant même, nous sommes cernés par le genre de femmes fortunées qui considèrent le « territoire du naturel » comme un trou à rats où elles ont l'intention de ne jamais remettre les pieds. J'ai vu plus de deux spécimens raffinés à la peau tendue jeter un coup d'œil dans notre direction, et passer en revue la tenue à la Daisy Duke[2] de Shelby – bottes de cow-boy, short en jeans, et une chemise qu'elle a dû ramasser par terre dans sa chambre.

Même si elles ne sont pas emballées par ses goûts vestimentaires, je parie que ces femmes à la peau tirée échangeraient volontiers leur prochaine prothèse mammaire contre cette masse de cheveux blond cuivré et ces yeux bleu-vert. Certes, elle a des taches de rousseur sur la moindre parcelle de peau visible, y compris ses lèvres sans maquillage, mais

1. Toutes les italiques suivies d'un astérisque sont en français dans le texte original, *ndlt.*

2. Personnage féminin de la série *Shérif, fais-moi peur.*

j'ai toujours eu un faible pour les taches de rousseur. La faute à un coup de cœur d'ado pour Penelope Cruz.

Et, j'avoue, je ne m'attendais pas à ce qu'elle soit si petite. D'après mon expérience, les femmes qui travaillent dans l'agriculture sont plutôt du genre costaud avec des visages massifs, battus par les vents, et des bras comme ceux des dockers. Et, oui malgré l'idéalisation qu'on en fait, le vin est une culture agricole, pas différente des pommes, du maïs ou des betteraves.

Non que Shelby Armstrong soit d'accord avec cette vision. Cela dit, si je lançais que deux et deux font quatre, elle soutiendrait mordicus le contraire. Elle est peut-être moins têtue que son père d'après ce qu'on dit, mais sur l'échelle d'un mulet, je lui mettrais un bon 8/10. Un trait de caractère que nous partageons. Sauf que je domine avec un 11/10.

– Pourquoi faites-vous ça ? demande-t-elle. Si vous vous en beurrez les noisettes du domaine, pourquoi prendre ce poste, d'abord ? L'argent ne peut pas être la seule raison.

– Qui dit que je m'en tamponne d'abord ? Et ensuite quel individu de moins de quatre-vingt-dix ans dit « s'en beurrer les noisettes » ?

– Moi. Et *vous* avez dit « un domaine reste un domaine ». Comme si ça n'avait rien de spécial.

– C'est le cas. *Aucune* affaire n'est spéciale, juste parce que c'est la vôtre ou celle de votre famille. (J'essaie de me montrer patient, là, mais c'est du niveau du « Commerce pour les nuls ».) Le prérequis basique pour demeurer solvable s'applique même si l'affaire a été fondée par l'arrière-grand-père Lemuel en 1700. Et pour rester solvable, il faut plus qu'un nom connu sur une porte. Il faut que les bénéfices dépassent les dépenses, et il faut de la trésorerie pour ne pas rouler à vide. Le dernier état de la situation financière des Vins Flora Valley ressemble à la tirelire d'un gamin : des cartes Pokémon, trois sous et un ourson en gélatine. Comment avez-vous fait pour survivre aussi longtemps, bon sang ? Vous fabriquiez de la méthamphétamine en douce ?

– Non, j'ai vendu mon corps, dit-elle en rougissant aussitôt comme les betteraves susmentionnées.

Je pourrais me comporter comme un type odieux et remuer le couteau dans la plaie en évaluant la marchandise avec ostentation. Mais même si elle peut être une casse-noisettes de première, elle ne mérite pas d'être humiliée. Et plus important encore, je ne veux absolument pas donner l'impression de la considérer comme un objet sexuel. Ce n'est radicalement *pas* la façon d'aborder un arrangement professionnel.

C'est également un mensonge. Même si c'est inopportun. Elle se mord la lèvre inférieure, pile sur une tache de rousseur, et mon cerveau envoie des signaux effrénés à la région de mon corps dépourvue de toute intelligence, qui réagit stupidement. Elle essaie de me convaincre que j'aimerais mordre cette lèvre inférieure-là. Et ce serait le cas, si (a) je n'avais pas renoncé aux femmes dans l'immédiat, et (b) si cette lèvre n'appartenait pas à quelqu'un qui, comme on dit en France, *« me casse les pieds* »*.

Yep, oubliés le Louvre et le fromage à l'odeur entêtante. Le truc le plus génial en France, c'est l'inventivité déployée quand il faut dire des horreurs sur quelqu'un. Le pire truc en France, c'est la sévère humiliation que j'y ai subie. Mais c'est du passé. Aujourd'hui, je suis de retour à la maison. Avec un plan.

– Sans J. P., Flora Valley serait dans de sales draps, je lui rappelle. Mais tout ce qu'il a fait, c'est retirer le respirateur artificiel. *Je* peux la rendre rentable. Mais il faut que vous suiviez *ma* direction.

– Et si je ne le fais pas, quoi ? Vous allez me virer ?

En cet instant, elle me fait penser à ma sœur, Ava. Un dispositif humain incendiaire depuis le premier jour. Quand les yeux d'Ava lancent des éclairs comme ça, tout le monde sauf papa plonge à couvert. Papa, lui, rit et l'appelle sa « Petite Miss », ce qui tout naturellement ne fait que l'énerver encore plus.

Le truc avec Ava, pourtant, c'est qu'elle arrange ses bêtises. Elle est centrée sur son objectif, pragmatique – tous les Durant le sont. Quand J. P. m'a décrit pour la première fois la Petite Miss Shelby ici présente, il l'a qualifiée de « jeune femme dotée d'un esprit optimiste et de la même fibre magique que son père avec le vin ». Les mots qu'il a omis d'inclure étaient : « bornée et naïve au plus haut point ». Aucune de ces qualités ne m'est d'une utilité quelconque, et je ne rendrais service à aucun de nous en prétendant le contraire.

– Franchement ? Si vous comptez vous comporter plus comme un frein que comme un atout, alors je n'hésiterai pas à me défaire de vous. Je connais des tas de vignerons compétents sous contrat. J. P. n'appréciera peut-être pas, mais il m'a donné carte blanche. Et, en définitive, c'est le succès de son investissement qui lui importe.

Je m'attends à une réplique salée, quelques insultes peut-être. La faible éventualité d'un verre d'eau balancé en plein visage. Mais aucun éclair ne luit plus dans son regard. Je l'ai attristée, pas mise en colère. Ouh la… Je me fais immédiatement l'effet d'être sacrément odieux, là.

– On s'en sortait bien jusqu'à ce que mon père tombe malade, dit-elle. Je suis certaine que, selon vous, le cancer n'excuse pas une mauvaise performance, vous l'auriez probablement viré lui aussi. Mais nous *faisions* des bénéfices jusqu'à ce moment-là. C'est juste qu'il a…

Sa voix se brise et elle déglutit, en essayant de ne pas craquer. Je ne peux pas la laisser voir que je suis touché. Je ne veux pas admettre que je le suis.

– Le domaine était si important pour lui qu'il se sentait obligé de tout maîtriser. Il le faisait d'une telle manière que personne ne s'en plaignait. Tout le monde *voulait* en faire partie. Mais quand il est tombé malade, il n'avait plus l'énergie de faire tout ce qu'il avait l'habitude de faire auparavant, et la situation lui a échappé en quelque sorte…

– Et laissez-moi deviner, dis-je sans réfléchir : il refusait d'admettre qu'il rencontrait un problème et rejetait l'aide qu'on lui proposait ?

Elle écarquille les yeux de surprise avant de se montrer curieuse.

– Vous vivez la même situation avec *votre* père ?

Heureusement, l'un des superpouvoirs de l'éducation Durant est une parfaite impassibilité. Selon Ava pourtant, j'ai un tic qui me trahit : un léger frémissement du sourcil gauche. C'est sa vanne habituelle. Je sais que je suis imperturbable.

Mais pourquoi ? Quel mal y a-t-il à dire à Shelby que, oui, *j'ai* vécu la même expérience. Que l'unique raison pour laquelle je suis assis en face d'elle, c'est parce que mon père mourrait plutôt que d'admettre à quel point il est malade. Il n'admettrait pas l'ironie de la situation, non plus.

Je pourrais ajouter que les cinq frères et sœurs Durant ont tous paniqué quand ils ont découvert la mortalité de leur père. Nous ne déposions plus de biscuits pour le Père Noël depuis longtemps, mais nous croyions toujours secrètement que Mitchell Durant était indestructible. Quand l'annonce de sa maladie cardiaque est parvenue jusqu'à nous, nous sommes revenus en quatrième vitesse dans notre ville natale pour aider maman, passer plus de temps avec notre père, et essayer de savoir que faire. Nous avons élaboré un plan, aussi rapide que décisif et, en ce moment, nous le mettons à exécution. Les Durant forment une équipe soudée, même si nous luttons comme des combattants d'arts martiaux qui persistent à ignorer la règle « Défense de mordre ».

Ma contribution au plan consiste à prendre ce boulot. Je n'en veux pas particulièrement. Les vignobles me rappellent des souvenirs indésirables. Mais maintenant que je me suis engagé, j'ai l'intention de mener ce travail correctement. Et c'est pour cette raison que je ne lui raconterai rien de ce qui précède. Shelby Armstrong est peut-être une vigneronne honnête, mais elle a la perspicacité d'un papillon de nuit dans une usine de bougies. Pour avoir le moindre espoir de faire revivre son exploitation, elle doit suivre *mes* instructions à la lettre. Pas son mot à dire, pas de débat. Il faut qu'elle me considère comme son patron et *uniquement* comme son patron.

Pourtant, pour se montrer pragmatique, cela vaudrait le coup de faire une petite concession, et pas seulement pour la détourner de sa question à propos de mon père. Je vais avoir du mal à reprendre en main cette affaire moribonde avec Shelby Armstrong sur le dos à chaque minute. Il faut que je me concentre sur la bataille, pas sur les petits accrochages en périphérie.

– Et que diriez-vous de ça ? dis-je. La première semaine, vous me montrez comment fonctionne l'exploitation viticole. Si quelque chose justifie que je modifie le business plan, j'en tiendrai compte.

Elle ne répond pas. Elle essaie d'évaluer ma sincérité. Je le suis, sincère, mais le temps s'écoule et chaque seconde que nous laissons filer, les Vins Flora Valley perdent de l'argent.

Je me lève, sort mon portefeuille de la poche de ma veste :

– C'est J. P. qui offre.

Puis, je sors les clés de la voiture et elle bondit sur ses pieds comme si elle venait de prendre une décharge d'électricité.

– Super, oui, super, lâche-t-elle à toute vitesse. Un plan super. Vraiment. Super.

Je n'ai aucune idée de ce qui lui prend.

– Alooors, on se voit lundi à 9 heures ? je demande.

– Super ! OK ! À lundi !

Et elle détale comme un lièvre.

Je décide d'acheter le moulin à épices en fonte pour maman. Elle adore ce genre de trucs. Et puis je pourrai toujours l'emprunter et assommer Shelby Armstrong si elle me crée des difficultés.

Quand je retourne à la voiture, un *ostréipyge de merde** a carrément enfoncé le capot. Comment, je n'en ai pas la moindre idée, mais je suis trop énervé pour essayer de deviner.

Sur le chemin du retour vers la maison des Durant, je ne pense à rien d'autre qu'aux taches de rousseur sur la lèvre inférieure de Shelby Armstrong, tout en me demandant sur quelle autre partie du corps elle en a. Et je trouve ça tellement mignon quand elle dit « noisettes » au lieu de jurer. La situation empire tellement que j'envisage de me ranger et de me cogner la tête avec le moulin à épices pour réinitialiser mon système cognitif.

Noisettes toutes puissantes. La semaine prochaine risque d'être *très* longue.

Chapitre 3
Shelby

– Alors c'est une tête de nœud d'apparence humaine, mais sexy ?

Jordan, l'une de mes deux meilleures amies depuis toujours et pour toujours, en est à sa deuxième bière.

– Avec un goût infect en matière de voitures, j'ajoute.

– Qu'il devra peut-être modifier maintenant, déclare Jordan avec un grand sourire.

– Non ! C'était juste une égratignure !

Je ne peux pas me payer de l'alcool fort et je n'aime pas la bière, alors je bois le vin blanc de la maison, qui se situe un cran au-dessus de l'aérosol de putois, mais avec quatorze pour cent d'alcool. Brendan, le propriétaire et manager de *La Selle d'argent*, ne vend pas de vin Flora Valley parce qu'il le juge trop chic. Il ne me laisse pas apporter ma bouteille de vin non plus, même si je lui ai proposé de payer un droit de bouchon. Donc, dans un sens, c'est sa faute si je garde le même verre toute la soirée. Heureusement, je bois en compagnie de personnes qui gagnent bien leur vie, alors Brendan ne ronchonne pas trop.

– Sexy à quel point ? demande Ciara, mon autre meilleure amie de toujours et pour toujours. Sur l'échelle Skarsgård ?

Alexander, pas Stellan, bien sûr. Nous n'avons pas de problèmes liés au père. Pas de cette sorte-là en tout cas.

– Difficile d'évaluer, dis-je. Il était tout habillé.

– Et il commence lundi ? demande Jordan.

– Oui. L'équipe est briefée.

– Il te faut de l'aide malgré tout, pas vrai ?

Le statut de meilleure amie de tous les temps de Ciara est sur un sol mouvant.

– Il me faut de *l'argent*. Un *investissement*. Pas une sorte d'automate intrusif sorti de Harvard que les feuilles de calcul font bander.

– Houuuhouuu, tu as dit « bander ».

Jordan n'a *pas* besoin d'une troisième bière. C'est une vieille blague entre nous. Mon incapacité à jurer correctement est une source d'amusement de longue date pour pratiquement toute la population de Verity, et une bonne proportion du comté.

Et non, je ne sais pas pourquoi j'ai autant de mal avec les insultes. Papa jurait comme un charretier qui vient de se cogner le pouce avec un marteau, et même maman lâche un gros mot de temps en temps. Peut-être suis-je la réincarnation d'un ancêtre puritain ? Je veux dire, je ne suis pas coincée pour tout le reste comme, enfin, vous savez… la chose.

Non que j'aie fait la chose récemment. Je travaille toute la journée, tous les jours de la semaine, pour les Vins Flora Valley, et quand je rampe jusqu'à mon lit, je veux *dormir*. Toute seule. Sans être dérangée. Bon, peut-être par quelques chats. Et le plus petit de mes chiens. Mais pas d'être humain.

Non. Par chance, personne n'a essayé de me draguer depuis *au moins* un millénaire.

– Harvard, répète Ciara d'un air songeur. Il doit venir d'une famille riche.

Mes deux meilleures amies de toujours et pour toujours sont superbes, dans des genres complètement différents. Jordan est toute blonde et bronzée, avec des seins que je rêverais d'avoir mais qui me ferait probablement chavirer au moindre pas. La mère de Ciara est originaire de St Kitts des Antilles et son père est italien, alors elle est ce qu'on avait l'habitude de qualifier d'« exotique » au bon vieux temps tendance raciste.

Personne ne la qualifierait ainsi aujourd'hui. Essentiellement parce qu'elle est ceinture noire en kickboxing. Elle s'entraîne pour en gagner une en jiu-jitsu. Ciara n'est rien sauf ambitieuse. Ce qui explique pourquoi elle boit un Manhattan (le seul cocktail que Brendan prépare), et son intérêt poussé pour les fortunes personnelles.

– Il ne doit pas être *si* riche, ou il n'aurait pas besoin de ce boulot, je précise.

– C'est peut-être un boursier ? suggère Jordan.

– Aucune différence. Il est allé à *Harvard*, insiste Ciara, comme si elle s'adressait à des débiles. Une fois que vous y êtes entré, vous en êtes. Une personne *en vue*.

Jordan descend sa bière.

– On peut gagner son *propre* argent, Kiki. Au lieu de devenir femme au foyer à… l'endroit où il vit. Où est-ce qu'il vit d'ailleurs ? me demande-t-elle.

– Dans un cercueil ? Sais pas, je m'en moque.

– J'ai l'intention de gagner mon propre argent. Mais les contacts ne nuisent jamais à une jeune fille, répond Ciara.

– Passe me voir lundi et je te le présenterai. Après tout, pourquoi pas.

Ciara travaille à l'accueil le matin chez Bartons, un hôtel de luxe qui était auparavant le bar le plus rustique de Verity jusqu'à ce que le foie de son dernier client explose. Le lieu possède toujours un bar, mais avec des chaises en velours doré et des cocktails qui contiennent du cidre à base de feuille de mûrier et du thé à la bergamote. Au début, nous lui avions donné six mois, mais trois ans plus tard, il marche toujours. Ted, le propriétaire, vient d'une famille aristocratique britannique et il connaît toutes les personnes fortunées de la planète.

À *La Selle d'argent*, on boit local. Il y a un jukebox et de la bière.

– Tu sais que je le ferai ? me demande Ciara. Et que s'il est aussi sexy que tu le dis, je le draguerai ?

Je lève mon verre presque vide à sa santé.

– Si s'envoyer en l'air peut le décoincer, alors fonce.

Jordan me donne une petite tape dans le haut du bras.

– Pourquoi ne veux-tu pas le draguer *toi* ? Tu l'as vu la première. Et tu vas travailler à ses côtés, promiscuité, à très court terme. Tu veux vraiment l'entendre se vanter de s'être envoyé en l'air avec Ciara ?

– Je vaux *absolument* la peine qu'on se vante, objecte Ciara. Je suis douée pour cette chose-là.

– Je n'ai aucune idée de la chose dont tu parles. S'il te plaît, pas un mot.

– D'accord, je pense que ce n'est pas une bonne idée que tu le dragues. (Jordan, la buveuse de bières, a réfléchi.) Parce que si vous travaillez tous les deux et qu'il te quitte, la situation pourrait devenir plutôt inconfortable, tu sais.

– Ou alors je pourrais ne pas le draguer, parce que je ne *l'aime pas*.

En le disant, je sais que je voudrais que ce soit vrai. Mais en réalité, j'étais un peu séduite par sa franchise, et par un certain sens de l'humour aussi. Et il est ridiculement beau. Je voyais toutes les dames de Martinburg le dévisager au déjeuner. Elles étaient tellement excitées, leurs fronts ont bien failli se plisser.

Alors peut-être est-ce moins Nathan Durant en tant que personne que ce qu'il représente : une menace pour *mon* entreprise, ou, peut-être en mon for intérieur, mon indépendance. Au risque de passer pour une gamine, je veux y arriver moi-même. Je veux remettre sur pied l'affaire de papa toute seule, par *mes* propres efforts, de sorte que, de l'endroit où il me regarde maintenant, il soit fier de moi.

– Terminé ?

La main charnue de Brendan fait un geste en direction de mon verre. Je l'attire vers moi en lançant un regard furieux.

– Non. Il reste une goutte.

Il lève les yeux au ciel, mais me laisse tranquille. Jordan l'observe pendant qu'il retourne au bar.

– Brendan est tellement sexy, soupire-t-elle.

– Tu as bu avant de venir ? je lui demande. Brendan ressemble à… un gros gorille blond !

– Avec des fesses à croquer.

Je me retourne pour jeter un œil.

– D'accord, plutôt fermes, mais…

– Des tatouages. Des muscles. Des ondes de bad boy.

– Et assez vieux pour être ton père ?

Jordan agite la main.

– Détail, infime détail.

Tout cela me dépasse. J'incline mon verre pour vider la dernière goutte. Elle refuse de couler. Je ne peux pas m'empêcher de penser que c'est un mauvais présage.

– Bon, je te vois lundi à treize heures.

Le ton de Ciara donne l'impression que c'est une menace. Elle me soupçonne de revenir sur ma parole. Est-ce que je veux *vraiment* qu'elle jette son dévolu sur Nathan Durant ? N'est-ce pas un soupçon de jalousie que je ressens ?

J'entends sa voix aussi nettement que s'il était ici, basse et sexy : « quel individu, hors de l'ère victorienne, dit "jeter son dévolu" » ? Je vois cette délicieuse bouche esquisser un sourire fugace : signe qu'il pourrait y avoir un véritable être humain à l'intérieur de cette carcasse de robot programmé pour le business.

Jordan a raison. Je vais travailler à ses côtés à très court terme. Ce qui signifie que j'aurai le rôle super marrant de tenir la chandelle si Ciara obtient ce qu'elle veut et, regardons la vérité en face, quelle est la dernière fois qu'elle n'a pas obtenu ce qu'elle voulait ?

Oh, et puis mes noisettes. Allons-y.

– Sans problème. Lundi treize heures.

Chapitre 4

Nate

Je n'ai jamais eu de migraine, mais je crois que j'en tiens une bonne là tout de suite. Cet endroit est un vrai bazar.

Les environs sont sensationnels. On quitte les vignes des yeux et on découvre un paysage vallonné de collines et de bois toujours intacts, traversé par un ruisseau aux eaux limpides. Tout ce décor se parera d'or à l'automne. Non, c'est certain, l'emplacement n'est pas à blâmer.

Mais l'exploitation elle-même est un sacré bazar. Noé se serait moqué de leur matériel tout en taillant son arche à coups d'herminette en pierre. Il n'y a aucun système d'archives documenté sur la production ou la logistique, ce qui sera synonyme de chaos quand nous nous développerons. Et j'ai la ferme intention de développer cette affaire. Dans le bureau, il y a une *boîte à chaussures* remplie de reçus. Et combien d'animaux domestiques une exploitation viticole peut-elle accueillir au juste ? J'ai compté trois chiens, cinq chats et deux cochons, et un jars passablement énervé qui paraissait prêt à se battre. C'est un foutu zoo de compagnie, et franchement, on gagnerait peut-être plus d'argent si on transformait ce domaine en zoo.

La cerise sur le gâteau : les cuves de raisins. Certes, J. P. m'avait raconté qu'ils foulaient le raisin aux pieds, j'ai supposé que ce devait être un petit plus, un stratagème, quelque chose que les visiteurs pourraient faire pendant qu'ils posaient sur une photo souvenir. Je pensais que le pressage *véritable* était mécanique, comme dans toute exploitation normale. Au moment où j'ai quitté la France, nous avions installé des presses pneumatiques ultramodernes. Flora Valley a de grosses cuves en bois. Et, je ne sais pas... probablement un yéti en résidence permanente pour réaliser le foulage.

Sérieusement, il faut que je m'allonge dans l'obscurité.

– Magnifique, n'est-ce pas ?

Shelby me questionne avec le plus grand sérieux. Son visage rayonne d'amour pour ce lieu, ce que, dans une toute autre situation, je trouverais incroyablement charmant. Pourtant elle est *complètement* déconnectée de la réalité. Je ne peux même pas... Je ne sais pas quoi lui dire. Par où commencer ?

– Ce jars est un danger.

– Dylan ?

– Qui appelle un jars *Dylan ?* je demande.

– Ma mère.

La lueur s'évanouit et une vague de tristesse rend sa bouche toute douce et vulnérable. Heureusement, la douleur qui martèle mes tempes réprime l'élan que j'aurais pu avoir de l'embrasser pour la consoler.

– Vous ne vous entendez pas avec elle ? je demande.

– Non ! Je l'adore ! proteste Shelby. Mais elle me manque. Ce lieu était rempli d'Armstrong autrefois, et puis il y a eu papa, maman et moi, et ensuite seulement maman et moi, et aujourd'hui...

J. P. m'a raconté que la mère de Shelby avait acheté un atelier d'artiste avec son indemnité. Il avait rencontré Lee Armstrong et l'avait beaucoup appréciée. Tandis que je ne pouvais m'empêcher de lui en vouloir un peu d'avoir laissé Shelby gérer l'exploitation toute seule.

– Votre mère est heureuse sur la côte, n'est-ce pas ?

– Comme une palourde. Une palourde hippie et heureuse.

Hippie, hum. Cela expliquait pas mal de choses. Comme la roue de chariot remplie de fleurs, le carillon qui sonnait dans le vent, et le poster de baleine dans le bureau. Tout comme l'absence de système, de *process* et du moindre soupçon de prudence financière.

– Une tasse de café ? propose-t-elle.

– Oh, oui.

S'il pouvait m'être administré en intraveineuse, ce serait encore mieux.

Je la suis jusqu'à la maison, de style rustique, tout en poutres apparentes et en carrelage minimaliste. L'endroit est grand, vétuste mais confortable, avec des indices abandonnés par la famille Armstrong un peu partout, comme s'ils allaient revenir d'un instant à l'autre. Je sais à quel point c'est étrange de revenir dans le foyer familial après quatre années passées au loin. Je connais ce pincement de cœur : on retrouve toutes les affaires familières et en même temps, on sent qu'on n'en fait plus vraiment partie, on est devenu adulte et on est passé à autre chose.

Alors que dans le cas de Shelby, ce sont tous les *autres* qui ont tourné la page, d'une manière ou d'une autre, en la laissant seule. Soudain, je me dis que ce doit être très difficile pour elle et qu'elle doit faire preuve d'un courage certain pour continuer à vivre ici. Est-ce que je serais assez fort pour persévérer comme elle l'a fait ? Ou le pragmatisme des Durant aurait-il raison de moi et me ferait-il vendre et partir plutôt que de risquer la faillite ?

Il m'apparaît que je suis soumis au même test dans une autre arène : ma famille. Nous cinq, les enfants Durant, nous nous croyons super réalistes parce que nous combinons nos efforts pour nous assurer que notre père aura les meilleurs soins, que notre mère ne sera pas surchargée de travail, et que les finances familiales seront protégées. Nous ne parlons que de cela : le pragmatisme.

En revanche, nous ne parlons pas de notre ressenti si papa venait à mourir. Quand il ne sera plus là pour nous maintenir bien ancrés, concentrés. Ou ce que nous ressentirions si nous devions vendre la maison de famille, et déménager maman dans un lieu à elle, dans… je ne sais pas… peut-être un village pour seniors. Est-ce que nous projetons de nous retrouver pour les vacances dans un deux-pièces à la résidence Le grand chêne ? Notre maison, où nous avons grandi, où notre *père* a grandi, a été le repère de nos vies, même quand nous ne revenions pas aussi souvent que nous l'aurions dû.

D'accord, aussi souvent que *je* l'aurais dû. Je suis le plus coupable et de loin. Je suppose que j'ai pris pour acquis le fait que mes parents, et mon dur à cuire de père en particulier, tiendraient bon encore un long moment.

Je suppose que Shelby l'a cru aussi.

Elle prépare du café avec un percolateur qui a dû servir pendant la guerre de Sécession. Elle porte encore un short en jeans, et un vieux tee-shirt d'une marque de surf, devenu un peu transparent au fil du temps. Pas de bottes de cow-boy aujourd'hui. Des baskets bleues. Avec un trou au niveau d'un orteil. Elle a le même âge que moi, vingt-huit ans, et on dirait qu'elle en a douze.

Je suis submergé par l'envie irrépressible de la protéger. Mes sœurs me feraient vraiment une tête au carré si elles me savaient aussi macho. Shelby est-elle une demoiselle en détresse ? Absolument pas ou elle aurait jeté l'éponge il y a bien longtemps. Alors pourquoi faut-il que je me transforme en chevalier blanc venu la sauver sur mon fidèle destrier ?

Je ne sais pas, mes sœurs chéries. Tout ce que je peux vous dire c'est que, en cet instant même, je suis prêt à faire tout ce qu'il faut pour sauver cette exploitation et faire en sorte que Shelby Armstrong soit heureuse et en sécurité pour le reste de sa vie.

Mais alors, ça va demander beaucoup d'efforts. Le pragmatique en moi commence à l'emporter sur le chevalier blanc, et je l'écoute parce qu'il connaît son sujet. Monsieur Sentimental a peut-être un but louable, mais nous savons tous que l'enfer est pavé de bonnes intentions. Ici la victoire va nécessiter des décisions difficiles. Il va falloir des changements, des changements radicaux. Et le changement peut se révéler cruel avant d'être bénéfique.

Il n'y a pourtant pas de raisons que mes deux types intérieurs ne puissent coexister. Si Monsieur Pragmatique fait son boulot, Sir Sentimental pourra en récolter les lauriers. Les Vins Flora Valley seront sauvés et Shelby en sécurité. Tout le monde sera gagnant.

Je me sens conforté par une nouvelle détermination. Et si toute la comptabilité tient dans une boîte à chaussures et que la maison abrite un jars irritable ? Allons-y quand même.

Shelby dépose une tasse devant moi. Apparemment, elle est remplie de goudron.

– Euh, il est assez fort, dit-elle inutilement. J'ai de la crème et du sucre si vous voulez.

– Non, merci.

Ce matin, j'ai besoin de caféine pure.

Elle se juche sur le rebord de la chaise en face de moi, coudes sur la table, tasse entre les deux mains. À l'inverse de moi, toutes ses émotions se lisent sur son visage. Je vois de l'anxiété qui rivalise avec un air de défi. Elle adore cet endroit, et entend bien le défendre. Pourtant, elle sait qu'il va mal, et elle se prépare comme on le fait avant d'arracher un pansement très collant. On sait que ça va faire mal, mais peut-être que ça ne fera pas si mal que ça.

– J'ai des questions, je lui dis. (Je ne dirai pas combien.)

– OK… ?

– Où recrutez-vous vos équipes d'ouvriers viticoles ?

Elle incline la tête comme si j'essayais de lui tendre un piège.

– C'est Javi qui organise tout ça.

– Harvey ? Comme le lapin invisible du film ?

– Non, avec un J. Comme dans Javier.

– D'accord. Et ce Javi il est… où ?

– Chez Bartons. C'est le concierge, me répond-elle.

Je réprime le réflexe de me pincer l'arête du nez.

– OK, bon voilà le topo. (Je m'exprime lentement et distinctement.) Toutes les informations que je détiens jusqu'à maintenant, ce sont vos comptes et ce que J. P. m'a raconté. C'est-à-dire un aperçu sommaire de la superficie du vignoble et de sa capacité, mais surtout il m'a dit à quel point votre père était un vigneron génial et le potentiel qu'il décelait en vous.

Ses joues rosissent de plaisir.

– J. P. est un type tellement extra. Vous le connaissez d'où, déjà ?

La concentration d'un chien dans une ferme peuplée d'écureuils.

– Un vieil ami de mon père. Revenons à nos moutons : alors aujourd'hui, il faut que je comble mes lacunes.

Shelby acquiesce, avec un sérieux aussi mignon qu'exaspérant.

– Ce que j'attends de *vous* (je dois énoncer ça avec clarté), ce sont des réponses détaillées. Des détails spécifiques. Du genre de ceux que vous donneriez à quelqu'un qui ne sait absolument rien des Vins Flora Valley. Ou de Verity, ou du département, voire de la planète Terre. Vous me suivez ?

Elle fait la grimace.

– Plus ou moins.

Sérieux ? Elle me cherche, là ?

– Laissez-moi vous donner un exemple. Quand vous dites « Javi est le concierge de chez Bartons », les détails qu'il me faut sont les suivants : qu'est-ce que Bartons et où ça se trouve, pourquoi un concierge organise-t-il aussi l'embauche des salariés d'un vignoble ?

– Oh, d'accord. Parce que Ted le laisse faire. Ted est très fort pour s'investir dans la communauté. Et il a un tas d'amis qui veulent passer ici et prendre un boulot saisonnier. Ils viennent tous de familles britanniques hyper riches, alors on ne s'attend pas à ce qu'ils soient d'une grande aide, mais ils ont été géniaux. Le seul inconvénient c'est qu'ils peuvent ressembler à un troupeau d'ânes quand ils sont tous ensemble.

Elle est en train de me provoquer. Forcément.

Comme on pouvait s'y attendre, elle éclate d'un rire étonnamment profond. J'imagine un instant lui donner un grand coup dans le bras, la vengeance habituelle des enfants Durant.

– Désolée, je n'ai pas pu résister, dit-elle en souriant comme une fée diabolique.

– Amusant. Ted et Javi existent vraiment ?

– Ted est le propriétaire de chez Bartons, l'hôtel de Verity. (Elle est en mode business maintenant, la chipie.) C'est vraiment un Britannique d'origine noble et en effet, il a apparemment un vivier infini de jeunes gens qui veulent travailler ici. Javi a des contacts partout dans cette partie du globe. Il a signé un contrat avec Flora Valley depuis… oh ça doit faire cinq ans maintenant. Véritable cadeau du ciel. Il va passer plus tard dans l'après-midi, je vous le présenterai.

– OK. Très bien. Question suiv…

– Bien sûr, quand on était petits, on était tous obligés de bosser dans les vignes.

Maintenant qu'elle avait commencé, impossible de l'arrêter.

– J'étais la seule à aimer ça. Pratiquement. Nous avons compris que ça économisait des frais généraux. Quand mes frères et sœurs ont quitté la maison, papa a dû serrer les dents. Il savait qu'il ne pouvait pas les faire revenir comme s'ils étaient au bout d'une corde, ni même à coups de chantage sentimental. Alors il a demandé à Javi d'augmenter le quota d'ouvriers à recruter.

Elle grimace.

– Nos finances en ont pris un coup cette année-là.

Inutile d'ajouter : et chaque année depuis. Nous le savons tous les deux. Je vais passer à autre chose.

– Qui veille à l'entretien de l'équipement et tout le reste ?

– Cam.

Elle m'adresse un grand sourire et développe rapidement avant que je ne l'assomme.

– Cam Hollander. Ancien soldat. C'est aussi notre tonnelier. Il fabrique d'incroyables fûts de chêne pour nous, et pour d'autres domaines des environs. Vous ne le rencontrerez pas aujourd'hui. Cam ne fait pas dans le contact humain. Les chevaux, oui. Mais les gens, pas tellement.

– Il travaille en douce la nuit ?

– Il est bien tant que l'on n'essaie pas de bavarder avec lui. Ou d'organiser un rendez-vous pour lui.

– Vous l'avez appris à vos dépens ?

– Ma mère a essayé de le caser avec une amie artiste. Par chance, Cam adore maman, alors il lui parle toujours. À sa manière muette.

Cet endroit est peuplé de cinglés. Aussi simple que ça.

– Doug l'Édenté passe la tondeuse et lutte contre les mauvaises herbes, et Iris du café *Sans Chichis* nourrit les équipes. Les cochons aussi… Ce sont des broyeurs à déchets incroyables. Ron, le boucher, me donne des restes pour les chiens et les chats et Doug l'Édenté s'occupe aussi du potager, et en plus il m'apporte des produits de son propre jardin, qui rivalise avec l'État de Californie en termes d'économie agricole.

Elle marque une pause.

– Il me file *plein* de maïs.

– Il a du mal à le manger, à cause de ses dents manquantes ?

– Oh, non, Doug a toutes ses dents.

Elle se lève et demande joyeusement :

– Un autre café ?

– S'il vous plaît.

J'ai l'impression de demander grâce.

– Coucouuu ?

La voix provient de l'embrasure de la porte. Elle est suivie d'un corps. Un corps véritablement sensationnel, vêtu du genre de costume qu'un fétichiste des secrétaires demanderait à sa dominatrice de porter. Elle s'approche et je vois qu'un petit logo est brodé sur le revers de sa veste de tailleur hyper moulante. Chez Bartons. Il *faut* que je rencontre ce type, Ted.

– Bonjour...

Elle marche droit vers moi, main tendue. Je me lève parce que je suis un gentleman, et en plus, elle mesure dans les deux mètres avec ses talons aiguilles.

– Je m'appelle Ciara.

Elle prononce son prénom à l'européenne : Ki-AH-ra. C'est impoli de faire des commentaires sur les origines de quelqu'un, mais je devine que ce n'est pas la seule appartenance ethnique chez elle. Elle a une sorte de style à la Rihanna avec ses yeux noisette, mais ses cheveux sont un halo de boucles blondes et brunes, terriblement craquant.

Je le jure. C'est mal parti. Il est temps de redoubler d'impassibilité.

Je lui serre la main :

– Nathan.

– Salut Kiki, intervient Shelby.

Shelby s'appuie contre le banc de la cuisine, bras croisés. Contrairement à son habitude, son expression est difficile à déchiffrer, une ironie amusée avec une pointe de... quelque chose ?

– Oh, salut, Shel, je ne t'avais pas vue.

Ciara est toute en désinvolture et dépourvue de la moindre innocence. Mais le sourire de Shelby s'élargit. Elle est vraiment heureuse de voir cette fille.

– Je fais du café. Tu en veux ?

– La mort noire ? Oh oui.

Ciara prend un siège avec plus d'aisance que je ne m'y serais attendu de la part de quelqu'un qui porte une jupe comme la sienne.

– Je n'ai pas vu votre Porsche dehors, dit-elle en guise d'ouverture.

Shelby fait tomber une cuillère dans l'évier.

– Qu'est-ce qui vous fait penser que j'ai une Porsche ?

Ciara hausse une seule épaule :

– Une rumeur malveillante ?

– Je conduisais *effectivement* la 911 de mon frère la semaine dernière. Il avait besoin de mon pick-up.

– *Ohhh...* Ciara regarde fixement dans la direction de Shelby. La Porsche de votre *frère*.

Shelby garde le dos tourné et fait semblant de s'occuper de la cafetière. Je comprends ce qui se passe. Ce matin, j'ai garé mon pick-up près du Dodge des Vins Flora Valley. J'ai observé l'attache de remorque qui dépassait précisément à hauteur de capot d'une Porsche. La réaction de Shelby au déjeuner la semaine dernière s'explique à présent.

– Danny est mécanicien. Spécialisé dans les voitures de sport.

Je ne mentionne pas à quel point il était dégoûté pour la carrosserie enfoncée. Nous commettons tous des erreurs.

Shelby se retourne, elle croise mon regard et nous avons un bref moment d'entente. Ciara, qui n'en perd pas une miette, sourit comme un chat qui complote pour dominer le monde.

– Alors Nathan, qu'est-ce que tu fais quand tu veux t'amuser ? demande-t-elle.

Chapitre 5

Shelby

Non que j'aie eu le moindre choix en la matière, mais le fait de présenter Ciara à Nathan a paru bien fonctionner en définitive. Elle n'est restée que pour le café, mais en sa présence, il s'est détendu et l'après-midi s'est révélé *beaucoup* moins pénible que le matin. Il a rencontré Javi, qui l'a rassuré grâce à son efficacité légendaire. Nous avons visité le vignoble tous les trois, et le temps de rentrer à la maison, Nathan n'avait plus de questions.

Je n'ai pas pu m'empêcher de me sentir un peu vexée que ce soit Javi qui ait réussi à mettre Nathan en confiance concernant la gestion du domaine et pas moi, mais je prends les victoires là où je peux.

J'espère que ce sera réciproque. Les lacunes dans les connaissances de Nathan sont peut-être comblées, mais je ne sais absolument rien de ses intentions quant au futur de l'exploitation. Il a cuisiné Javi à propos des vignobles voisins, sur ce qu'ils faisaient, quels changements ils avaient adoptés au cours des années, et selon moi, il vérifiait que ses plans pour Flora Valley étaient viables.

Bien que je sois réticente à l'idée que Nathan prenne le contrôle, je sais que nous devons nous adapter. Les cuvées limitées de pinot noir que nous avions déjà fabriquées se vendent encore, mais depuis plusieurs années, elles ne suffisent pas à nous maintenir à flot. Les coûts d'exploitation augmentent chaque année et nous ne pouvons pas gonfler les prix en conséquence, au risque d'abuser de la fidélité de notre clientèle. Par conséquent, nos marges de profit se sont tellement réduites que n'importe quel dépassement de coûts les réduit à néant.

Papa savait que nos budgets de fonctionnement n'étaient pas réalistes, mais chaque année il se jurait de maîtriser les coûts. En réalité, il n'y a pas une seule année où nous y sommes parvenus.

En plus, il faut prendre en compte le risque lié à… eh bien, moi. Nos clients étaient fidèles à mon père. À son savoir-faire et, regardons les choses en face, à sa personnalité. Le grand Billy Armstrong, enthousiaste et entrepreneur. Avec lui, vous aviez l'impression de faire partie d'un comité restreint, trié sur le volet, invité à se joindre à son aventure personnelle. Les clients *adoraient* mon père. Quand ils achetaient un pinot noir Flora Valley, ils emportaient un morceau de Billy chez eux.

Nos clients me connaissent depuis des années et ils m'aiment bien, mais je ne suis pas mon père. La dernière cuvée que nous avons est l'ultime fabriquée par Billy Armstrong. Mon premier vin, élaboré sous la direction de mon père déjà alité, est prévu pour une mise en bouteille le mois prochain, en août. Les précommandes tardent à arriver, c'est compréhensible, je suppose. Et les clients qui ont bien voulu commander, eh bien, je ne saurai pas ce qu'ils pensent de mon vin avant qu'ils ne le goûtent.

Nous vendangerons la prochaine récolte peu de temps après, en septembre, et elle vieillira en fûts pendant onze mois, ce qui est court selon les normes, mais qui conviendra bien à notre intention : assez de temps pour que le vin développe une certaine profondeur, pas assez longtemps pour qu'il perde sa fraîcheur pour ceux qui veulent le faire vieillir davantage. Si nos clients n'aiment pas mon vin, ces prochaines vendanges pourraient ne jamais avoir lieu, et le raisin pourrira sur pied. Et ce sera la fin des Vins Flora Valley.

Nathan se prépare à partir. Il a l'air beaucoup plus détendu que ce matin. J'aimerais en dire autant, mais dans ce cas, moins on en sait, plus mal on se porte.

– Bon, je vous vois dans deux heures, dit-il.

Il... Quoi ?

– Euh, j'ai raté un épisode ?

Nathan m'adresse un regard ferme. Il est doué pour ça.

– Un verre. Avec Ciara. Ce soir chez Bartons.

Euh, je suis complètement passée à côté de celle-là. Qu'est-ce que je fabriquais pendant cette conversation ? Ah oui, c'est vrai. Mon esprit se laissait complètement submerger par l'angoisse du futur.

Par ailleurs, j'étais partie du principe que leur discussion tournait essentiellement autour de Ciara et de sa tentative de drague, ce qui était le but unique de sa venue, comme convenu. Par conséquent, nul besoin pour moi d'écouter.

– Ciara m'a invitée *aussi ?* Il fallait que j'éclaircisse la situation.

– *Je* vous ai invitée, précise-t-il.

– Oh.

– Et vous avez répondu : « bien sûr ».

– Je m'en souviens plus ou moins.

– À quoi pensiez-vous quand vous avez répondu « bien sûr » ?

Il a le chic pour poser les questions pertinentes, pas de doute là-dessus.

– Aucune idée. J'étais... distraite. (Je l'avoue.)

Je n'étais pas partie pour répondre ça, mais plutôt : « Je vous laissais du temps en tête à tête ». Ce qui ne me semble plus une aussi bonne remarque. Il m'a invitée *moi* à boire un verre. Il ne voulait pas y aller seul avec Ciara, ma meilleure amie incroyablement superbe, qui d'un seul regard met les hommes à ses pieds.

Je n'y comprends rien.

Nathan agite ses clés de voiture. Un pick-up Ford. Argenté. Pas du tout flashy.

– Vous voulez venir ou pas ?

Sa voix trahit un brin d'impatience.

– Je n'ai pas de tenue convenable pour Bartons, je confesse.

– Qui se préoccupera de votre tenue ?

Aucun doute, il est impatient.

– Ted ! Il a un dress code !

– Dans une ville comme *Verity ?*

– Non, juste dans la bulle d'exception qu'est Bartons. C'est un tout autre monde là-dedans.

Nathan m'observe des pieds à la tête.

– Vous faites quoi... un mètre soixante, un mètre soixante-deux ? dit-il.

– Un mètre soixante-deux.

– Je vous apporte une robe. Je passerai vous chercher vers dix-neuf heures.

Je suis trop ahurie pour lui dire au revoir. Soudain, une vague de chaleur envahit mon corps tout entier, et je ne pense pas que l'afflux sanguin causé par l'étonnement en soit l'unique raison. *J'ai un rencard, je vais boire un verre avec Nathan Durant, si beau que c'en est grotesque !*

Ah, oui, c'est vrai. Et avec Ciara aussi.

Alors ça ne peut pas être un rencard, pas vrai ? Pas à moins qu'il n'aime les plans à trois, et si c'est le cas, pas de bol. Je courrai jusqu'à la sortie.

Du Shelby tout craché. Toujours la tête dans les nuages. Ou dans les fantasmes. C'est kif-kif.

J'entends la voix de ma mère : « Tu trouves ça difficile de garder les pieds sur terre, n'est-ce pas ? »

Elle ne critiquait pas, elle observait simplement. Elle aussi, elle a la tête dans les nuages. Comme tous les créatifs en général. Il faut de la créativité pour faire du bon vin.

Mais je dois devenir une femme d'affaires aussi. Je dois devenir l'égale de Nathan Durant. Un pair qui inspire le respect. Sinon, même si nous nous adaptons et que les profits augmentent, cette exploitation me glissera entre les doigts comme le vin dans un tuyau d'évacuation.

Merdouille. Il sera là dans quatre-vingt-dix minutes, et je dois encore nourrir les bêtes et finir les corvées. Mieux vaut que je prenne le temps de me raser les jambes aussi. On dirait que je me suis baladée au milieu des duvets de chardon. Je parie que ça ne cadrera pas avec le dress code de Ted.

*

– Shelby, ma chérie.

Ted m'embrasse sur les deux joues. Selon la coutume anglaise, j'en déduis. Il nous offre son moi habituel : des cheveux blonds souples, une tenue impeccable, magnifique en somme. Il exhale aussi un parfum divin, mais inutile de lui en demander le nom. N'importe quelle fragrance portée par Ted battra tous les records de prix. Probablement distillée à partir d'une plante qui ne pousse que dans une vallée inaccessible et ne fleurit qu'une fois tous les mille ans.

– Ça alors. (Ted détaille ma robe, qui est courte, doré foncé et extra fine. Nathan a dit qu'elle était à sa sœur. Il n'a pas précisé si ça l'embêtait qu'il l'emprunte.) Tu es...

– Convenable ? je suggère.

– J'allais dire : séduisante, réplique Ted. Mais oui, parfaitement convenable.

– Hum hum, lâche Ciara sur le ton de la mise en garde.

Ted n'est nullement déconcerté.

– Tu es toujours séduisante, ma chère, lui répond-il du tac au tac. C'est ton état naturel.

J'aimerais être comme Ted. Rien ne le décontenance jamais. Même pas la présence de Nathan Durant, que je sens derrière nous. Il se prépare. C'est l'effet que Ted produit sur la plupart des mâles américains qui reconnaissent une menace quand ils en voient une. Pas une menace au sens physique du terme. Plutôt du genre de celle qui, en un clin d'œil, peut emmener votre femme sur une île privée des Antilles et lui servir du caviar de Belouga à volonté arrosé de Krug Clos d'Ambonnay '95 à quatre mille dollars la bouteille.

Incidemment, Ted est capable d'amadouer le plus irrité des mâles alpha. C'est parce qu'il aime sincèrement les gens. Si une personne persiste à mal se comporter malgré tout, alors il se contente de l'ignorer jusqu'à ce qu'elle cède et adopte une meilleure attitude.

– Et vous devez être Nathan, déclare Ted avec un sourire. Ciara m'a tout dit de vous.

Il tend une main, qui, à vue de nez, est saisie trop fermement. Ted ne bronche pas. D'après la rumeur, il était officier britannique et appartenait à une unité spéciale d'intervention, mais Ted n'infirmera ou ne confirmera jamais ces dires.

– Bienvenue. Et merci pour ce que vous faites en faveur des Vins Flora Valley.

Sa sincérité est aussi authentique que désarmante. Nathan détend un peu ses épaules.

– Tout le plaisir est pour moi.

Cela ne sonne pas tout à fait vrai dans la bouche de Nathan, ou bien alors les Ted-ismes sont contagieux.

Jouant parfaitement son rôle d'hôte, Ted nous conduit jusqu'au box situé en angle : le plus prisé, là où l'on peut voir et être vu. Cela doit être l'œuvre de Ciara. Pour une bonne raison. Ma meilleure amie pour la vie vaut la peine d'être contemplée dans sa tenue rose lipstick qui épouse scandaleusement son incroyable silhouette, comme si on avait peint directement ses vêtements sur sa peau. Tous les hommes du bar ont le regard braqué sur elle. J'entends presque en fond le bruit de corne façon Tex Avery alors que les yeux leur sortent de la tête.

Nous nous installons dans les fauteuils en velours doré, et l'un des serveurs de Ted – sans aucun doute formé en Europe – apparaît comme par magie pour prendre la commande. Si nous étions à *La Selle d'argent*, nous serions obligés d'attendre au bar quelques minutes, même s'il n'y avait pas d'autres clients. Brendan aime que les gens sachent qui est aux commandes.

– Passez une bonne soirée, déclare Ted en nous abandonnant.

Il passe juste assez de temps avec chaque client pour gagner son adoration sans bornes, avant de disparaître. « Se faire désirer encore et encore », voilà la devise de Ted. À condition qu'il ait jamais possédé un truc aussi ordinaire qu'une devise, bien entendu.

Le serveur patiente en silence tandis que nous consultons la carte des cocktails. (Seul le terme « consulter » convient chez Bartons.) Je lève les yeux et découvre le regard de Nathan rivé sur moi. Il m'adresse un large sourire et secoue la tête.

– Que peut bien être un menengic d'Anatolie ?

– Du café, répond Ciara. Confectionné à partir de pistaches sauvages.

– Ouais, il faut garder ces pistaches féroces à l'œil, lâche Nathan. Sinon elles vous arrachent un bras.

Ensuite, il repère une autre pépite :

– Du lait de *pieuvre* clarifié ? C'est une blague.

– Je croyais que tu étais un étudiant raffiné de Harvard ? dis-je pour le taquiner.

– Aucun étudiant de Harvard ne boit du lait de pieuvre, répond-il. Pas même pendant le bizutage.

Ciara a fini de consulter sa carte et elle est prête à boire.

– Je prendrai le Désuet oriental, dit-elle.

– Il y a du lait de mollusque dedans ? demande Nathan au serveur.

– Whisky quinze ans d'âge, monsieur, et porto ruby.

– Ça me paraît sans danger. Deux s'il vous plaît.

– Mêlé à une infusion de...

Nathan lève une paume.

– Très bien, monsieur. (Ted forme son staff à la perfection.) Et pour madame ?

– C'est toi ça. (Ciara me donne un petit coup de coude dans le bras.) Dépêche-toi.

– D'accord, je vais prendre ce qui se rapproche le plus d'une tequila frappée, dis-je.

– Avec la *chicha* de canistel ?

– Je vous crois sur parole.

Le serveur récupère nos cartes et s'éloigne d'un pas glissé.

Nathan regarde autour de lui, prenant note du velours mordoré, des compositions florales arrangées avec art à base de bulbes de lotus séchés, et les mets posés sur la table voisine, entourés de nuages de neige carbonique. Je remarque qu'il ignore tous les hommes occupés à lorgner Ciara.

– Je suis impressionné, dit-il. Et j'ai la sensation d'évoluer dans un film de David Lynch.

– Le nain qui danse ne vient que les week-ends.

Ciara attrape une olive dans un bol, probablement une antiquité en cristal français. Elle la dépose lentement entre ses lèvres laquées et une salle pleine de types gémit tout bas.

Pourtant, Nathan me regarde. Encore.

Je ne sais pas quoi en penser. Je veux dire, si on demandait à n'importe quelle personne qui tient la chandelle ce soir, il ne lui faudrait qu'une nanoseconde avant de pointer dans ma direction.

Nathan porte un costume de qualité et une cravate élégante. Le faible éclairage accentue les incroyables traits de son visage. Pour chaque homme dans la pièce qui nourrit désespérément des fantasmes impliquant Ciara, il y a une femme qui engrange mentalement ces pommettes dans les archives de sa mémoire pour les en extraire la prochaine fois qu'elle se retrouvera seule dans son lit.

Ciara est celle qui matche avec lui, pas moi. Pourtant, et même si elle est, en cet instant précis, en train de commettre un crime sexuel sur une olive, ce n'est pas elle qui captive l'attention de Nathan.

À mon avis, il éprouve de la compassion pour moi, je ne vois que ça. Il me considère comme une petite bouseuse défavorisée qui n'a même pas une robe à se mettre – et que je suis d'ailleurs. Ou bien alors il a constaté le désastre total de mon existence, et il me surveille de près au cas où je fasse un truc désespéré. Ce n'est pas un *rencard*. C'est mon *boss*. Je *dois* sortir la tête de ces nuages débiles.

Nos verres arrivent. Cette distraction tombe à pic. Je suppose que je vais vite découvrir si je suis allergique au canistel.

– Nom d'un touilleur à cocktail, c'est trop bon, je lâche.

Nathan jette un regard déconcerté à Ciara.

– Ce sont les séquelles d'un traumatisme crânien ou elle n'a jamais su jurer ?

– La communauté scientifique internationale demeure perplexe, réplique Ciara.

Elle lève son Désuet oriental, qui a une drôle de couleur soit dit en passant.

– Cul sec, comme on ne le dit certainement pas en Grande-Bretagne.

Nous avons trinqué et le reste de la soirée est passé en un clin d'œil.

Nathan me raccompagne à la maison, ce qui est heureux parce que sinon j'aurais dû marcher. Dylan, le jars, a beaucoup à dire sur notre arrivée. Plus que n'importe quel chien de garde.

– Ça va si je reste dans la voiture ? demande Nathan. Il y a plusieurs parties de mon corps que j'aimerais bien conserver.

– Pas de problème.

Je me penche pour ouvrir la portière du pick-up, mais je me souviens de ma tenue.

– Il faut que je te rende cette robe.

Je saisis le bord de la jupe. Un geste qui, soyons juste, peut donner l'impression que j'allais l'enlever. Ici même. Dans la cabine de son pick-up.

Ce qui explique pourquoi Nathan dit : « Ouh là, une minute ! » avant d'éclater de rire : « Ça peut tout à fait attendre demain. »

Mon expression le fait rire encore plus :

– Tu es saoule, Shelby ?

– Non m'sieur, je nie. Un *chouïa* pompette, mais pas saoule. Je tiens encore l'alcool… ou quel que soit le truc que j'ai ingurgité.

Je le regarde droit dans les yeux pour lui montrer que mon regard est clair et que je ne vois pas double.

Son humour disparaît aussi vite qu'un claquement de porte et son visage se crispe, se durcit.

– Bordel, marmonne-t-il.

Puis il passe une main dans mes cheveux, m'attire vers lui et m'embrasse comme si sa vie en dépendait.

Chapitre 6

Nate

De toutes les choses à éviter impérativement, celle-ci se trouve au sommet de la liste. Pourtant je suis en train de le faire. J'embrasse Shelby Armstrong.

Je peux accuser n'importe quel jus vaudou qui se trouvait dans ce foutu verre, mais mon moi honnête sait que je le fais pour des raisons bien plus compliquées que ça.

Inutile d'essayer de me concentrer pour les décortiquer une à une en cet instant précis. Ma bouche est trop occupée à goûter la sienne, ma langue à l'explorer délicatement, le bout de mes doigts à caresser son visage, et bien qu'il soit possible que je me fasse des idées, je jurerais qu'elle répond à mon baiser par un *bourdonnement*, comme une ruche d'abeilles avides de sensualité.

Mon membre proteste et refuse de se contenir. Il m'ordonne de la soulever et de la poser sur mes genoux, d'écarter sa culotte et de la prendre là ici, tout de suite. Des images incendiaires me traversent l'esprit : Shelby bouge, assise sur moi, la tête en arrière, bourdonnant comme un essaim d'abeilles gorgées de sexe pendant que je...

*Merde**. Mon sexe se rebelle et mon bas-ventre se contracte de façon menaçante. Je suis à deux doigts de me déshonorer comme un ado en rut lors de sa première étreinte derrière l'abri à bicyclette.

Je chasse ces images et je romps notre baiser. Le spectacle de ses lèvres, démaquillées par notre baiser, et légèrement gonflées, causent presque ma perte. Je respire profondément et j'invoque des pensées rationnelles, apaisantes.

Elle me dévisage avec un regard qui n'est absolument pas sexy et ça m'aide. Interrogative, elle écarquille ses incroyables yeux bleu-vert mais sans montrer la moindre passion. La question n'est pas « quand vas-tu m'embrasser à nouveau ? », mais plutôt : « Mais pourquoi tu as fait ça bordel ? ».

Ou alors « noisettes » dans le cas de Shelby.

Et je n'ai aucune réponse à lui donner. J'ai cédé à une pulsion irréfléchie et stupide, et mes raisons n'ont aucune importance. L'important c'est que j'ai brisé la confiance que nous avions bâtie, en à peine une journée. Je suis censé être l'individu responsable ici, et je dois faire preuve d'un professionnalisme irréprochable envers Shelby et tout autre employé des Vins Flora Valley. En l'embrassant, j'ai abusé du statut de ma position et je l'ai rabaissée. C'est impardonnable.

– Pardon, je lui dis, même si ça paraît pitoyable. Je n'aurais pas dû faire ça.

La douleur dans son regard me confirme qu'elle est d'accord. Je l'ai déçue et désorientée et, pire que tout, je l'ai placée dans une situation intenable. J'ai été un parfait *connard**.

– Cela ne se reproduira plus, j'ajoute parce qu'elle n'a pas prononcé un seul mot. Je le jure.

Oui, comme si elle allait croire ce que je raconte à partir de maintenant.

L'insupportable jars se remet en marche comme s'il savait ce que j'avais fait et qu'il était assoiffé de sang. Et pendant que je regarde autour de moi pour essayer de le repérer, Shelby s'échappe par la portière du pick-up et la referme derrière elle. Je tâtonne pour trouver la commande de la fenêtre, mais le temps de la baisser pour rappeler Shelby, elle est déjà dans la maison, et je reste là à bloquer sur la porte fermée, avec sa fenêtre rustique en vitrail qui s'illumine de toutes les couleurs lorsque Shelby allume les lumières.

*Bordel de merde**. Quel *imbécile** tu fais Durant. Un crétin sans volonté doublé d'un abruti.

Je pourrais sortir, braver une attaque de jars et voir comment elle va. M'excuser en mettant les formes et plus longuement.

Au lieu de cela, je démarre le pick-up, et je prends la longue route qui mène à la propriété familiale des Durant.

Il est minuit passé quand je m'arrête dans l'allée, et aussitôt je repère une lueur au milieu des arbres les plus éloignés. C'est le foyer que nous, les enfants, avons construit il y a onze ans, un petit acte de rébellion initié par ma sœur Ava quand elle a eu seize ans et qu'elle a décidé qu'elle organiserait une fête. Papa nous a fait un cours sur la consommation d'alcool chez les mineurs, et sur les méfaits de l'alcool en général, mais il nous a laissé faire parce qu'il savait que rien mis à part une balle n'arrêterait Ava quand elle est déterminée.

Pour être honnête, Ava avait veillé à ce que Danny et les jumeaux restent sobres jusqu'à ce qu'elle les considère comme suffisamment âgés, et elle a toujours garanti la sécurité de chacun. Mais aujourd'hui, après toutes ces fêtes, j'associe encore l'odeur du feu à celle de l'alcool bon marché et des vêtements un peu roussis (à l'occasion). J'ai également perdu ma virginité à l'une de ces beuveries, mais je ne me souviens pas de grand-chose. Là encore, j'ai laissé mon corps prendre le pas sur mon cerveau.

En approchant, j'entends des voix. Ce sont les jumeaux, les plus jeunes des Durant, Isabel (surnommée Izzy) et Max. Vingt-deux ans et encore à la fac, ils resteront à la maison jusqu'au début du trimestre, en septembre. Izzy est une scientifique, elle étudie la nanotechnologie ou une discipline du genre au MIT. Max est le seul artiste de la famille, même s'il appréhende le domaine avec le pragmatisme des Durant. Il est à Juilliard, il se forme pour devenir pianiste concertiste. Je ne connais strictement rien à la musique, mais si Max me dit qu'il est exceptionnellement bon, je le crois. Les jumeaux ont une estime de soi saine et bien fondée. Je les ai souvent enviés.

– Salut, frérot.

Danny, aussi. Et Ava. Mes quatre frères et sœurs, assis autour du foyer, partagent une bouteille de Jack Daniels. L'espace d'une seconde, j'hésite à l'orée des flammes. Je suis l'aîné, et parfois, j'ai l'impression que les autres ont nourri un lien étroit sans moi. Papa attendait de moi que je sois responsable. J'étais le cow-boy, le gardien de l'ordre, le gendarme suppléant. Ce qui implique qu'on m'ait laissé en dehors de quelques histoires. Peut-être plus que quelques-unes d'ailleurs, qui sait ? Je ne les en blâme pas. Pas trop.

Puis, Ava se fend d'un large sourire et brandit un gobelet en plastique :

– Un shot ?

Je prends ma place autour du feu.

– Aligne-les, je propose.

– Dure première journée ? demande Danny.

Danny est numéro trois chez les Durant, vingt-cinq ans, et le seul à avoir refusé d'aller à la fac. À la place, il a opté pour un apprentissage de mécanicien et aujourd'hui il ne se contente pas de réparer des voitures de sport luxueuses pour les riches célébrités de Los Angeles, il les achète aussi pour leur compte. Ses clients pleins aux as remboursent tous ses frais de transport et lui versent une commission franchement colossale. Il gagne un paquet de sous de plus que moi, le diplômé en commerce de Harvard. Mais je ne suis pas un spécialiste des choix judicieux.

– Comment va la dame des vins ? demande-t-il. Aussi folle que tu le craignais ?

Je grimace intérieurement. J'ai fait un résumé de notre première rencontre à la famille, et j'ai relayé mes premières impressions en la décrivant comme une personne détachée de toute réalité et souffrant possiblement d'un délire clinique. Maintenant, j'en sais davantage sur Shelby. Certes, elle est optimiste au point de prendre ses désirs pour des réalités, mais elle est loin d'être stupide. Ni folle. Certainement pas folle *de moi.*

J'avale une gorgée d'alcool sec et la brûlure fait office de reproche.

– Nous avons du pain sur la planche (c'est tout ce que je dirai. Avant de changer de sujet :) Comment s'est passé votre journée ?

Ava et Danny échangent un regard.

– Je mettrais un bon huit sur l'échelle du déni, déclare Danny.

– Huit ? Pourquoi si peu ?

– Le Docteur Wilson est passé et il nous a exposé la dure réalité, m'explique Ava. Maman a fondu en larmes. Ce qui a provoqué un rare moment d'introspection chez Mitch. Qui ne durera pas.

– Il cherchait des cures dans les montagnes péruviennes sur Google quand je l'ai forcé à aller se mettre au lit, ajoute Danny. Il remontera à dix dès demain.

Dans le plan des Durant, Ava et Danny se sont portés volontaires pour une hospitalisation temporaire à domicile. En son absence, Danny a une équipe à Los Angeles qui travaille sur les voitures, et si Ava et lui se relaient, il peut voyager quand ses clients ont besoin de lui.

Ava joue aussi avec la puissance des chevaux mais dans un genre différent. Petite et solide, elle est cavalière d'entraînement pour une écurie de chevaux de course dans le Kentucky. Même en tant que free-lance, ce n'est pas facile pour elle de prendre des congés, mais elle l'a fait. Je suppose qu'elle est trop précieuse pour que son boss joue les durs avec elle.

Bien sûr, pour les jumeaux, la fac passe en priorité. Ils feront leur part pendant leur séjour à la maison, mais fin août, ils repartiront. Ava et Danny feront de même peu de temps après.

C'est là que j'entre en jeu. Je me suis porté volontaire pour donner la moitié de mon salaire et payer l'assistance nécessaire quand mes frères et sœurs devront retourner à leurs foyers, et à leurs existences. Logique pour moi de rester, parce que je n'ai pas de vie, et c'est le seul vrai foyer que je connaisse. Il y a à peine quelques semaines, je croyais être sur le point d'en construire un nouveau. Je me trompais.

– Il m'a demandé s'il existait des avancées en nanobiotechnologie qui seraient applicables dans les deux années à venir, déclare Izzy. J'ai dit que j'allais faire des recherches.

– Vraiment, Iz ? demande Max. Il faut *vraiment* que tu alimentes sa démence ?

– Ne commence pas à me culpabiliser ! En agitant les deux bras pour protester, Izzy renverse son bourbon. Si j'avais dit : « Aucune chance que tu aies des nanorobots organiques pour réparer ton cœur, Papou », il aurait entendu l'inverse de toute façon !

Max acquiesce :

– Vrai. Et pour être juste, si un type peut créer des fleurs qui brillent assez dans le noir pour lire, alors pourquoi pas ?

Dan siffle le reste de son bourbon, et se lève à contrecœur.

– Les gars, je vais pioncer. Il laisse tomber sa main sur l'épaule d'Ava. Sœurette ici présente accomplira le devoir de surveillance, j'ai donc l'intention de dormir comme un bébé.

– Et les bébés te rejoignent.

Max se lève, tire Izzy sur ses pieds.

– Nous devons être vifs demain. On emmène maman déjeuner dehors.

– Elle est d'accord ? je demande, surpris.

Ma mère n'a pas voulu quitter le chevet de papa un seul instant, même quand il se comportait comme un affreux et qu'il la prenait pour cible afin de déverser sa colère et sa frustration. Quand on lui a dit qu'elle n'avait pas à supporter ça, elle a répondu qu'elle savait qu'il ne le pensait pas. Elle était en bonne santé et pas lui, alors elle pouvait se permettre d'être aimable.

Elle l'adore. Elle aime papa et lui seul depuis trente-cinq ans.

– Elle a accepté juste pour nous faire taire, annonce Izzy. Donc elle trouvera une excuse pour reculer à la dernière minute.

– Nous sommes deux contre une, ajoute Max. Si besoin, nous la porterons.

Les jumeaux trottinent pour rattraper Danny, ils lui donnent le bras, chacun d'un côté. Danny est leur préféré. C'est le préféré de *tous*. Il a un charisme tranquille, et la beauté de maman : tout en blondeur, yeux bleus, une beauté typiquement américaine. Max et Izzy ont activé un gène ancestral qui leur a donné des cheveux auburn et des yeux noisette. Ava et moi sommes les seuls à avoir hérité des cheveux sombres de papa, et de cette nuance de bleu particulière dans le regard, beaucoup plus froide que celle de maman et de Danny.

Il nous a aussi légué sa personnalité autoritaire et sa propension à la crispation émotionnelle. Alors que les trois autres et notre mère se livrent librement, Ava et moi préférons maîtriser nos sentiments. Ce qui, dans mon cas, comme j'ai mis du temps à le comprendre, revient à obstruer un geyser. Il finira par exploser à un moment ou un autre et quand il le fera, il sera impossible à contrôler. Parfait exemple : il y a une heure dans mon pick-up.

– Tu vas bien ?

Même avec une faible lumière et mon visage au summum de son impassibilité, Ava peut lire en moi. Qui se ressemble, s'assemble, je suppose.

Je suis sensible à son inquiétude. Mais j'ai trop honte de ce que j'ai fait pour tout déballer.

– J'y travaille, est la seule réponse que je puisse donner. Qu'est-ce que le Docteur Wilson a dit exactement ?

– Il a ordonné de limiter toute source de stress, tout comme de réduire les activités physiques. Il faut que papa prenne des médicaments à vie, et probablement aussi qu'on lui implante un défibrillateur.

– Une opération.

– Oui, approuve Ava. Tout ce que je viens de te dire a été *super* bien pris, comme tu t'en doutes.

Pour faire bref, mon père, cinquante-neuf ans, un maniaque de la santé et de la vie saine, a attrapé un virus qui a esquinté son cœur. Le terme médical est « cardiomyopathie dilatée ». Le virus a affaibli le muscle cardiaque, qui ne peut plus pomper aussi fort. Le muscle endommagé est lentement remplacé par un tissu cicatriciel, ce qui oblige le cœur à grossir et un jour – souvent rapidement – à s'arrêter.

Ce n'est pas un cas rare. Si le patient ne tombe pas subitement raide mort, la maladie est gérable. *Si* ledit patient est ouvert aux pratiques médicales actuelles et ne considère pas Big Pharma comme un ennemi à anéantir.

Mitchell Durant refuse d'avaler même une aspirine. Auparavant, il n'avait jamais été malade un seul jour de sa vie, ce qu'il mettait sur le compte de son programme d'exercices franchement astreignant et d'un régime très sévère. Notre père aurait fait un candidat terrible pour les courses d'obstacles.

Donc il est facile d'imaginer l'enthousiasme avec lequel le traitement du Docteur Wilson avait pu être accueilli.

– Papa l'a rejeté, je suppose ?

Ava esquisse un sourire chagrin.

– Et le Docteur a écouté, parce que c'est un chic type. Puis, il a dit à papa que s'il n'arrêtait pas de faire l'imbécile, il serait mort dans une semaine.

– Aïe, pas étonnant que maman ait pleuré.

Ma sœur ramena ses genoux vers elle et les entoura de ses bras, une position de vulnérabilité, très inhabituelle chez elle.

– Le fait est qu'il a raison, dit-elle. Papa peut mourir à tout instant.

Ce devrait être le signal pour que j'amorce une tentative de réconfort. Que je sois le frère responsable, comme je l'ai toujours été. Celui qui a un plan.

Mais le poids de la situation pèse sur mes épaules, sombre et étouffant. J'attribuais ma perte de contrôle de ce soir à un faisceau de raisons, mais si elles se résumaient en fait à une seule : j'ai peur d'être seul pour toujours.

J'ai été rejeté par la personne que je croyais être mienne pour toujours, et je n'ai pas même soupçonné que ce coup arrivait. C'était ma faute. J'ai toujours privilégié mon travail à ma relation.

Aujourd'hui, je risque sérieusement de perdre mon père, une éventualité que j'ai scrupuleusement occultée jusqu'ici. S'il s'en va, je ne peux pas prendre sa place. Je ne peux pas être la force qui maintiendra notre famille soudée, parce que je ne suis pas celui avec qui ils veulent se lier. Là encore c'est ma faute. Je n'ai pas fait assez d'efforts pour tisser une relation avec eux. J'ai donné la priorité au sens du devoir plutôt qu'à l'amitié.

Paradoxalement, j'ai fait l'inverse avec Shelby. J'ai jeté le devoir et l'obligation morale aux orties, parce que je voulais désespérément être en lien, ne serait-ce qu'un instant, avec quelqu'un de gentil, de tendre et de franc. Et j'ai obtenu ce lien fugace, mais à quel prix ? C'est ce que j'allais découvrir.

Ava se lève et époussette son jean.

– Tu rentres ? me demande-t-elle.

– Non, je vais rester là encore un peu. La nuit est douce.

Quand elle est hors de vue, j'attrape la bouteille de bourbon. Il en reste un bon tiers, et je le verse généreusement dans mon gobelet moche.

Je le regretterai demain matin, mais là tout de suite, il semblerait que Jack soit mon unique ami.

Chapitre 7

Shelby

Il y a cinq chats et un chien dans mon lit, encore deux chiens par terre, et je ne me suis jamais sentie aussi seule de toute ma vie.

Ou aussi réveillée.

Ou aussi embrouillée.

Peut-être suis-je comme ces savants qui ont un incroyable talent dans une spécialité, mais qui sont complètement inaptes dans tous les autres domaines. Mon talent consiste à faire du vin. Socialement et quand il s'agit de déchiffrer les sentiments des gens, je suis nulle.

Il m'a embrassée, et je ne sais absolument pas pourquoi. Il a subitement arrêté de m'embrasser, et je ne sais absolument pas pourquoi non plus. Je suppose que j'aurais pu demander des explications, mais il avait une expression si horrifiée, comme s'il avait commis la pire erreur de toute son existence, que je suis partie en courant.

J'étais tellement gênée. En plus mon cerveau ne tournait pas à plein régime, à cause du choc, et du raz-de-marée de désir qui, je le jure, a fait même repousser mes poils de jambes. Satanées de noisettes, ce garçon-là sait embrasser.

Mais *pourquoi ?* Réponds à ça, l'univers !

J'attends. La ligne directe pour l'univers est occupée.

Je jette un coup d'œil à mon réveil. Une heure dix. Trop tard pour appeler qui que ce soit. Enfin, peut-être pas Ciara, mais je ne suis pas sûre de vouloir qu'elle sache. Pas tout de suite.

Allez, Shelby, c'est idiot. C'est ta meilleure amie de toujours et pour toujours, et elle n'a pas flirté *une seule fois* avec lui de toute la soirée. Peut-être en avait-elle envie, mais elle ne l'a pas fait, parce qu'elle sait à quel point c'est humiliant d'être la cinquième roue du carrosse.

Enfin, non que Ciara ne se soit jamais sentie humiliée, mais elle est capable de le deviner. Nous veillons les unes sur les autres, nous trois, Ciara, Jordan et moi. Depuis toujours, depuis que nous sommes gamines.

Impossible d'appeler Jordan. Elle travaille pour une agence touristique du genre aventures : elle se fait payer pour mettre des gens en danger parce que ça les amuse. Elle ne pouvait pas nous accompagner ce soir parce qu'elle faisait du camping extrême toute la nuit. Elle va commencer sa journée à l'aube, et elle ne sera pas ravie que je la réveille à cette heure-ci, même si c'est très important.

Va donc pour Ciara. Je lui envoie un texto :

– Tu dors ?

Mon téléphone bourdonne immédiatement.

– Ça ne va pas ? me demande-t-elle.

– Je sais pas. J'ai besoin de te parler.

Je lui explique comment nous nous sommes subitement embrassés, puis plus, et comment je me suis enfuie dans la maison avant qu'il ne démarre. Cela ne prend que quelques minutes. La situation ne me paraît pas meilleure en la racontant.

Ciara ne rit pas. Elle dit : « D'accord. OK » d'un ton ferme, comme si tout était clair.

– Ça te paraît logique, à toi ? je lui demande.

– Shel, je n'ai pas dragué Nathan hier soir pour deux raisons. La première c'est que de toute évidence il a craqué pour toi...

– Comment peux-tu affirmer une chose pareille ? Pourquoi c'est clair pour toi et pas pour *moi* ?

– J'observe ! répond-elle. J'ouvre les yeux ! Je... écoute, tais-toi. Fais-moi confiance sur ce coup-là.

– Mais...

– La *seconde* raison c'est la plus importante, poursuit-elle. Parce que je suis curieuse et méfiante, j'aime apprendre des choses sur les gens. Pas tous les gens, certains sont trop sinistres pour en valoir la peine. Un type comme ce Monsieur Durant, en revanche, je fais un audit préalable.

– Ce n'est pas une négociation commerciale.

– Peux-tu te taire jusqu'à la fin ? (Parfois, Ciara est tellement autoritaire.) Bon, je sais, parce que tu me l'as dit, qu'il est sous contrat avec McRae Capital, alors j'ai appelé cette fille avec qui j'ai fait un plan à trois et qui travaille là-bas.

– Un plan à trois !

– C'est tellement facile de te choquer, ce n'est même plus drôle. Non, je plaisante. Elle a un peu creusé le passé de Nathan et elle a découvert un fait *très* intéressant.

– C'est bien que je le sache ?

– C'est pour ton bien. Le domaine qu'il a administré à Bordeaux ? Il était fiancé à la fille du propriétaire. Ils se sont rencontrés à Harvard, apparemment, et il l'a suivie en France. C'est comme ça qu'il est tombé dans le vin au départ. Ils sont restés ensemble presque quatre ans avant de se fiancer et alors, la semaine avant le mariage, elle l'a plaqué.

– Oh. (Voilà ma réponse pas très intelligente.) Pauvre Nathan.

– Oui et non, réplique Ciara. Oui, c'est rude de se faire larguer au pied de l'autel. Mais tu ne vois pas ce que ça *implique* ?

– Bien sûr que non. Je suis débile.

– Il se remet d'une *rupture amoureuse*. (Ciara clarifie bien les choses pour moi.) Et même s'il est sexy et qu'il t'aime bien, tu ne dois *pas* être son lot de consolation.

– C'est pour ça qu'il m'a embrassée ?

– Correct. Les types qui se sont fait larguer... Ils compensent en devenant excessivement compétitifs. Ils délèguent toute responsabilité à leur partie inférieure et décident de prouver leur virilité. Les femmes se transforment en bâtiments pour cochons dans une partie d'*Angry Birds*, il faut les faire tomber. Le plus gros score gagne.

– Cette métaphore est aussi embrouillée que moi.

– Le fait que Nathan ait eu aussitôt des remords, c'est plutôt bon signe. C'est un être humain convenable, déclare mon amie. Mais tu devrais te méfier.

Je pige. C'est compliqué quand même.

– Donc comment dois-je me comporter avec lui maintenant ? suis-je contrainte de demander. Je fais semblant de rien ?

– Reste professionnelle, Shel, répond Ciara. Polie, factuelle, concentrée sur le travail. Après tout, sauver le domaine reste ta priorité, pas vrai ? Pas t'envoyer en l'air avec un mec qui ne cherche qu'à se prouver qu'il est baisable.

Elle a tellement raison. Je suis bouche bée tellement elle a raison.

– Tu donnes des cours ? Puis-je être ton Luke Skywalker, Obi-Wan Kenobi ?

En arrière-plan, j'entends la voix d'un homme. Un étranger, je dirais. Allemand, peut-être ? Et impatient.

Ciara intervient :

– Je discute avec ma copine !

À moi, elle dit :

– Ça le fera mariner.

– Qui c'est ?

Mais Ciara a terminé sa séance de conseils. Elle veut aller jouer à « cache-cache *bratwurst* » avec l'Allemand.

– Reste cool, Shel, et tout ira bien. Concentre-toi sur l'essentiel.

– Je t'aime.

– Je t'aime aussi.

Et elle raccroche.

Pendant que je téléphonais, les deux autres chiens ont rampé sur le lit. Je devrais tous les faire descendre à coups de pied, et les chats aussi, mais c'est agréable d'être entourée de corps chauds. Maintenant que je suis destinée à rester sur un plan strictement professionnel avec Nathan, je suppose que les amis à fourrure sont les seuls copains de chambrée qui me sont autorisés.

Bien sûr, je reste éveillée dans mon lit, je pense à Nathan et à quel point il a dû souffrir d'être abandonné. Ma petite poignée d'histoires de cœur se sont toutes terminées en bons termes. Elles étaient simplement en perte de vitesse et à chaque fois, nous avons accepté de nous séparer d'un commun accord. J'étais triste, c'est certain, mais je n'ai jamais eu le cœur brisé.

La seule fois où j'ai ressenti une véritable douleur, c'était à la mort de papa. Le chagrin me perfore encore le ventre, mais je ne me suis jamais culpabilisée. Tandis que je parierais bien sur le fait que Nathan le perfectionniste se flagelle encore pour ce qu'il considère comme un échec personnel.

Son baiser ne me dérange plus autant maintenant. Je sais ce que c'est que de vouloir se prouver quelque chose.

Quand je finis par m'endormir, je rêve que je suis à un mariage : la mariée ressemble à un top model et Nathan est le marié. Ils m'adressent des regards pleins de pitié, pendant que je tâtonne pour attraper le bouquet, et que je le vois s'écraser au sol, où il explose en une gerbe de pétales.

*

Je suis loin d'être cool ce matin. Je sais que Nathan est arrivé, parce que j'ai entendu le pick-up s'arrêter. Il se trouve probablement dans le bureau. Et je ne peux pas retarder plus longtemps le moment d'y aller.

Le café est passé. Je verse deux tasses et je les apporte. Les pros commencent leur journée avec de la caféine, et si ce n'est pas le cas, ils le devraient. Et en plus, j'espère qu'il prendra ça comme le signe que nous pouvons remettre les compteurs à zéro et repartir sur de nouvelles bases, en toute simplicité.

Il me tourne le dos. Il fixe le calendrier sur le mur, sur lequel je suis censée inscrire les dates importantes, mais je ne le fais jamais, parce que tout le monde à Flora Valley les connaît.

En m'entendant approcher, il se retourne. Ouah, il a l'air un peu hirsute. Me demande ce qu'il a fabriqué après l'événement auquel on ne doit plus jamais faire allusion ?

– Euh, j'ai apporté du café.

Vingt sur vingt pour l'évidence, mais qu'importe.

Une légère hésitation. Mais ensuite il dit :

– Merci.

Nous faisons presque la conversation. Bon départ.

Manifestement, c'est à moi de continuer.

– Alors je suppose que nous devrions ouvrir le kimono.

Où j'ai pêché cette phrase, je n'en ai aucune idée.

Je note un faible tressaillement au niveau de son sourcil gauche, mais à part ça, son visage ne révèle aucun indice sur ses pensées.

– Discuter de ce que tu as en tête, j'explicite. Concernant l'exploitation.

J'ai raison ? Est-ce que c'était une marque fugace de soulagement ? Elle a disparu à nouveau. J'ai *vraiment* besoin des cours de Ciara.

– Bien sûr. Tu veux discuter ici ou dans la maison ?

Je comprends pourquoi il pose la question. La pièce est quelque peu... encombrée. Le bureau et les étagères sont couverts de dossiers, mais aussi de livres, de factures (beurk), de notes, d'une pomme à moitié mangée (depuis combien de temps elle est là, celle-là ?), et d'un mug pot à crayons où il est écrit : « Cassos blancs Un verre de blanc ». Un cadeau de Jordan, qui trouve ça hilarant.

Pourtant, la maison est mon territoire et la voix de Ciara me conseille de garder une distance professionnelle.

– Ici c'est bien. Je vais débarrasser un coin.

– Je reviens dans une heure, alors ?

Sarcasme ! Le signe bienvenu que les choses reprennent leur cours.

En fait, j'en ai pour dix secondes. Je soulève une pile du bureau et je la pose au sommet d'une autre pile sur une étagère à proximité.

Je place une chaise pliante devant le bureau pour moi, et d'un geste, j'invite Nathan à prendre place de l'autre côté. Je balance en vitesse la pomme à moitié rognée dans la poubelle avant qu'il ne le fasse.

– OK.

Je lui donne le ton :

– C'est quoi le plan, superman ?

Il me fixe, comme s'il essayait de déterminer si je le taquine ou pas. Le verdict penche en faveur de ma sincérité. Ou alors il ne veut pas s'embêter à perdre plus de temps.

– Les leviers habituels à disposition des exploitations viticoles pour gagner plus d'argent consistent à augmenter la production, grossir les prix, et réduire les coûts d'exploitation. La production de Flora Valley est à pleine capacité, et n'importe quelle nouvelle plantation nécessiterait au moins cinq années de plus avant d'être profitable.

– Si nous augmentons les prix, nous perdrons nos clients actuels, suis-je obligée de l'interrompre.

– Tu les perds de toute façon. Les précommandes diminuent.

Impossible de le nier. Je le voudrais, mais je ne le peux pas.

– Vos coûts d'exploitation étaient très faibles, poursuit Nathan mais pas depuis que vous avez perdu la main-d'œuvre familiale gratuite. Il faut remplacer le matériel, et si nous voulons avoir une chance d'augmenter la production dans le futur, le moderniser.

– J. P. est prêt à dépenser cet argent ?

Il est le seul en position de le faire, donc ma question est pertinente.

– À certaines conditions, oui.

Nous y sommes. Le plan que je demandais et que je ne suis plus sûre de vouloir connaître.

– Flora Valley a connu le succès essentiellement grâce à ton défunt père. L'inconvénient est que la marque Billy Armstrong a éclipsé la marque du domaine. Les Vins Flora Valley ont besoin d'acquérir une identité. Il faut la réinventer et la relancer. Auprès d'une nouvelle gamme de clients.

On dirait que Nathan Durant se spécialise dans l'art de me perdre.

– Et tu vas me dire comment, n'est-ce pas ?

– Aujourd'hui, les consommateurs de vin sont une espèce différente, ils ne sont plus les mêmes qu'il y a cinq ans à peine. Ils ont une conscience des coûts infiniment plus aiguisée. Cela ne veut pas dire qu'ils veulent du vin moins cher, et par ailleurs, ils ne veulent pas du luxe pour l'amour du luxe non plus. Ce qu'ils recherchent, c'est la *valeur*. Et cette valeur provient en partie de la comparaison qualité prix, mais aussi et surtout de l'*expérience* que le vin leur livre.

Oh, God. Je suis dans le canot pneumatique de l'ignorance et je dérive sur une mer de jargon.

– Comment un vin délivre-t-il une expérience ? Ce n'est pas une visite guidée.

– Non mais le domaine si. Il faut faire venir des gens ici et nous devons également leur apporter le domaine sur un plateau, répond Nathan.

– Amener des gens ici ? Tu veux dire dans une salle de dégustation ?

– C'est exactement ce que je veux dire. Pourquoi ton père n'en a-t-il jamais installé ?

– Je crois que maman s'y opposait. D'après mes souvenirs, elle avait l'impression que l'exploitation s'immisçait déjà assez dans notre vie de famille.

– Eh bien, il en faudrait une maintenant. Qu'en penses-tu ?

– Ça ira, je crois. Ce sera différent.

– Il faut un site web aussi. Je n'arrive pas à croire que vous n'en ayez jamais eu.

– Papa avait l'habitude d'appeler ses clients et d'envoyer des e-mails. Il privilégiait une relation plus intime en s'adressant directement à eux.

– La tactique n'est pas mauvaise, concède Nathan. Mais pas efficace. Et n'a pas une grande portée. Aujourd'hui les consommateurs de vin font beaucoup de shopping en ligne. Ceux que nous ne pourrons pas faire venir ici, nous les accueillerons virtuellement. Notre site web devra travailler dur.

Je suis touchée par le « nous ». Mais je ne me sens pas son égale. J'ai l'impression que tout ce que j'ai su, tout ce que nous avons fait jusqu'ici, n'était pas bon.

– Hé...

Nathan a dû interpréter mon expression.

– Flora Valley fait un excellent vin. C'est tout ce qui compte en définitive. En mettant en œuvre ces initiatives, nous en ferons une excellente affaire aussi.

Mon regard croise le sien, et un éclair d'électricité passe entre nous. Nous le sentons tous les deux. Je le sais parce que nous nous figeons instantanément.

Timing parfait pour un coup tranquille frappé à la porte.

– Bonjour.

C'est Cam. Épuisant par là même son quota limité et quotidien de mots.

Je suis tellement soulagée de le voir que je me comporte comme une dingue.

– Cam ! Salut ! Entre !

Il avance d'un centimètre à l'intérieur.

– Voici Nathan Durant. Le nouvel administrateur dont je t'ai parlé. Nathan, voici Cam Hollander, préposé à l'entretien et tonnelier extraordinaire.

Nathan est un peu piégé derrière le bureau mais il tend la main et Cam se penche en passant devant moi pour la lui serrer.

– Enchanté, dit Nathan.

Cam hoche la tête. J'espère que Nathan devine que c'est son attitude normale. Il détaille Cam comme la plupart des hommes le font la première fois qu'ils le rencontrent : avec prudence. Cam n'est pas un petit humain. Il fait plus d'un mètre quatre-vingt-quinze, et il est musclé comme une statue de Michel-Ange. Il se tient comme l'ancien soldat qu'il est, bien droit et en alerte. Prêt à bouger dans n'importe quelle direction.

Son choix dans l'immédiat le conduit vers la porte. Il est seulement passé pour rencontrer Nathan. Ayant rempli son devoir, son contact avec les êtres humains est terminé pour la journée. Il retourne à sa remise où il vit et travaille.

– Cam, à quel point es-tu occupé ? je lui demande.

Il hausse les épaules :

– Comme ci, comme ça.

Inutile de faire traîner les choses avec Cam ou il peut disparaître en un éclair. Alors je me jette à l'eau :

– Qu'est-ce que tu dirais de construire une salle de dégustation ?

Chapitre 8

Nate

Alors le point positif c'est que les tensions entre Shelby et moi semblent s'être relativement apaisées. Plus apaisées que mes actes ne le méritent, je dirais, mais je prends tout de même.

Le point négatif c'est qu'elle vient de passer commande auprès de Ken le Survivant de la construction de la nouvelle salle de dégustation sans prendre une seconde pour me consulter. Nous n'avons pas discuté de ce à quoi ce foutu truc devrait ressembler, ni même de l'endroit où l'installer, alors comment va-t-il savoir où le construire ? Il n'a pas l'air du genre de gars à mettre des fenêtres partout. Il préférera sans doute enterrer toute la salle, et en faire une armurerie.

Étant donné la nature potentiellement fragile de mon rapprochement avec Shelby, j'ai l'intention de prendre sur moi. Mais nous devons avoir une petite conversation elle et moi à propos de la répartition future des rôles et des responsabilités. Je lui demanderai combien elle compte payer Cam le Commando. Je n'ai aucune envie de découvrir qu'il fait des réserves d'or à côté de ses munitions.

Voilà une autre tâche urgente. Mettre le nez dans les comptes. Les extirper des livres comptables physiques et les saisir dans un système comptable en ligne. Avec des codes de comptes correctement organisés, de sorte à effacer les lignes comme « Soins des cochons » et « Trucs aux herbes de maman », qui pourraient donner une assez mauvaise impression selon le cercle de personnes réunies.

Et pourquoi pas tout de suite ? Shelby est repartie travailler dans la maison, car ce bureau n'était pas aménagé pour deux. Ni même pour un d'ailleurs. Un téléphone ici est relié à un poste dans la cuisine, donc je peux l'appeler si j'ai la moindre question.

Vingt secondes plus tard.

– Cet ordinateur a déjà fonctionné ?

– Tu l'as branché ?

Je suis diplômé de Harvard et je suis un administrateur expérimenté. J'ai aussi une abominable gueule de bois, donc cette question pourrait être pertinente.

– Tout ce qui doit être allumé, l'est, je lui réponds. Sauf l'écran. Qui reste d'un noir esthétique.

– D'après moi, il est cassé. Mais je ne suis pas experte.

– Il y a un magasin d'ordinateurs à Verity ?

– Aucune idée. Je n'en ai jamais eu besoin.

– Et pourtant tu as un ordinateur en panne.

– Première fois que j'en entends parler, a-t-elle l'audace de répondre. Je fais tout par téléphone, ou sur papier. Tu ne peux pas te servir de ton ordi portable ?

Je devrais répondre oui. Il se trouve que je l'ai laissé à la maison, par terre à côté de ma dignité. Là encore, c'est un miracle que j'aie réussi à mettre mon pantalon à l'endroit ce matin.

Je cherche les « réparateurs informatiques » sur mon téléphone. Il y en a *UN* à Verity. Il s'appelle « Byte Me[1] ». Évidemment.

– Je vais faire une virée en ville. Besoin de quelque chose ?

– Tu payes ?

– Ça dépend de ce que tu veux.

Sur ma liste, j'ai de l'Advil hyper puissant, du café et peut-être un petit remontant pour soigner le mal par le mal.

– Une part de tarte au citron vert du *Sans Chichis ?*

– C'est là où il y a l'alligator empaillé ?

– Iris est très fière de ses racines floridiennes, précise Shelby. D'après la rumeur, elle l'a tué elle-même. À mains nues.

– Je me ferai un mémo de ne pas lésiner sur le pourboire.

– Dis-lui bonjour de ma part, dit-elle avant de raccrocher.

Ayant grandi hors de Martinburg, nous n'avions pas tellement de raisons de venir à Verity. Dans ce comté, les petites villes mignonnes ne manquent pas. Papa ne raffolait pas des sorties en famille qui impliquaient de rouler dans des rues principales et de manger dans des *diners*. Il nous emmenait plutôt en rando ou faire du trail running. Si on allait à la plage, il fallait nager au moins un kilomètre et demi avant qu'il ne consente à ce qu'on prenne un bain de soleil.

Dès leurs cinq ans, tous les enfants Durant ont dû commencer un sport et la compétition. J'ai choisi la course, Ava a obtenu tous ses diplômes depuis le poney club jusqu'au concours complet d'équitation, Danny a opté pour le foot, et les jumeaux pour le tennis afin de jouer ensemble. Les week-ends, la logistique mise en œuvre rivalisait avec

1. Jeu de mots avec Byte, un « octet » et *Bite me*, « Mords-moi ».

le Débarquement, car nous partions tous dans des directions opposées. Avec le recul, je ne sais pas ce que ressentait maman, qui était obligée de relayer papa toute la journée pour nous conduire un peu partout. Je ne l'ai jamais entendue se plaindre.

« Votre père veut ce qu'il y a de mieux pour vous. » Voilà ce qu'elle nous répondait quand l'un de nous se plaignait de nos emplois du temps de ministres, et de la pression qui pesait sur nos épaules, car il ne fallait pas seulement participer, mais gagner.

Nous n'exprimions notre mécontentement qu'à notre mère. Notre père n'accueillait pas les pleurnicheries avec bienveillance. « Un esprit sain dans un corps sain », répétait-il. Et aussi « La discipline, c'est choisir entre ce que vous voulez et ce que vous voulez encore plus » et l'éternel favori : « Les justifications ne donnent pas de solution ».

Je dirais qu'il est heureux que, d'un point de vue génétique, nous ayons tous hérité à moitié de papa. Aucun des enfants Durant n'aime perdre et nous étions prêts à faire les efforts nécessaires pour remporter la victoire.

Malgré tout, alors que je me gare devant le *Sans Chichis* dans la minuscule et pittoresque rue principale de Verity, je me demande ce qu'aurait été notre enfance si nous avions mangé des pancakes en famille le week-end au lieu d'être éparpillés à travers le comté, notre fibre compétitive remontée à bloc. Ces fêtes autour du foyer dehors, lancées par Ava la rebelle, étaient l'occasion pour nous, les enfants, d'être pour la première fois soudés en tant que groupe. La première fois que nous faisions quelque chose ensemble pour nous amuser.

La clochette de la porte retentit quand j'entre dans le *diner*. Derrière le comptoir, une femme lève la tête. Elle a dans les soixante ans, et dégage la force d'une catcheuse d'alligator – qu'elle est donc d'après la rumeur –, armée d'un regard pénétrant qui prévient de sa tolérance zéro envers la bêtise. Ce doit être Iris.

Elle me jauge. Je visualise presque le mot « citadin » se former dans son esprit. Ensuite, elle examine la paume de mes mains pour voir si j'ai déjà fait une dure journée de travail. L'alligator qu'Iris a peut-être – ou pas – étranglé est installé sur une étagère en hauteur à ma gauche, allongé de toute sa longueur, la gueule ouverte. Il n'a pas l'air de m'apprécier lui non plus.

– Que puis-je faire pour vous ? demande-t-elle.

– Un café, s'il vous plaît, madame, je réponds, parce que je suis bien élevé, et que je n'ai pas envie qu'elle crache dans ma tasse de kawa.

– Rien à manger ?

Je reconnais une menace quand j'en entends une. Heureusement je peux ajouter :

– Une part de tarte au citron vert à emporter. Et je dois vous transmettre le bonjour de Shelby.

Ma tactique de léchage de bottes se solde par un échec total.

– C'est vous le type de Harvard venu pour lui donner des ordres ?

– Non, madame. (J'aurais dû acheter l'Advil *avant* de venir prendre un café) : Nous formons une équipe.

– Cette fille est une grosse bosseuse, m'informe Iris. Et généreuse comme tout. Par ici, nous formons une vraie communauté, et les gens savent qu'on la joue collectif.

Quand les grands incendies se sont déclarés il y a deux ou trois ans, nous avons tous mis la main à la pâte pour aider ceux qui en avaient besoin. Shelby Armstrong ne connaît pas le sens du mot « fatigue ». Elle n'a rien lâché jusqu'à ce que le dernier boulot soit terminé.

Je réfléchis sérieusement à l'éventualité de fourrer la tête dans la gueule de cet alligator et de lui refermer les mâchoires juste pour sortir de ma détresse.

– J'apprécie, madame. Je suis impatient de travailler ici.

– Elle adorait son papa, aussi.

Iris balance un dernier tir :

– Billy était un homme bien, honnête. Son décès a été une perte pour nous tous.

Enfin, elle me tend une tasse de café. Il sent bon. Pas aussi fort que celui de Shelby, mais de toute façon, un truc plus fort vous ferait tomber raide mort, comme un coup de pied dans le cœur.

– Je vais emballer la tarte. Asseyez-vous où vous voulez.

Je me demande si cela signifie qu'elle s'est adoucie un chouïa, lorsque la sonnette retentit à nouveau, et la porte s'ouvre à toute volée. Une blonde bronzée à la silhouette athlétique entre à grand pas, elle porte un harnais d'escalade autour de son short très court, et un casque de protection sous le bras. Parce que j'ai un chromosome Y, je ne peux m'empêcher de remarquer qu'elle a les seins les plus incroyables que j'aie jamais vus en dehors des pubs pour du porno sur internet.

Elle me repère et son visage s'illumine.

– Oh, salut ! C'est toi !

Je jure que je n'ai jamais croisé cette fille de toute ma vie.

– C'est toi, Nathan !

Elle me tend la main et je passe ma tasse de café dans ma main gauche, parce que je ne veux absolument pas donner une seule chance à Iris de me l'arracher.

– Je suis Jordan. Une amie de Shelby.

Je devrais dire que c'est un soulagement. Jusqu'à ce que je me demande comment elle m'a reconnu si facilement. Comment Shelby m'a-t-elle décrit exactement ?

– Ciara m'a dit que vous aviez bu des coups chez Bartons hier soir. Je préfère que ce soit vous que moi. Entendons-nous bien, Ted est génial et tout, mais ses cocktails sont un peu, comment dire… est-ce qu'on ne peut pas avoir juste une bière, pas vrai ?

– Oui.

– Merci d'avoir raccompagné Shel chez elle. Ted a dit que tu étais – elle prend un mauvais accent anglais – « plutôt un gentleman ».

Aucun aspect de ma vie ne va rester privé ici. Autant l'accepter dès maintenant.

– Et tu as rencontré Javi et Cam aussi. (Elle confirme mon pressentiment.) Mon dieu, Cam, il est tellement sexy. J'adore ces gars forts et taiseux.

Les opposés s'attirent, je suppose. Bien que je ne voie pas pourquoi elle est attirée par un type qui met au point des recettes pour cuisiner les animaux écrasés.

– Jordan, chérie, j'ai commandé ton déjeuner là-derrière. Je vais le chercher.

Iris sourit. Elle aime bien Jordan. Le jury n'a pas tranché : je ne sais pas si moi, j'ai grimpé quelques crans dans son estime.

En fait, j'aime bien Jordan aussi. Il est impossible de ne *pas* l'aimer. Enjouée, ouverte, pleine d'énergie. Un bébé

Labrador avec un bonnet D. Une pensée que j'ai bien l'intention de garder pour moi.

– C'est pour quoi ce matériel ? dis-je en montrant le harnais et le casque. Escalade ?

– Oui. J'ai un groupe d'ados pendant les vacances d'été. Une majorité de garçons.

Je prédis un tas de lessives en douce de draps de lit dans leur avenir proche.

Iris laisse tomber une boîte géante pleine de sandwiches et de donuts recouverts de glaçage, sur le comptoir. Si je ne savais pas que c'était pour un groupe d'ados, j'aurais cru qu'elle nourrissait une armée entière.

– Merci, Iris, t'es une championne.

Je suis sur le point de demander à Jordan si elle a besoin d'un coup de main pour porter le carton, lorsqu'elle le soulève du comptoir comme s'il était rempli d'air.

– Tu devrais venir boire une bière avec nous à *La Selle d'argent*. Vendredi c'est notre soirée filles, mais tu peux taper l'incruste, étant donné que tu nous connais toutes maintenant.

Mon cerveau imbibé d'alcool réussit à déterminer que ce « toutes » englobe Jordan, Ciara et Shelby. Il me faudrait quelque chose de plus fort qu'une bière pour suivre ces trois-là. Je prédis une autre gueule de bois dans mon futur proche.

– Bien sûr. Avec plaisir.

Jordan sourit :

– Tu sais, Shelby craignait que tu ne sois un vrai connard, mais je pense qu'elle t'aime bien maintenant.

Apparemment mon avis sur la question n'a pas d'importance car Jordan lance un joyeux au revoir à Iris, qui revient de l'arrière-salle, et se dirige vers la porte.

Je vais la lui ouvrir mais elle dit « C'est bon » et prouve que c'est le cas en équilibrant le carton gigantesque avec adresse dans une main et en ouvrant ladite porte d'un coup sec de l'autre. Si un de ces adolescents glisse sur les rochers, Jordan le rattrapera par la peau du cou, aucun souci.

Je l'observe s'éloigner, me retourne et découvre Iris derrière le comptoir en train de me lancer un regard dur.

– Tarte. (Elle pousse une petite boîte vers moi. Fait un signe de tête vers ma tasse.) Un autre ?

La réponse sincère serait oui. Mais à la pensée de rester assis seul, avec Iris qui me jette des regards noirs depuis le comptoir et l'alligator qui l'imite depuis le mur, c'est trop pour moi dans mon état actuel :

– Il faut que je trouve le réparateur informatique.

– *Byte Me*, dit-elle avec une emphase ambiguë. À côté de *Boucles et teinture*. Le salon de coiffure (ajoute-t-elle au cas où je serais simple d'esprit). Quelques mètres plus bas.

Je paie le café et la tarte, je laisse un généreux pourboire qu'Iris ignore superbement. En sortant, je sens son regard qui perce des trous brûlants dans mon dos.

Heureusement, le réparateur est à côté de la pharmacie, et le type ne se montre ni hostile ni excessivement bavard. Selon lui, ça ne vaut pas la peine de réparer l'ordi, alors nous négocions un prix pour l'achat d'un nouveau, avec une imprimante qui ne prend pas cinq minutes pour recracher une page. L'Advil fait son effet pendant que je rejoins le pick-up, alors le temps de rentrer à Flora Valley, je suis un homme bien plus heureux.

Ou je l'étais jusqu'à ce que je repère Shelby collée à la Montagne Muette. Ils sont tous les deux installés sous la véranda de style rustique, devant la maison. J'ai sa tarte dans la main, mais je ne peux me résoudre à m'avancer vers eux pour la lui donner. Je ne veux pas voir à quel point ils sont proches l'un de l'autre, ou entendre ce qu'ils se disent.

Ce que je veux c'est foutre un coup de poing dans la gueule du Demeuré du Montana. Je veux le mettre KO en un coup et danser sur son énorme corps inconscient.

Merde. J'ai écrasé la tarte de Shelby.

Merde et quadruple merde. Je suis amoureux d'elle.

Chapitre 9

Shelby

Je devais annoncer à Cam que Nathan prendrait une grande part dans le projet de la salle de dégustation. Cam n'aime pas faire affaire avec des inconnus. Ses nouveaux clients viennent tous de la part de nos clients actuels. Nous jouons les intermédiaires jusqu'à ce que Cam se sente à l'aise avec les personnes qu'il ne connaît pas. Et cela prend des mois, on le sait. La plupart des gens s'en moquent, au vu de la qualité de son travail. C'est un maître artisan à l'ancienne, il a une authentique affinité avec le bois.

Avec les chevaux aussi. Sur le passé de Cam, nous savons qu'il a grandi dans le Wyoming, et qu'il montait à cheval avant de savoir marcher. Qu'il a rejoint l'armée après l'école, qu'il a fait plusieurs voyages au Moyen-Orient, et a été réformé pour invalidité. Il est arrivé dans la région de Flora Valley il y a neuf ans et papa a été son premier client. C'est tout ce que nous savons. Aucun autre détail n'a filtré au cours d'une discussion au coin du feu ou à l'occasion de confessions avinées. Cam ne boit pas, alors forcément.

Dernièrement, il fabrique des fûts et il répare à peu près tout ici, sauf le matériel trop technique. Tous les week-ends, il donne un coup de main à l'association « Rouler pour les handicapés ». Des gamins pour la plupart. Ils adorent Cam. Nous adorons tous Cam. Mais personne n'a la moindre idée de ce qui le fait vibrer.

– Je pensais demander à Javi s'il pouvait rassembler de la main-d'œuvre pour te filer un coup de main, je lui propose.

Nous sommes assis sous la véranda, dans les sièges qu'il a faits pour maman. Si quelqu'un connaît Cam, c'est maman. Mais elle gardera ses secrets. Elle est douée pour ça.

Parfois, je me demande si Cam savait que maman projetait de vendre. Pendant toute la maladie de papa, elle ne m'a pas dit un seul mot sur ses projets futurs. Je ne savais pas qu'elle avait repéré un cottage. Je ne me doutais *vraiment* pas à quel point elle avait trouvé notre vie dure, à quel point le manque d'argent lui pesait, et combien tous les efforts que papa attendait de nous lui avaient coûté. Je n'avais pas conscience que son art était aussi important pour elle, et quel déchirement cela avait été de le reléguer au second plan pendant si longtemps.

Je ne savais pas parce qu'elle ne l'a jamais dit. Du moins, elle ne me l'a jamais dit à moi. Inutile de demander à Cam si maman lui en avait parlé. Autant essayer d'interroger ses fûts.

– De combien d'ouvriers penses-tu avoir besoin ? je le pousse à répondre, parce que c'est ce qu'on doit faire avec Cam.

– Ça dépend.

Du modèle, du budget, des matériaux, et de tous ces trucs, voilà ce qu'il veut dire. Il veut aussi dire qu'il est disposé à travailler avec d'autres. Il m'a fallu six années pour apprendre à interpréter le langage de Cam.

– Le Boss, dit-il ensuite.

Ce qui veut dire que Nathan est de retour. Avec la tarte !

Je suis le regard de Cam, et oui, c'est Nathan, mais il ne vient pas vers nous. Il retourne dans le bureau. Comme s'il avait oublié quelque chose. Ou qu'il était de mauvais poil.

Noisette ! Je regrette de ne pas mieux le comprendre. J'ai fait de durs efforts ce matin pour rendre la situation à peu près normale et j'ai senti qu'on y arrivait presque. Mais il y a eu cet instant, cette petite étincelle qui a surgi entre nous...

Être normale avec Nathan, ou ne pas l'être ? Là est la question, et c'est très déroutant. J'ai pensé à son baiser à peu près non-stop depuis qu'il a eu lieu, mis à part les trente secondes où la tarte m'a obsédée. Je sais que Ciara a dit que j'étais un lot de consolation, mais pourquoi *moi* ? Ciara est bien plus désirable, et elle a bien plus d'hommes à ses pieds. Alors s'il essaie de se prouver qu'il est séduisant, comme Ciara l'a dit, pourquoi ne pas la choisir elle ? C'est comme choisir de chasser une petite gerbille à la place d'un lion. L'un est un trophée, l'autre pas.

Mais il n'a pas embrassé ma copine lionne. Il m'a embrassée, *moi*. Et j'ai aimé ça, beaucoup, ce qui est probablement l'euphémisme de l'année.

J'ai pigé le truc sur la distance professionnelle quand même. J. P. ne nous a pas organisé un rencard. Il attend que nous collaborions pour remettre cet endroit sur les rails, et rapidement. C'est là qu'il veut diriger notre attention. Il ne veut pas qu'on fasse crac-crac pendant la pause déj' ou qu'on s'envoie des sextos.

Ciara et Jordan se suicideraient de rire si je disais « craccrac » à haute voix, alors ça restera bien au chaud dans ma tête.

Ou pas. Il n'y a pas une seule fois où le souvenir du baiser de Nathan ne s'est pas transformé en fantasme sexuel. Impossible de rester professionnelle si *ce machin-là* bouillonne en coulisses.

– OK ?

J'ai dû soupirer. Les yeux marrons de Cam me révèlent son inquiétude. Il se fait beaucoup de souci pour moi depuis la mort de mon père. Je le sais parce qu'il a fait un tas de réparations sans me les faire payer. C'était sa façon à lui de me montrer que je peux compter sur lui. Je le savais déjà, mais c'est gentil de me le confirmer.

Notre relation est différente de celle qu'il a avec maman. Nous ne sommes pas des confidents, seulement des amis.

– J'ai beaucoup de boulot, dis-je. Et un tout petit créneau pour le faire.

Cam me comprend. Les vins Flora Valley font une course contre la montre.

Il se lève et laisse tomber une grosse main rugueuse sur mon épaule. Il veut me réconforter et ça marche. Pas besoin de mots.

Cam s'éloigne et je reste assise dans la véranda jusqu'à ce que je ne puisse repousser plus longtemps tout contact avec Nathan. Par ailleurs, j'ai une envie irrépressible de tarte. J'espère qu'Iris a ajouté son habituelle avalanche de crème fouettée.

La porte est entrouverte. Je passe la tête. Il est assis au bureau et parcourt les livres de comptes, sourcils froncés. Je ne repère nulle part l'emballage du *Sans Chichis*, et j'ai l'impression que ce serait impoli d'entamer la conversation par ce sujet.

Alors je dis :

– Salut.

Ce qui n'est guère mieux.

Il lève les yeux une demi-seconde. Je suis prise de court par la froideur de son regard. Je revis notre première rencontre dans le bureau de J. P. Il était tellement distant et taciturne. Mais pas à la manière de Cam. Cam garde ses distances mais il n'est jamais froid. Il ne regarde pas les gens de haut, alors que l'éloignement de Nathan donne l'impression qu'il se sent supérieur.

Adieu les progrès de ce matin. Je me demande ce qui lui irrite les fesses, comme dirait Iris.

– L'ordinateur survivra ?

Autant continuer à faire un effort.

Il secoue la tête, ajoute une note sur un bloc devant lui.

– Il veut être enterré ou incinéré ?

D'accord, blague pourrie. Mais allez, mon pote, joue avec moi !

Aucune envie de jouer dans son regard déterminé.

– J'ai déjà perdu une matinée. Ces livres de compte sont un vrai bazar. Je peux avancer ?

En temps normal, si quelqu'un m'avait parlé sur ce ton, je serais sortie furtivement, la queue entre les jambes. Papa avait lui aussi ses humeurs, et il valait mieux marcher sur la pointe des pieds comme Elmer Fudd, et se montrer twès twès silencieux. Un paquet d'investisseurs à qui j'ai fait mon argumentaire de vente avant J. P. m'ont fait me sentir comme une petite fille stupide. Un sujet de plaisanterie tout trouvé. Avant de faire la connaissance de J. P., je leur donnais raison.

C'est pourquoi j'ai pris Nathan en grippe à cette première entrevue. Il se comportait comme s'il était meilleur que moi. Un type plus intelligent, plus cool, un type qui a réussi. Puis, son sens de l'humour a filtré à la surface et il s'est rapproché d'un être humain authentique. Hier soir, il nous a beaucoup fait rire Ciara et moi.

Et saperlipopette de bullegomme, ce baiser n'était pas un acte d'une grande intelligence, je le comprends bien, mais c'est *lui* qui l'a fait, pas moi ! Par contre, c'est *moi* qui ai fait les efforts pour rétablir la situation ce matin ! Et on y arrivait presque – comme une équipe ! Alors bordel de noisettes, comment osait-il se comporter tout d'un coup comme un macho supérieur !

– Non, tu ne peux pas, dis-je.

J'attrape une chaise pliante et je me plante dessus.

– Avant, il va falloir que tu m'expliques ce qui t'arrive, bon sang.

Encore ce truc, ce léger frémissement du sourcil gauche. Si j'ai raison, c'est le signe qu'il est déstabilisé.

– Rien ne...

– Connerettes. (C'est le maximum que je puisse faire. Débrouille-toi avec ça.) Ce matin, tu allais bien. Plus maintenant. Qu'est-ce qui s'est passé ?

– Ri...

– Répète rien encore une fois et je te plante avec ce crayon.

Je devrais probablement le prendre dans la main si je veux que ma menace soit crédible.

Trop tard. Nathan l'a attrapé. Il le fait rouler entre ses doigts.

– Je peux en trouver un autre ici quelque part. Je reviens dans une heure.

Enfin, une esquisse de sourire. Je mets l'agressivité en veilleuse.

– Qu'est-ce qui se passe, Nate ?

Il immobilise le crayon un instant.

– C'est la première fois que tu m'appelles comme ça.

– Ah bon ?

Je fouille dans ma mémoire.

– Tu préfères Nathan ?

– J'aime bien Nate quand tu le dis.

Ouah. Maintenant c'est moi qui suis déstabilisée. Son regard bleu se fait hyper intense. Je sens une chaleur gagner mon visage.

– Je suis... très désorientée, dis-je au bout d'un instant de silence. Pourrais-tu s'il te plaît donner satisfaction à une simple paysanne et m'expliquer ce qui se passe ?

Il se redresse sur son siège, et ramène ses épaules en arrière comme s'il s'exhortait mentalement à se conduire en homme. Il prend le crayon dans la main, soigneusement, pour le placer parallèlement au bloc-notes.

Quand il lève les yeux sur moi, l'ancienne froideur a complètement disparu. Au contraire, il est mal à l'aise, presque gêné. L'espace d'une seconde, mon ventre est noué par la crainte. Il a de mauvaises nouvelles concernant l'exploitation et il n'arrivait pas à m'en parler plus tôt ! C'est pour ça qu'il était si distant !

– Shelby, tu sais pourquoi j'ai quitté la France ?

Oui, mais je ne suis pas censée le savoir. Je secoue la tête.

– J'étais fiancé. Elle m'a quitté et je suis tombé des nues, une semaine avant le mariage.

– Aïe.

Une autre esquisse de sourire.

– Oui, atterrissage douloureux, cette fois-là.

– Je suis désolée.

– Tout comme moi. J'étais le connard le plus désolé que tu aies jamais vu.

– Pas de quoi avoir honte.

Il lève un sourcil.

– C'est à moi que tu parles. Monsieur le Perfectionniste-Qui-Déteste-Perdre ? Bien sûr que j'ai eu honte. J'ai échoué. Spectaculairement. Écrasé et brûlé.

– Tu l'aimais. (Je suis surprise que ce soit si difficile à dire.)

– Je le croyais. Maintenant je n'en suis plus si sûr.

– Ben, elle t'a quitté. La rancœur s'impose dans cette situation.

Il me lance un regard qui me suggère d'oublier la carrière de conseillère conjugale.

– Je veux dire que je ne suis plus sûr de l'avoir *jamais* aimée. Mes sentiments pour elle relevaient plus... de la possession. Elle m'a choisi à la place d'un autre type, un gars plus vieux, riche, qui a réussi, alors que je n'étais qu'un étudiant croulant sous les dettes. Elle était à moi... C'est ce que je ressentais pour elle. En bref, j'étais un connard arrogant.

Le vrai Nate Durant jure *beaucoup*. Qui l'aurait cru ?

– Le gars pour qui elle m'a quitté était musicien. Un batteur dans un groupe norvégien de death metal. Je ne savais même pas qu'elle aimait le death metal, voilà le fiancé nul que j'étais. Elle m'a plaqué parce que je la faisais passer au second plan derrière le boulot. Loin derrière. Parce que développer cette exploitation, c'était un autre prix à remporter. Un prix plus important, tu me suis ?

Je hoche la tête. Je le suis bien. Mais...

– Tu es peut-être un peu dur avec toi-même, tu ne crois pas ? Il faut être deux pour qu'une relation marche…

Je sors de mon périmètre de connaissance ici. Mes relations n'ont jamais nécessité beaucoup d'investissement de ma part. Ou de celle de mes copains, d'ailleurs. Je n'ai jamais été vraiment amoureuse non plus.

– J'étais plutôt bon pour ignorer les informations superflues. Comme ses demandes de passer plus de temps ensemble.

Voilà qui semble signer la fin de la confession. Je ne sais toujours pas en quoi ça répond à ma question. Alors je tente :

– Quelque chose a surgi et t'y a fait penser ? C'est pour ça que tu es de mauvais poil ?

Il sourit carrément cette fois et même si c'est un cliché, je fonds littéralement des genoux jusqu'aux pieds… Et je boue dans toute la partie supérieure. Il est beau, c'en est *illégal.*

– Non, admet-il. Je suis de mauvais poil, comme tu sembles tenir à le formuler, parce que je suis jaloux de Ken le Survivant.

– Qui ? Oh.

Ça fait tilt, puis je bloque à nouveau :

– *Cam ?* Qu'est-ce que tu entends par jaloux ?

Je suis quasi certaine que Cam n'a jamais arrondi ses fins de mois en faisant le batteur pour un groupe norvégien de death metal. Mais qu'est-ce qu'il insinue ?

Nathan pose ses coudes sur le bureau et se penche en avant.

– J'étais jaloux parce qu'il était assis à côté de toi. Et parce que tu le regardais avec affection. Et parce qu'il est grand et viril et qu'il sait certainement dompter des animaux sauvages.

Et parce qu'il te connaît depuis plus longtemps que trois jours. Et juste... Parce que.

Je reste bouche bée. C'est tout ce dont je suis capable dans l'immédiat.

Avant de dire :

– Tu veux m'embrasser encore ? Parce que ça me plairait bien, tu sais.

Oh ces yeux. Tellement bleus. Et cette bouche. Tellement exquise. Tellement proche.

– Je suis conscient qu'on est mardi, au beau milieu de l'après-midi, et que nous nous connaissons seulement depuis trois jours. (Sa voix était très basse.) Mais tu serais d'accord d'aller plus loin que ça ?

J'entends Ciara dire : *lot de consolation*. Je devrais réfléchir. Mais je ne le ferai pas.

– Ma chambre est au second en haut de l'escalier à gauche. Donne-moi cinq minutes d'avance, comme ça je peux éjecter les animaux.

Une fois à la porte, je vérifie :

– Tu n'es pas allergique aux poils d'animaux ?

– Non. Tu peux te dépêcher ?

– Oui, patron.

Dans ce cas précis, j'obéis avec joie.

Chapitre 10

Nate

Mon grand-père s'inquiétait toujours à l'idée de devenir sénile. Pourtant, quand c'est arrivé, il s'est bien amusé. Il a perdu *toutes* ses inhibitions. Ce qui, bien sûr, n'était pas terrible pour les autres membres de la famille. Les flics étaient un peu lassés, eux aussi. Malgré tout, il est mort heureux.

Aujourd'hui, il semble que je marche dans ses pas. Je suis devenu fou et je m'en tamponne. Je monte l'escalier jusqu'à la chambre de Shelby, et j'essaie de ne pas réfléchir à tout ce que j'aimerais qu'on fasse. Pas envie que ce soit terminé avant de commencer.

Deuxième étage, gauche. Facile à repérer. C'est la porte devant laquelle cinq chats attendent, l'air énervé. J'ai croisé les chiens dans l'escalier. Ils ont des trucs à faire dehors. Amusez-vous bien, amis à poils. Je n'ai pas l'intention de ressortir d'ici un long moment.

La porte est fermée. À cause des chats. Lorsque je tends la main vers la poignée, j'ai un accès soudain de nervosité. Mon ex-fiancée était la quatrième femme avec qui j'ai eu des relations, et celle avec qui j'ai perdu ma virginité ne compte pas parce que je ne m'en souviens pas bien. Alors disons trois femmes. J'ai vingt-huit ans. C'est pathétique.

Mon excuse, c'est que, entre les études, les compètes de course et l'entraînement, je n'ai pas eu beaucoup de temps pour sortir avec des filles. Je n'ai pas fréquenté les soirées étudiantes. J'étais sérieux et responsable, et là tout de suite, j'ai envie de coller un coup de poing au jeune type que j'étais. Pourquoi tu ne t'es pas plus lâché, espèce d'idiot ? Tu aurais pu y consacrer quelques heures ?

La porte s'ouvre pour moi, et le visage de Shelby, yeux écarquillés, me dévisage, pendant que son pied repousse deux chats, déterminés à rentrer.

– Des doutes ? demande-t-elle, en faisant sortir un troisième chat.

– Nerveux, je lui avoue.

– Moi aussi.

– Je vais entrer quand même.

– Tant mieux, dit-elle.

Je me glisse près d'elle, tandis qu'elle fait une sorte d'attaque de karaté avec les jambes et bloque les trois chats d'un coup avant de claquer la porte.

– Désolée. En vivant seule, j'ai pris de mauvaises habitudes. J'ai laissé les animaux profiter de moi.

– Tu ne laisses pas entrer le jars, au moins ?

– Non. Les cochons non plus, tu seras heureux de l'apprendre.

– J'ai apporté, hum, des fournitures.

Je sors les petits sachets à l'emballage brillant de ma poche, tout penaud, comme un écolier.

– Bien vu. Ceux que j'ai doivent être périmés. Ça fait un bon moment.

Nous restons plantés comme des mannequins dans une vitrine. J'avance vers elle :

– J'aimerais profiter de toi maintenant, si tu es d'accord ?

– Complètement d'accord.

Alors nous nous sautons littéralement dessus et nous nous embrassons. Je n'en aurais rien à cirer là tout de suite si le jars se trouvait dans la pièce. Je suis trop excité pour m'en soucier.

Nous nous embrassons profondément et lentement, son corps fusionne avec le mien, ses mains se nouent autour de mon cou pour attirer ma bouche tout contre la sienne. Je tiens ses fesses dans le creux de mes mains, à la fois pour la soulever un peu – elle fait bien vingt centimètres de moins que moi – et pour la tenir serrée contre moi. Et je ne rêvais pas l'autre soir. Elle bourdonne comme un essaim d'abeilles excité, et c'est le bruit le plus érotique que j'aie jamais entendu.

Je la désire comme un fou et la pression de son corps souple et chaud est presque trop dure à gérer pour ce minuscule truc sans cervelle. Mais je refuse de bâcler le moment. Je veux explorer chaque centimètre recouvert de taches de rousseur de son corps, des pieds à la tête, et de toutes les parties qui se trouvent entre les deux. Mon membre patientera en file indienne derrière ma langue, ma bouche et mes mains. Son tour viendra.

Euh, apparemment mon désir de ne pas se précipiter n'est pas partagé. Avec une dextérité de magicienne, Shelby défait ma ceinture et ma fermeture Éclair. Sa main est dans mon pantalon et mon sexe se tend vers ses doigts comme une baguette de sourcier. Il ne faut pas qu'elle le prenne dans sa main. Je ne fais pas confiance à cet *idiot** pour montrer la moindre retenue.

Je lui saisis le poignet :

– Pas encore.

– Pourquoi ? demande-t-elle, le souffle court. Je te veux si fort en moi.

*Bordel de nouille**, ça ne m'aide pas !

– Ça viendra. Mais... essayons d'y aller progressivement.

Elle libère sa main et la glisse sous ma chemise, et mes abdominaux en font une légère attaque.

– Ta peau est si douce, murmure-t-elle. Est-ce que je peux au moins te déshabiller ?

– Ça, ça ne me pose aucun problème.

Et nous faisons de notre mieux pour nous arracher mutuellement nos vêtements avant que le côté purement pratique prenne le dessus, et que nous nous concentrions chacun sur notre propre déshabillage.

Et nous voilà, nus comme au premier jour, et *mon Dieu**, je la trouve ravissante. Une peau comme saupoudrée de sucre, des éclats cuivrés dans sa chevelure, et les douces rondeurs pleines de sa poitrine et de ses fesses.

Je me demande comment elle me voit, si je corresponds à ses attentes. Ses incroyables yeux bleu-vert sont alanguis par le désir, alors je prends ça comme un signe positif. J'ai envie de la combler pleinement et encore plus. Je veux l'envoyer dans les étoiles.

Nous sommes sur le lit maintenant, et elle m'attire vers elle, se cambre pour que je la pénètre. Je fais tout ce que je peux pour ne pas céder et me glisser en elle. À la place, je descends vers le bas du lit en embrassant sa peau toute chaude jusqu'à destination.

Tandis que ma langue plonge dans sa douceur, son corps entier se tend, et le chœur des abeilles sexuelles recommence. Je dégage une de mes mains et presse la base de ma queue d'un geste menaçant. Tiens-toi à carreau, espèce de *pénible**.

Ses mains entortillent mes cheveux. Je glisse deux doigts en elle et passe mon pouce là où ma langue se trouve, puis le fais redescendre. Je l'entends soupirer, je la sens ruer sous moi. C'est à la fois incroyable et une sacrée torture.

Elle resserre sa poigne sur mes cheveux et murmure :

– Nate, s'il te plaît. Remonte ici.

Et puis zut, je veux la voir jouir. J'ai envie d'être en elle, de la contempler et de sentir chaque seconde de son orgasme.

J'essuie ma bouche sur les draps, et j'attrape un préservatif sous le lit. Mieux vaut ne pas s'obstiner et l'enfiler. C'est mon moment et j'ai bien l'intention de le saisir.

Ça y est. Et Shelby met sa main autour de mon membre, elle me guide à l'intérieur, profondément en elle, et alors que nous bougeons tous les deux, elle écarquille les yeux avec ce que j'espère sincèrement être du plaisir.

– Comment peux-tu être aussi *incroyable* ? demande-t-elle dans un souffle. Pourquoi est-ce aussi *bon* ?

Je suis incapable de répondre. Je suis perdu, je me noie en elle. Je laisse tomber ma bouche sur ses seins, prends ses mamelons délicatement, glisse mon pouce entre nous à nouveau, ajoute ses à-coups au mouvement de nos deux corps.

Les yeux fermés, elle incline la tête en arrière et elle se presse contre moi plus fort, avec plus d'urgence. Je ne veux pas cligner des yeux au risque de rater un instant.

Ensuite, je sens la chaleur irradier en elle, une soudaine tension dans son corps et je m'enfonce plus vite, plus profond, pour l'envoyer au-delà de la limite. Là-bas. Elle frémit, halète et se cramponne à moi tandis qu'elle est balayée par l'orgasme.

Mon pénis est enserré pulsation après pulsation, et c'est un authentique miracle que je n'explose pas en même temps qu'elle. Alors qu'elle commence à se détendre, je ralentis mes mouvements, je la contemple, sans aucun doute en souriant comme un idiot, jusqu'à ce qu'elle rouvre les yeux.

– Oh.

Elle m'attire à elle, m'embrasse avidement, avec gourmandise. Elle murmure tout contre ma bouche :

– Oh, ouah.

Il m'apparaît alors que je suis grotesquement heureux. Fier comme Artaban, comme on dit.

Mais alors, Shelby fronce les sourcils.

– Tu es toujours…

– Quoi ?

Il faut vraiment que je sache ?

– Euh… Dur, dit-elle en rougissant. Nous n'avons pas tous les deux… ?

Je ris avec elle, pas d'elle je le jure.

– Non, seulement toi. Ça va. Heureux d'être là où je suis.

C'est vrai. Je voulais son plaisir et je l'ai eu.

– C'est ridicule. Tu vas te faire du mal.

– C'est un mythe, je réponds. Personne n'est mort de désir non assouvi.

– Mais tu ne veux pas ?

Je me penche pour l'embrasser :

– Rien ne presse.

– Hmm.

Une lueur passe dans son regard et elle se met à bouger sous moi, m'attirant plus profond en elle. Ma respiration se fait un petit peu irrégulière.

– Et si je fais ça ?

Elle pose ses mains sur mes fesses, glisse un doigt vers le bas et...

– Zut, je marmonne.

Et ensuite je ne sais plus ce qu'elle fait, mais je n'ai plus le choix. Je me laisse aller, je m'abandonne à la béatitude de la baiser aussi fort que je peux, jusqu'à ce que je sois ravagé par un plaisir à la limite du douloureux qui me fait crier à pleins poumons.

Maintenant, c'est moi qui suis alangui. Je peux à peine soulever la tête de l'oreiller à côté d'elle. Elle me donne un petit coup dans le bras et je me force à lever les yeux.

– Ne t'arrête pas.

– Quoi ?

– Ne t'arrête pas de bouger, chuchote-t-elle avec insistance.

– OK.

Je suis hébété, mais encore assez dur pour obtempérer.

Merde alors, trois secondes plus tard, elle jouit à nouveau, et on dirait que cela va continuer pour toujours. Je suis déchiré entre l'euphorie et la peur que le préservatif ne glisse.

Juste à l'instant où il *faut* que je le retire, elle frémit et s'arrête.

Je m'extrais rapidement. Le préservatif est toujours en place, merci, merci.

– Désolé, je murmure.

Quasi certain qu'elle ne m'entend pas. Cela dit, je ne sais pas combien de temps je suis resté dans cette stupeur post-orgasmique, alors qui suis-je pour juger.

Ce sont les grattements contre la porte qui la sortent de sa torpeur.

– Idiots de chats, marmonne-t-elle. Allez-vous-en.

– L'heure de manger ?

Elle est tout à fait réveillée maintenant.

– Quelle heure est-il ?

J'ai enlevé ma montre. Aucune idée d'où je l'ai posée. Je me penche au bord du lit et repêche mon téléphone au fond de ma poche de pantalon.

– Dix-sept heures quinze.

Elle se laisse retomber sur le lit.

– Oh, c'est bon. Ils ne mourront pas officiellement de faim d'ici un quart d'heure.

Je passe sur le flanc, appuyé sur un coude. Shelby a encore des couleurs aux joues et ses cheveux sont étalés sur l'oreiller dans un désordre de boucles blondes et rousses. Ses lèvres sont gonflées par nos baisers et elle me sourit tendrement, l'air heureux.

Je suis bien tombé éperdument amoureux.

– Tu veux m'aider à nourrir les cochons ?

– Bien sûr, je lui réponds. Il faut une première fois à tout.

Chapitre 11

Shelby

Je n'ai jamais nourri les animaux en compagnie d'un homme avec qui je venais de faire l'amour de façon grandiose. Mais comme le dit Nate, il faut une première fois à tout.

C'est une bonne chose qu'il soit là parce que je suis un peu… déconcentrée. J'ai laissé mon cerveau dans le lit, il retrouve le contact de sa peau, de ses mains, de sa langue et… je ne peux pas appeler ça son « bidule », c'est ridicule. C'est une queue, voilà ce que c'est. Bien sûr, je ne dirai jamais le mot à voix haute.

Il m'interrompt :

– Il est écrit « boulettes à cochons » sur ce sac.

Je jette un œil à l'étiquette :

– Exact.

– Alors pourquoi tu t'apprêtes à les verser dans les bols des chiens ?

Je jette un œil aussi. Encore exact.

– Je ne suis peut-être pas très concentrée. Étant donné que mon esprit est plein de pensées *assez* obscènes qui t'impliquent toutes.

Est-ce qu'il rougit ? Je ne pensais pas que l'impassible Nate Durant était capable d'une chose pareille.

Il m'enlève le sac de boulettes des mains et vient se coller tout contre moi. Nous nous embrassons pendant… aucune idée. Qui s'en soucie ?

Eh bien, les chiens, oui. Ils gémissent dehors, derrière la porte. Les chats ont déjà leurs gamelles pleines, alors ils n'ont plus besoin de leurs esclaves humains.

À contrecœur, j'interromps notre baiser, je passe le sac des cochons à Nate, pendant que je ramasse la pâtée des chiens et que je remplis leurs bols. Je suis devenue experte dans l'art d'équilibrer les trois.

– Pourquoi tu ne laisses pas les bols dehors ?

Nate glisse les boulettes pour cochons sous un bras, et me tient la porte de derrière ouverte.

– Lutte antiparasitaire. Nous n'utilisons pas de produit chimique ici, pas de sprays, poisons, etc. Et ça n'aide pas d'encourager ces petites saletés à proliférer.

– Saletés ?

– L'expression de Ted.

– Hmm, lâche-t-il sur le ton que Ted inspire souvent chez les autres hommes.

Les chiens attaquent leur nourriture comme des aspirateurs à poils, alors je me dirige vers les cochons. Près de moi, j'entends Nate demander :

– Il est gay ?

Autre question la plus courante sur Ted, après : « Est-ce qu'on pourrait plutôt aller boire un verre à *La Selle d'argent ?* » Toutes deux prononcées avec espoir, mais avec la conscience aiguë d'une défaite inévitable.

– Non. Des tas de copines. Du moins, je crois. Comme elles se ressemblent toutes, c'est difficile à dire.

– Il a son genre, c'est ça ?

– Est-ce que « brillant » est un genre ?

– *Brillant ?*

– Tu sais… Dents étincelantes, et les cheveux aussi, et les bijoux. Comme les dames de Martinburg à l'époque où elles étaient les maîtresses de leur mari.

Nate éclate de rire. Je réalise que je ne l'ai pas vu faire ça souvent. Son humour est plutôt du genre pince-sans-rire. J'aime le faire rire. Je l'aime bien *lui*, aussi. Beaucoup. Et pas seulement à cause des orgasmes.

Dans ma tête, Ciara exprime sa désapprobation. Étant à moitié caribéenne et à moitié italienne, Ciara fait du reproche une expérience qui engage le corps en entier : gestes des mains, mouvements de la tête et tout le reste. *Lot de consolation*, elle scande. Je t'ai *prévenue.*

Le fait est, Ciara n'a jamais été en manque d'attention masculine, alors elle peut choisir le type qui lui plaît et coucher avec. Depuis que papa est mort, je n'ai pas eu l'énergie de faire autre chose que de veiller sur l'exploitation. Avant cela, j'ai privilégié des relations simples avec de gentils garçons qui n'allaient pas mettre le feu et n'en avaient pas envie. À la limite une allumette au bout d'un pétard et c'est tout. Mon dernier copain en date est parti en Nouvelle-Zélande il y a un an pour devenir *woofer* – un ouvrier dans les fermes bios. La dernière fois que je l'ai vu sur Instagram, il semblait bien s'amuser.

Ce que je veux dire, c'est que des hommes comme Nate Durant ne viennent pas se perdre dans mon univers. J'ai des gars du cru, pas de Harvard. Shorts de bain et pas costumes-cravates. Des types que ma mère qualifierait comme ayant un « physique agréable ».

– Tu es *extraordinairement* beau, je lui dis.

Il fronce les sourcils comme si je disais un truc bizarre.

– On doit te le dire tout le temps ? (J'aggrave peut-être mon cas ici.)

– Pas vraiment, lâche-t-il pour toute réponse. Il sent qu'il doit m'en dire davantage, alors il ajoute : j'ai été élevé dans l'idée de ne pas attacher d'importance à l'apparence. Mon père trouvait que c'était paresseux de jouer là-dessus.

Nous sommes arrivés près des cochons. Je remarque que Nate reste en retrait. Un tas de gens le font, surpris par leur taille imposante. Nos deux cochons vietnamiens bien ventrus culminent à environ quatre-vingts kilos et je doute que Nate l'élancé pèse beaucoup plus. Et il est en sous-nombre : deux contre un.

Je leur distribue les boulettes. Ils auront des restes de nourriture demain matin, par moi et par Iris. Je dois retirer les morceaux de gâteaux qu'elle glisse dedans. Je ne veux pas que mes gars deviennent grassouillets, ha, ha.

– Ils ont des noms ? Nate ne s'est pas approché.

– Ham Solo et Luke Skyporker. Ne me jette pas la pierre. L'idée vient de mes frères.

Je perçois son hésitation, et bien que je ne sois pas bonne d'habitude pour décoder les signes, je crois en connaître l'origine.

– On devrait s'asseoir et remplir les blancs sur nos antécédents, je propose. Autour d'un dîner, peut-être ? Je peux faire un truc en vitesse.

– *En vitesse ?* Quoi *?* Du porc et des haricots ?

– Tais-toi !

Je fais un signe de tête vers l'enclos. Nate regarde les cochons, qui farfouillent autour d'eux à la recherche des dernières boulettes.

– Quasi sûr qu'ils ne sont pas aussi pointilleux. Ils te mangeraient si tu tombais raide morte là-dedans.

Il saisit le sac de boulettes et nous retournons d'un bon pas vers la maison. J'aurais bien marché plus près de lui, mais Nate ne cesse de regarder tout autour, et même derrière lui.

– Ce jars me déteste, me dit-il quand il surprend mon expression.

– Dylan n'attaquera pas. Il a perdu sa femelle il y a quelques années, et les oies ne sont agressives que lorsqu'elles protègent leurs petits.

– Et s'il trouve une *nouvelle* femelle ?

– Non. Les oies s'accouplent pour la vie. Il n'y aura plus de Madame Dylan.

– J'aimerais avoir de la compassion pour lui. Et pourtant non...

De retour dans la cuisine, propre et récurée, et oui, d'accord, après d'autres baisers et un peu de pelotage, je jette un œil au réfrigérateur, au congélateur et aux placards. Je recense un éventail d'ingrédients disparates, mais aucun que je puisse combiner pour préparer un semblant de dîner, sauf peut-être pour une personne qui aurait été privée de nourriture dans un désert ces derniers temps.

– On devrait aller chercher une pizza en ville.

– Laisse-moi regarder, propose-t-il.

– Ne me dis pas que tu sais cuisiner ?

– D'accord.

Déjà, il pose des paquets, bocaux et produits divers sur le plan de travail.

– Tu as dit que ta mère faisait pousser des herbes aromatiques ?

Je l'emmène vers la porte de derrière et je lui montre.

Vingt minutes plus tard, j'ai une assiette de spaghettis devant moi, avec des petits pois, de l'ail, des zestes de citron et du basilic. Oh, et une pointe de piment.

– Tu es un magicien. Un verre de vin ?

Il fait la grimace.

– J'ai pris une cuite hier soir à la maison après t'avoir déposée.

Voilà une nouvelle intéressante. Elle explique l'air un peu hirsute de ce matin. Je me demande comment Nate Durant réagit à l'alcool. Moi-même, j'ai l'alcool extrêmement gai. Puis je suis assommée d'un coup.

Ne vous méprenez pas. Le manque d'argent et une surcharge de travail impliquent que les occasions de boire de façon irresponsable sont peu nombreuses. En plus, papa n'aimait pas que l'on se soûle. Selon lui, c'était du gaspillage, surtout avec du bon vin.

Par ailleurs, je n'ai pas besoin d'alcool pour être enivrée en cet instant. Je ne me rappelle pas la dernière fois où j'ai été aussi heureuse.

Nate me fixe de l'autre côté de la table. Et il n'a pas l'air heureux.

– Je ne veux pas te compromettre, dit-il.

Pas du genre à faire des préambules, Monsieur Durant.

– Me compromettre ?

– Avec les affaires. Je n'ai pas envie de te compliquer la situation.

Peut-être aurais-je dû écouter Jordan. Selon elle, ce serait gênant si Nate me plaquait et que nous devions continuer à travailler ensemble.

Je l'interroge avec prudence :

– Pourquoi serait-elle compliquée ?

– Si je dois… passer outre ton avis. Quand nous ne serons pas d'accord.

– Tu ne peux pas savoir à l'avance si nous aurons des désaccords.

Les coins de sa bouche se soulèvent, mais il conserve un ton sérieux.

– Cette remarque prouve à quel point nous sommes différents. Ce qui implique que nous allons *forcément* être en désaccord.

Je pose ma fourchette. J'ai avalé la plus grosse partie de mes pâtes de toute façon… C'était un pur délice. Alors je lui demande :

– Explique-toi.

– Tu es optimiste. Et je pèche par excès de pessimisme. Tu es prête à voguer tranquillement et à croiser les doigts, tandis que j'anticipe en permanence et que je passe mon temps à réduire les risques. Ton système est naturel et fluide, alors qu'avec moi, tout doit être quadrillé et consigné par écrit. Et c'est un début.

Je n'aime pas la tournure que prend cette conversation, parce qu'elle me renvoie que nous ne sommes pas sur un pied d'égalité concernant les affaires. Et je *veux* camper sur ma position. Alors je risque :

– Eh bien, alors, nous nous complétons. Non ?

Cette phrase était censée paraître raisonnable et pleine d'assurance, alors pourquoi j'ai l'impression de demander à être rassurée ?

On dirait que Nate s'apprête à me contredire. Mais il déclare :

– Je n'ai pas toujours conscience de la manière dont je touche les gens. Je peux me montrer autoritaire, et quand j'ai un but, j'ai tendance à me concentrer sur sa réalisation. Tout le reste devient nuisance, et parfois, y compris les personnes auxquelles je tiens.

Soudain, je ne suis plus sur la défensive. Je suis émue. Il *veut* que ça marche. Il veut que ça fonctionne entre nous. Il fait ce qu'il fait toujours, anticiper les risques, pour m'impliquer dans leur réduction. Alors je propose :

– Nous devrions avoir un code secret alors ?

– Un *quoi* ?

Il faudra qu'il s'habitue à mes commentaires farfelus.

– Si tu te comportes comme un crétin, je prononce le mot, alors tu sais que tu dois arrêter.

– « Crétin » fait partie des jurons acceptables ?

– Je n'en ai pas beaucoup. Profites-en bien. Bon. Code secret ou pas ?

– Nom de Dieu.

J'acquiesce lentement.

– Ça peut marcher.

Il me fait un grand sourire :

– Tu tires ton inspiration du BDSM ?

– Ne sois pas idiot. La dernière fois que j'ai fini ligotée c'était quand je me suis empêtrée dans une brassière de sport.

Alors il lâche avec affection (ou je choisis de croire que c'en est) :

– Tu es un sacré morceau de...

– Hé ! J'y pense : tu as oublié ma tarte !

– En fait, non. Mais elle a eu... hum un léger accident.

– Le genre d'accident qui la rend non comestible ?

– Ça dépend. Je vais la chercher pour que tu puisses trancher ?

– Ben oui alors. Je l'ai attendue toute la matinée.

Et il va chercher la tarte. Effectivement, on dirait qu'il a marché, voire couru dessus, mais je vais la manger à la cuillère, pas grave si elle est tout écrabouillée.

Je lui propose une cuillère aussi.

– Tu en veux ?

Avec un air soupçonneux, il goûte un minuscule morceau, et écarquille les yeux.

– *Ça,* c'est sacrément incroyable, dit-il en la désignant avec sa cuillère.

Alors, je fais quelque chose que je n'ai jamais fait de ma vie. Je mets un doigt dans la tarte et je le porte à ma bouche. Je le lèche lentement en fixant Nate tout du long.

Ses yeux s'assombrissent instantanément.

– *Nom de Dieu**, marmonne-t-il.

Et je devine que c'est du français.

Je me lève en prenant la boîte au passage. Puis je sors en me déhanchant jusqu'à la porte. J'entends sa chaise racler le sol alors qu'il la repousse en vitesse.

Nous regagnons la chambre. J'ai laissé la porte fermée. Donc pas de chats. En l'espace de quelques secondes, nous sommes nus et je m'allonge sur le lit, avant de placer une bonne cuillère de crème et de tarte sur chacun de mes seins.

J'observe le sexe de Nate qui se lève et se met dans un impressionnant garde à vous. Il se tient au-dessus de moi.

– *Holy shit*, lâche-t-il.

Cette fois, *pas* en français. Ça, je le sais.

Il se penche et lèche lentement la tarte sur ma peau. Le bout de mes seins est si sensible qu'ils en sont presque douloureux. Je ne veux pas qu'il s'arrête.

Puis il a tout fait disparaître sur mes seins. La boîte est près de moi, et en s'appuyant (athlétiquement, je dois le dire) au-dessus de moi, Nate prend de la tarte avec le doigt et le passe sur mes lèvres. Je lui prends la main et guide son doigt dans ma bouche tout en le suçant de haut en bas, aussi lentement que possible.

Il ferme les yeux et étouffe un juron (dans une langue indéterminée). Ayant eu l'impression que lui seul détenait le contrôle un peu plus tôt, je me délecte de cette sensation de pouvoir.

D'une manœuvre rapide et sournoise, je parviens à le faire basculer. Je le maintiens sur le dos. Avant qu'il n'ait le temps de protester ou de bouger, je prends un peu de tarte et je l'enjambe avec des intentions coquines.

L'espace d'une fraction de seconde, je le vois méditer ses options. Avec sagesse, il choisit de rester allongé, soumis, la tête sur l'oreiller, et il me laisse descendre le long de son corps.

– Ah, je l'entends soupirer, tandis que j'étale la meilleure tarte au citron d'Iris et un gros paquet de crème tout du long de son sexe.

Je suis le trajet de la tarte avec ma langue, et son corps entier se tend. Je saisis la base de son sexe dans une main et je promène ma langue de haut en bas sur l'arête, tapotant le bout, ce qui fait bondir sa queue comme si elle craignait que je lui fasse mal. Mais non. Peut-être une minuscule morsure pour qu'elle sache qui tient les rênes.

– Mais… Shelby…

La protestation est faible, et je l'ignore. Je mets le bout de son sexe dans ma bouche, le bout seulement, et je le caresse de ma langue, puis je le suce. Mes mains glissent lentement jusqu'à ses bourses et je les tiens dans le creux de la main, car elles ont, elles aussi, besoin d'amour.

Il émet une sorte de son, mais je n'arrive pas à discerner de mots précis.

Je devrais cesser de le tourmenter, aussi amusant que ce soit. Je le prends entièrement dans ma bouche, et je m'applique sérieusement à le rendre encore plus inapte à s'exprimer.

Quand je juge qu'il est prêt, je mouille mon index, je le glisse le long de la raie de ses fesses et je prête attention à cet endroit hautement sensible, tandis que je continue à assaillir sa queue avec ma bouche, et à caresser délicatement ses bourses. Les femmes sont douées pour faire plusieurs tâches à la fois.

Ses doigts entortillent mes cheveux.

– *Shel…*, il murmure. Sérieux, je suis… *Ah…*

Je sens ses testicules se contracter, et ensuite tout gicle. Je le prends aussi profondément que je peux, tandis qu'il s'enfonce en moi, et j'avale entièrement sa semence. Alors il crie assez fort pour réveiller toute la Nouvelle-Zélande.

Puis j'ai le plaisir de m'asseoir à califourchon sur lui et de le regarder étendu là, les yeux clos, ses abdominaux se soulèvent tandis qu'il essaie de maîtriser sa respiration. J'aurais dû voler un petit peu plus de tarte, parce qu'il ne faut pas gâcher.

Enfin, il ouvre les yeux. Encore un peu haletant, il dit :

– Tu es...

– Dis-le en français, je lui demande, parce que, en cet instant, je suis la reine triomphante.

Il glisse la main le long de mes cuisses et, d'accord, j'émets un petit bruit inarticulé moi aussi, tandis que ses doigts approchent.

Puis, d'une manœuvre sournoise, il attrape mes fesses et m'attire vers son visage.

– Tu sais quoi ? dit-il, le visage à un centimètre de mon royaume. Je crois que nous devrions continuer en latin.

Le seul mot latin que je connaisse est « Alléluia », à supposer que ce soit du latin.

Mais, oh, ouah, pourquoi ne pas vérifier plus tard ?

Chapitre 12
Nate

Il y a trois choses dont je suis certain : je suis amoureux de Shelby Armstrong, je déteste toujours ce jars, et je ne retournerai jamais au *Sans Chichis*, parce que je jure qu'Iris saura, rien qu'en me regardant, ce qu'on a fait de sa tarte.

Ce matin, Shelby et moi étions si épuisés que nous avons décidé d'un commun accord de reporter toute séance coquine à ce soir. Nous nous sommes succédé sous la douche, et Shelby m'a trouvé un caleçon propre, abandonné par l'un de ses frères, m'a-t-elle dit. J'espère qu'elle a raison. Porter les sous-vêtements de son père défunt serait sérieusement bizarre.

Au petit déjeuner, nous avons fait ce que nous avions l'intention de faire avant de violenter la tarte d'Iris. Elle m'a parlé de sa famille : deux frères aînés, Eli et Jackson, et une sœur cadette, Ashlyn. Ils sont tous partis bâtir des carrières qui n'ont rien à voir avec le vin, et ils vivent dans trois États différents. Shelby les évoque avec affection. Pourtant, cela a dû être difficile pour elle d'être la seule à aimer l'exploitation au point de se battre pour elle.

Son courage me frappe de plein fouet : la mort de son père, le choc en découvrant l'absence de testament, et l'interminable prospection d'un investisseur. Ne pas baisser les bras, refus après refus. Il faut du courage pour être aussi optimiste. C'est beaucoup plus facile de partir du principe que tout va se casser la gueule, parce que l'échec venu, on a la satisfaction d'avoir eu raison. Philosophie pour les nuls, avec l'aimable participation de Nathan Durant. Je vous en prie.

Je lui ai raconté l'essentiel sur ma famille. J'ai minimisé la maladie de mon père. Quand on vient de perdre le sien, on n'a pas envie d'entendre que quelqu'un d'autre se trouve au seuil de la mort. Shelby a dit qu'elle espérait rencontrer mes frères et sœurs avant qu'ils ne repartent chez eux. Ma réaction première fut de résister, parce que qui sait ce qu'ils vont raconter sur moi ? Pour le moment, j'ai l'impression d'être un roi à ses yeux et j'aimerais entretenir cette illusion aussi longtemps que possible.

Peut-être est-ce parce que nous flottons sur un nuage rose post-pluri-orgasmique, mais nous avons passé une journée productive. À ranger le bureau, faire des recherches sur les web designers du coin. À choisir celui avec qui Shelby est allée au lycée, parce que ça se passe comme ça par ici. À aller chercher le nouvel ordinateur et à rentrer la compta dans le logiciel, ce qui me vaut le prix du travail le plus pénible au monde, mais aussi le plus crucial.

Nous avons esquissé le plan de la salle de dégustation, réfléchi aux autorisations nécessaires, élaboré un budget au dos d'une serviette en papier. Shelby a transmis notre réflexion à Cam le Commando et, apparemment, il était enthousiaste. J'espère qu'il ne s'est rien foulé, tout excité qu'il était.

Oui, je suis toujours jaloux. Oui, je sais c'est puéril. Mais qu'il aille se faire voir.

Nous avons déjeuné tard. Rompu notre accord et avons baisé dans la cuisine. J'ai soulevé Shelby, l'ai posée sur le plan de travail, elle m'a enserré avec ses cuisses, et c'était parti. Aucune tarte n'a été blessée. Même si mes genoux tremblaient beaucoup après coup.

Somme toute, une bonne journée. Jusqu'à seize heures cinq, quand j'ai reçu un appel d'Ava.

Shelby a vu mon expression. Elle n'a pas posé de question quand j'ai dit :

– Je dois partir.

Elle me fait confiance. Je souhaite de tout mon cœur ne pas avoir de raison de la décevoir.

Alors, là tout de suite, j'entre dans l'hôpital de district de Martinburg, où mon père a été admis. D'après Ava, il a décidé d'aller faire un « petit footing ».

– Le Docteur Wilson a dit qu'il pouvait faire de l'exercice physique avec modération. (La déception d'Ava est manifeste.) Alors papa est sorti, nous pensions, environ vingt minutes. Sauf qu'il a omis de mentionner que sa conception d'une activité physique modérée est une course de dix kilomètres ! Il s'est effondré au bout d'environ six kilomètres, et il n'est pas mort car un vététiste l'a vu tomber et a appelé le SAMU. Par chance, ils ont pu arriver en cinq minutes.

– Il a eu une insuffisance cardiaque ? ai-je demandé.

– Arythmie. Les battements de son cœur se sont crus en rave party. Tu t'évanouis...

– Je croyais qu'on lui avait demandé de porter un moniteur cardiaque quand il faisait du sport ?

– Tu débarques ? Quand est-ce que papa a fait ce qu'on lui demandait ?

Je lui pardonne sa mauvaise humeur. Je me sens assez furieux moi aussi. Dommage que papa soit à l'hôpital. Je ne pense pas que les professionnels de santé vous regardent avec bienveillance si vous donnez une claque à un homme alité.

La famille entière est ici, rassemblée autour du lit de papa. Ava est la seule debout, et la seule à se montrer plus en colère que bouleversée. Danny a passé un bras autour de maman, qui s'appuie contre son torse. De l'autre côté, les jumeaux la serrent aussi dans leur bras, tout en étant tous les deux enlacés.

Papa est arrimé à un barrage d'équipement médical, qu'il rejettera sans aucun doute dès qu'il s'éveillera. Je suppose qu'on lui administre aussi le traitement tant redouté. Ce qui explique pourquoi il est inconscient et non allongé sur la table d'autopsie.

Il n'y a pas beaucoup de place dans la pièce, alors j'hésite près de la porte d'entrée. Danny regarde dans ma direction, hoche la tête en signe de reconnaissance. Les jumeaux et maman n'ont même pas remarqué ma présence. Ava me lance un rapide coup d'œil et soulève un sourcil. Elle a certainement noté que ma chemise a besoin d'un coup de fer et que je porte les mêmes vêtements qu'hier matin. Sauf le caleçon bien sûr, mais je suis heureux qu'elle ignore ce fait.

Danny donne un léger coup de coude à maman pour lui signifier que je suis là. Elle lève la tête et m'adresse un pâle sourire. Même si ce n'est pas la première fois, je suis frappé par le fait qu'elle ressemble plus à la sœur aînée de Danny qu'à notre mère. Papa et elle se sont rencontrés quand ils avaient dix-neuf ans, et aussi folle d'inquiétude qu'elle soit en ce moment, Ginny Durant, née Adams, ne fait pas plus de trente-cinq ans. Alors que papa a l'air d'avoir cent neuf ans : émacié et gris, grièvement atteint.

Izzy et Max savent que je suis arrivé, maintenant. Izzy me sourit et Max lève les yeux au ciel. C'est une démonstration de solidarité pour m'intégrer au sein du groupe. Pourtant, je sais que j'arrive trop tard. Tout le monde était déjà à l'hôpital quand Ava m'a appelé. Je n'étais pas sur les lieux, comme eux.

Je me rappelle une plaisanterie de Max sur un truc qu'il avait vu sur internet.

« Le pourrissage, avait-il expliqué. C'est quand on passe une journée fantastique mais qu'on n'y croit pas complètement. Puis, comme on s'y attendait, une catastrophe arrive. Et on se dit : Le voilà. Le pourrissage. »

Les progrès que Shelby et moi avons fait aujourd'hui, le bonheur de s'être mis ensemble et la plus joyeuse et agréable relation sexuelle de toute ma vie : tout ceci aurait pu tout aussi bien ne pas avoir lieu. Je suis plongé dans un sombre océan de ressentiment et de colère, essentiellement dirigés contre moi pour ne pas avoir pris de nouvelles comme je l'ai fait tous les jours depuis que la famille est réunie à la maison. Je n'ai pas téléphoné à Ava hier soir, ni ce matin. Je n'ai informé personne de mon absence cette nuit. C'est sûr, je suis un adulte, pas un gamin, mais j'ai un devoir et je n'ai pas tenu parole. Même si ce n'est qu'une journée.

La journée bien sûr où tout se casse la figure. Je me demande qui a lancé l'assaut pour mobiliser la famille, Ava ou Danny ? Est-ce que mon absence a eu de l'importance ?

J'éprouve un besoin urgent de reprendre le contrôle, de regagner un statut, de justifier ma présence.

Mais mon moment est passé.

– Comment va ?

Doc Wilson est le seul homme que je connaisse à dire : « Comment va ? » Et quand il a de l'entrain : « Comment va, vieux ? » et « satané ». Shelby et lui s'entendraient à merveille.

Non. Je ne veux pas penser à Shelby. Mon esprit souffre de contradiction dans l'immédiat.

– Docteur, dit maman.

Son visage s'éclaire. Elle est si contente de le voir. Tout comme le reste de la bande.

Je m'efface sur le côté pour laisser entrer le médecin dans la pièce, je me presse contre le mur du fond à côté d'Ava, toujours furieuse.

– Ginny. (Le médecin se penche pour lui tapoter l'épaule.) Qu'allons-nous faire de ce satané imbécile ?

– Débrancher la prise, marmonne Ava à côté de moi.

Elle ne le pense pas. Elle est contrariée, comme nous tous, par le refus obstiné de papa d'accepter la réalité. Pour quelqu'un qui a toujours visé un succès tangible et mesurable, il a résisté jusqu'à l'absurde face à ce qui semble être le chemin évident vers sa guérison. Certes, il a ses excentricités concernant la médecine moderne, mais quand on lui a livré le diagnostic pour la première fois, nous avons supposé que son envie de ne pas tomber raide mort prendrait le pas sur ses bizarreries.

Apparemment, on peut se convaincre de tout, si on fait tous les efforts pour.

Le médecin parcourt le dossier médical de papa.

– Mitch, tu es un empaffé sacrément chanceux, soupire-t-il.

Ouah. Un empaffé. Le Doc est *vraiment* énervé.

Je devrais tenter ma chance et entrer en jeu, mais ce n'est pas mon jour. Apparemment.

– Ils ont parlé de lui implanter un défibrillateur automatique pour gérer l'arythmie, dit Danny. Mais papa refusera toute intervention invasive.

– Nous pouvons le forcer ?

Ava va droit au but.

– Eh bien, c'est un sac de nœuds, déclare le docteur. Si votre père est en pleine possession de ses moyens, alors il a le droit de refuser un traitement même salvateur. Aucun médecin ne peut le contraindre à faire autrement. C'est contraire à l'éthique, et illégal.

– Donc nous devons prouver d'abord qu'il est cinglé ? insiste Ava.

– Ava, proteste doucement maman.

– Maman, sérieux ! Si nous ne trouvons pas un moyen d'obliger ce dingue à revenir à la raison, alors il va mourir ! Je suis désolée d'être aussi directe, mais quoi ! Nous savons *tous* que c'est la vérité.

– Est-ce que le fait d'avoir une perception alternative de la médecine indique que tu ne jouis pas de toutes tes capacités mentales ?

Danny conforte les propos d'Ava.

– Pas habituellement, répond le Doc. Vous pouvez essayer devant un tribunal mais…

– Cela prendrait des années, dit Ava. Il sera mort longtemps avant que nous n'obtenions un verdict.

Doc est embarrassé par la mine de maman. Il a lui aussi son franc-parler, mais c'est autre chose de se montrer *trop* direct.

Allez, Nate. Rends-toi utile.

– S'il y avait une autre urgence, les médecins devraient lui sauver la vie, n'est-ce pas ? Ce n'est pas dans leur code de déontologie ?

– Oui, mon garçon, répond le Doc, sur un ton qui me donne l'impression d'être un gamin de dix ans. Mais dans un état comme le sien, les urgences ne sont pas toujours… rattrapables. C'est pure chance que votre père ait reçu une assistance médicale rapide aujourd'hui, et que cela ait été de l'arythmie et pas un accident plus grave. Cependant, cela aurait *pu* le tuer. Ne nous faisons pas d'illusions là-dessus. Il n'aura pas toujours des médicaments et un défibrillateur à portée de main.

– Donc attendre une urgence n'est pas une option non plus, dis-je en résumant l'évidence.

– Je suis désolé. (Le Doc s'adresse au groupe.) Je lui parlerai encore. J'essaierai de le convaincre de la nécessité d'un traitement médical. Je lui rappellerai qu'il doit penser à sa famille. Cet homme a le devoir de prendre soin de vous tous, même s'il n'arrive pas à y voir clair quand il s'agit de sa propre santé.

Danny se lève et serre la main du Doc.

– Nous vous appellerons quand il se réveillera.

– Merci, Ray. (Maman se lève aussi et embrasse le médecin sur la joue.)

– Je ne fais que mon boulot, Ginny. (Il lui tapote le bras.) Et en plus, j'apprécie une bonne bataille. Plus mon adversaire est idiot, mieux c'est.

Il nous adresse à tous un hochement de tête :

– Prenez soin de vous. Et faites en sorte que votre mère prenne soin d'elle. Votre santé est aussi importante que celle de votre père. Je ne veux pas voir l'un de vous s'écrouler dans ma salle de consultation, vous m'entendez ?

– Oui, monsieur, nous répondons avec des degrés divers de conviction.

Je me décale à nouveau pour le laisser sortir et il me fixe de son regard direct.

– En cas de problème, tu viens me voir, n'importe lequel, d'accord ?

Je suppose qu'il veut parler de papa. Ou de maman... il n'a fait aucun secret de son inquiétude pour elle. Il s'adresse à moi parce que je suis l'aîné, et apparemment l'individu responsable, même si ce n'est pas le cas aujourd'hui.

– Bien sûr, Doc, je réponds.

Juste après son départ, le découragement s'abat sur nous. Nous n'avons pas la même assurance que le médecin. Aucun de nous ne sait que faire de ce type étendu sur un lit d'hôpital.

En regardant autour de moi, je constate à quel point ils sont fatigués et stressés. Et je leur suis redevable. Je ne les ai pas prévenus de mon absence et j'ai pris du bon temps alors qu'ils devaient gérer cette situation.

– Hé, Dan. Pourquoi n'iriez-vous pas chercher quelque chose à manger ? Je reste ici.

Il acquiesce pour montrer qu'il apprécie ma proposition.

– Maman ? dit-il. Allez. Il y a un resto Denny's juste à côté. Nate nous enverra un texto s'il se passe quelque chose.

– Je meurs de faim, confirme Izzy. Est-ce que c'est mal ?

– Oui, répond Max. Tu es une horrible personne.

Izzy essaie de lui donner un coup dans le bras. La vengeance privilégiée des Durant. Max l'esquive facilement.

– Les restos Denny's servent de l'alcool ? s'enquiert Ava, tandis que le groupe passe devant moi pour gagner la porte.

– Non, mais tu pourras commander un *cake batter shake*[1], déclare Dan. Saupoudré de vermicelles au sucre.

– C'est dégoûtant. J'adore.

Maman s'arrête devant moi et esquisse un rapide sourire :

– Merci, mon cœur.

Si je me suis senti comme un gamin de dix ans avec le Doc, avec elle, j'ai l'impression d'avoir la moitié de cet âge.

La minute suivante, ils ont tous disparu. La pièce est vide, à part moi, et mon père inconscient, intubé à son corps défendant.

Je prends la chaise laissée libre par maman, la plus proche du lit.

– Bonsoir, papa.

Qui sait, il m'entend peut-être. Et il est à cheval sur la politesse.

Mon portable doit rester éteint ici, alors si je dois envoyer un texto aux autres, il faudra que j'aille dans la salle d'attente. Qui sait si Shelby a envoyé un texto ou appelé.

Même si je ne sais pas quoi lui dire. Ou plutôt *comment* lui annoncer ce que j'ai à lui dire. Parce qu'il est devenu limpide pour moi que, jusqu'à ce que cette situation avec mon père soit résolue, je ne peux disperser mon attention.

Comme le Doc Wilson l'a dit, le devoir avant tout. J'ai un devoir à remplir envers ma famille, envers ma mère en particulier. J'ai un devoir envers J. P. : obtenir un retour sur investissement avec les Vins Flora Valley. Voilà mes priorités.

---

1. Recette à base de crème, de glace et de mélange en poudre pour gâteau.

Donc, malgré mes sentiments pour Shelby, je dois mettre notre relation en veilleuse. Pas question de commettre la même erreur qu'en France. Si je ne parviens pas à donner à Shelby l'attention qu'elle mérite, alors nous devrons attendre que je le puisse.

Et si elle n'est pas prête à patienter, alors… Je ne sais pas.

Je suis assis et je contemple mon père. J'essaie de ne pas penser au reste de ma famille qui se recharge en glucides, dans une orgie qui *causerait* à papa une crise cardiaque instantanée. L'enfant en moi a terriblement envie d'être avec eux, mais l'adulte gagne. C'était ma décision de rester ici. Assume, Nate.

Bien entendu, mon esprit me prend en traître et bondit directement sur l'autre personne avec qui je meurs d'envie d'être. Shelby. Je suis submergé par une vague de regret et de manque, si forte que j'en ai la nausée.

J'essaie de me dire que je vais la voir pratiquement tous les jours, mais c'est encore pire. Je la désire comme un dingue, même assis ici, dans une pièce qui sent le désinfectant et le fantôme des défunts. Nous n'avons même pas pu tenir notre promesse et attendre quelques courtes heures avant de faire l'amour, alors comment vais-je arriver à ne pas la toucher pendant, que sais-je, des semaines peut-être ?

Comment lui expliquer que c'est parce que je l'aime qu'il faut que je le fasse ? Elle pourrait avoir l'impression du contraire. Moi je ne réagirais pas bien à sa place. Nous savons tous à quel point je suis doué quand il s'agit de gérer le rejet.

Shelby est différente. Elle n'a rien à voir avec moi. Elle est aimante, ouverte, généreuse et gentille.

Il faut que je lui fasse confiance. Et que je garde espoir.

Étant donné l'état de ma vie dans l'immédiat, je n'ai pas d'autre choix.

Chapter 13
Shelby

Je me souviens du jour où papa a appris qu'il avait un cancer. Abby, notre médecin de famille, est passée à la maison. À son air, nous avons immédiatement compris qu'elle apportait de mauvaises nouvelles.

Je me souviens de ce que j'avais ressenti aussi. Aujourd'hui, après avoir beaucoup lu sur le sujet, j'en sais plus sur les stades du chagrin. J'ai compris le déni, la colère, la négociation, mais à l'époque, quand j'étais assise dans notre cuisine, il n'y avait que le choc et l'hébétitude. Cela n'avait pas de sens. Mon père avait toujours été si solide. Grand, blond et baraqué, un Viking rasé de près. C'était un homme qui incarnait la santé et la vitalité. Quand il souriait, je jure qu'on apercevait ce scintillement qu'on voit dans les pubs.

Il l'a combattu un temps comme un Viking. Mais la maladie l'a terrassé. À ce stade, nous avions tous accepté plus ou moins la réalité. Malgré tout, le chagrin m'a percutée avec la puissance d'un train. Je me suis jetée à corps perdu dans le travail et dans la quête d'investisseurs, mais un matin, trois mois après le décès de papa, je n'ai pas pu sortir de mon lit. Je ne pouvais plus bouger.

C'est Cam qui m'a trouvée. Il a appelé maman, qui était en résidence d'artiste, son moyen à elle de supporter la perte. Elle a lâché ses pinceaux et elle est rentrée immédiatement. Elle a fait venir le docteur Abby, qui a diagnostiqué une dépression due au chagrin. Le médecin a mobilisé Jordan et Ciara, en même temps que maman pour se relayer à mon chevet, même si j'étais d'affreuse compagnie.

Le docteur Abby m'a mis sous traitement, et quand les médicaments ont fait effet, je me suis sentie mille fois mieux. Bonne nouvelle pour mes nounous, parce que pendant des jours, je n'ai même pas eu la force de me doucher. En deux semaines, j'ai presque récupéré mon ancien moi, en tout cas assez d'énergie pour me lever et m'y remettre. J'ai poursuivi le traitement pendant douze semaines, puis je l'ai diminué au fur et à mesure. Le docteur Abby a dit que je ne devais pas hésiter à les reprendre si je luttais. Jusqu'ici, j'allais bien.

Ce matin pourtant, je retrouve cette sensation de choc et d'hébétitude. Quand Nate a dû partir hier, je me suis dit qu'il était arrivé quelque chose à son père. J'ai deviné qu'il avait minimisé sa maladie, que c'était probablement pire qu'il le laissait entendre, mais qu'il ne voulait pas me perturber. Nate est sérieux quand il s'agit de se conduire bien, ce n'est pas difficile de le voir. Jusqu'à ce matin, j'appréciais cette qualité chez lui. Maintenant, je ne sais pas si j'ai envie de pleurer ou de le taper.

– Qu'est-ce que tu veux dire par « annuler » ?

Je suis assise au bord de la chaise pliante dans le bureau et elle me scie les jambes. Je ne peux pas bouger parce que je suis paralysée par l'incrédulité. Il y a moins d'un jour, ce garçon et moi étions *affamés* l'un de l'autre.

Pour être honnête, il n'avait pas l'air de prendre cette décision de gaieté de cœur. On aurait dit qu'il n'avait pas fermé l'œil de la nuit.

– Je ne veux *pas* annuler, dit-il. Je veux te mettre... en attente.

J'objecte :

– Je ne suis pas un appel téléphonique.

Il se passe les mains sur le visage. Je vois bien que ce n'est pas facile pour lui, mais au moins, lui, connaît ses raisons d'agir. Alors que je suis complètement perdue.

– Nate, aide-moi. Qu'est-ce qui se passe ?

Il hésite, détourne le regard, le lève sur le poster que maman a punaisé au mur du bureau : une illustration de baleine et les mots « Rêvez plus grand ». Plutôt sobre de la part de maman. Son motif de déco préféré est le mandala, avec plus de couleurs qu'il n'en existe dans la nature.

– Je suis coincé, dit-il enfin. Entre mes différentes responsabilités. Envers ma famille. Et envers ce qui se passe ici... Cette entreprise.

Le bureau qui ressemblait à une décharge illégale il y a deux jours à peine est maintenant quasi nu. Dessus se trouvent seulement un bloc-notes, un crayon bien taillé et le nouvel ordinateur. Nate aime l'ordre.

– Je ne veux pas les faire passer en priorité, continue-t-il. Avant toi.

– Tu ne veux pas risquer de me perdre comme ça a été le cas avec ta fiancée ? je hasarde. Parce que tu ne peux pas m'accorder assez de temps et d'attention ?

Il acquiesce. Pourquoi n'a-t-il pas pu le dire lui-même, je ne le saurai peut-être jamais. Tout un tas de choses chez Nate Durant me déboussolent et me frustrent. Numéro un, pourquoi est-il obligé de se compliquer la vie ?

Je pose mes avant-bras sur le bureau, me penche vers lui.

– Nate, je ne suis pas ta fiancée, dis-je doucement. Je suis moi. Je *sais* ce que ça demande de diriger cette affaire, alors je ne projetterai pas d'attentes irréalistes. Je sais que le jour et demi qui vient de s'écouler n'était pas la normalité et que, à partir de maintenant, nous allons devoir nous mettre au travail et passer plus de temps à bosser qu'à traîner ensemble.

Je dois changer de position parce que la chaise me coupe la circulation. Nate me regarde, attentif mais méfiant.

– Et quoi qu'il se passe avec ta famille, je poursuis, nous pouvons le gérer. *Ensemble.* Si tu as besoin de temps libre, je peux assurer tes arrières ici. Hier, nous avons prouvé que nous étions une équipe. Pourquoi n'arrives-tu pas à me faire confiance ?

– J'ai confiance en toi.

– Non. Tu penses que je dis ça maintenant, et que je vais changer d'avis quand la situation va se corser. Tu n'as pas confiance en moi, parce que tu ne me connais pas encore assez. Pourquoi tu ne te donnes pas une chance d'en savoir plus ?

Il hésite, je le devine, et je retiens mon souffle. Mais...

– Je ne suis pas doué pour bâcler les choses, dit-il. S'il n'y avait que le boulot, alors, oui, je pourrais accepter de voir comment nous nous en sortons. Mais ma situation familiale... Je ne peux pas dévier de mon objectif. Si je ne suis pas ici, il *faut* que je sois à la maison. Plus de verres le soir, plus aucune… nuit sur place. Je devrais même peut-être travailler de chez moi, ne pas être du tout dans les parages…

Sa main avance comme pour saisir la mienne. Il attrape le crayon à la place. Me lance un regard mi-implorant, mi-catégorique.

– Shelby, je suis attaché à toi. C'est pourquoi je refuse d'être moins présent que ce que tu mérites. Et je souhaiterais te donner une sorte d'échéance, mais je n'en ai pas.

Il enfonce l'extrémité pointue du crayon dans le bout de son doigt, grimace légèrement, mais ne détourne pas les yeux de moi.

– Tu peux… Est-ce que je te demande trop si je te demande d'attendre ? Jusqu'à ce que je puisse agir comme il le faut ?

Aucune échéance. Qu'est-ce que je ressens ? Est-ce une demande trop exigeante… ?

Je me remémore un conseil de mon père : ne prends pas de décisions quand les émotions sont trop intenses. Il était nul pour le suivre, bien sûr, mais il n'en avait pas moins raison pour autant.

Dans l'immédiat, je suis sous le choc, déçue, nerveuse et furieuse, et j'ai très envie de l'homme assis en face de moi. Je suis convaincue que nous serions fantastiques ensemble, et que nous nous compléterions mutuellement, avec nos bizarreries et nos points faibles. Nate peut s'occuper des détails et je gérerai les compétences du personnel. Il sera le businessman dur à cuire, et je me concentrerai sur le dernier millésime. Je vois en nous une équipe de tueurs. Au travail tout comme au lit, où franchement, nous avons mis le feu. Je frissonne rien qu'en y pensant.

J'éprouve aussi de la compassion pour lui. Je sais ce que c'est que de traverser une crise familiale, à quel point cela fait peur et rend malheureux. L'incertitude est tellement épuisante.

J'ai aussi envie de le secouer et de lui dévisser la tête ? Pourquoi ne peut-il pas se laisser un peu porter ? Faire confiance à l'univers, comme dirait maman. *Me* faire confiance ?

En vérité, je suis un torrent d'émotions. J'ai besoin de conseils avisés. Et de boire. Notre sortie entre filles devra être avancée d'un jour.

Mais d'ici là…

– Nate, tu m'obliges à trancher entre t'attendre et tout arrêter.

Il grimace, mais ne peut nier.

– Je suis incapable de prendre cette décision sans réfléchir, il faut que tu me laisses du temps.

Il inspire profondément.

– C'est légitime, dit-il.

Sa voix est égale, mais à sa mine, on dirait qu'il vient de découvrir un autre trognon de pomme pourri dans le tiroir du bureau. Je suppose que c'est un progrès qu'il n'affiche pas son air impassible. Qu'il soit prêt à baisser la garde au moins sur ce point.

– Pardon, ajoute-t-il à ma légère surprise. (Je croyais que Nate ne se sentait pas obligé de justifier ses choix.) Je ne veux pas te faire souffrir.

– Je sais, dis-je en soupirant, parce qu'il le pense vraiment. Mais je souffre et je ne suis pas douée pour faire semblant.

Je suis à bout de forces, incapable de trouver d'autres mots, alors je le laisse. La part de moi qui souffre, celle qui est en colère, espère qu'il marinera dans sa stupidité – c'est mon mot, mais il est approprié – un bon moment.

Quand Brendan insiste pour débarrasser mon verre vide, je lui rétorque :

– Un autre.

– La situation s'améliore ? questionne-t-il d'un ton cynique.

– Non !

Je m'attends à ce qu'il s'éloigne, mais il reste. Planté là jusqu'à ce que je le regarde à nouveau.

Habituellement, son air fait instantanément taire et reculer lentement les fauteurs de troubles et les poivrots qui parlent fort. Il pourrait probablement faire tomber raide un grizzly et l'obliger à un rapide demi-tour. En cet instant, malgré tout, son visage exprime presque… de la gentillesse.

– Je peux faire quelque chose ? propose-t-il d'une voix douce que je ne lui connaissais pas.

– Euh, oh (j'entends Ciara murmurer), aux abris !

– Quoi ? demande Jordan, qui a un sens de l'observation moins affûté.

Je fonds en larmes. De bonnes grosses larmes, avec bruits de sanglots ravalés et hoquets.

– Zut (j'entends Brendan soupirer).

On me fourre un truc dans la main. Le torchon du bar. Il n'est pas tout propre, mais bon, vu ce que je vais en faire… Je sanglote le nez dedans, et je n'ai aucune intention de m'arrêter.

Jordan me prend dans ses bras. Elle fait du kayak ; les torrents d'eau ne la dérangent pas. Ciara me tapotera peut-être l'épaule, mais uniquement si elle est certaine qu'aucune larme n'a coulé dessus.

Finalement, comme un jouet mécanique qui s'est fracassé trop de fois contre un mur, je me calme progressivement jusqu'à renifler entre deux hoquets.

Comme par magie, un verre d'un pinot grigio très convenable apparaît devant moi.

– Offert par la maison, déclare Brendan, mais pas de sa voix douce, au cas où elle me bouleverserait.

Je lui propose le torchon en échange, mais étrangement, il le refuse. Il file avant que les démonstrations émotionnelles ne puissent reprendre de plus belle. Jordan se dévisse le cou pour jeter un regard coquin sur ses fesses, cette tordue.

– Bon... (Ciara m'a accordé un délai. Maintenant, retour aux affaires.) Tes pleurs signifient que tu as l'intention de lui donner une chance ?

– Pourquoi ça voudrait dire ça ? demande Jordan. Elle ne peut pas être perturbée parce qu'il se comporte comme un idiot ?

– Ce serait des larmes de *colère*, explique Ciara. Complètement différentes des larmes de tristesse.

Elle nous émerveille par sa sagesse.

– Je ne sais pas, dis-je avec désespoir, parce que c'est ce que je ressens.

– Tu l'aimes ? demande Jordan.

Je proteste :

– Je le connais depuis *quatre jours*. Je ne sais même pas s'il a un deuxième prénom !

– Mitchell, précise Ciara instantanément. Comme son père.

– Sexy, déclare Jordan.

– Son père ? je m'enquiers.

– Non, le *prénom*, idiote. Pas aussi sexy que Brendan, tout de même.

– Mais tu crois que tu pourrais tomber amoureuse de lui, lâche Ciara sans merci.

– Oui. J'en prenais sans aucun doute le chemin avant ce matin. Mais pourquoi est-ce qu'il complique autant les choses ?

– Certaines personnes sont d'un naturel prudent, répond Ciara. Je suis une de ces personnes alors que Jordan et toi, non. Vous êtes du genre à penser qu'il n'y a rien de mal à basculer contre un fourgon déglingué, où il est griffonné : « Bonbons gratuits ».

Jordan et moi échangeons un regard qui dit : « Elle nous a grillées. »

– Ajoute ça à une nature perfectionniste, poursuit Ciara, et tu obtiens la formule typique d'un individu qui compartimente.

– Plus la maladie de son père, ajoute Jordan. Ça peut te faire péter complètement les plombs. Oh. Désolée, Shel.

– Pour quoi ? Tu as raison.

– Tu penses que c'est le cœur du problème ? La crainte que l'état de son père ne s'aggrave ?

Ciara devrait se mettre à la voyance. Elle ferait fortune.

– Peut-être, je réponds. Comme je l'ai dit, je ne le connais pas très bien.

– Et sans le connaître, tu dois prendre une décision. Alors laquelle, Shel ? continue Ciara.

– Arrête, Kiki, ne lui mets pas la pression, déclare Jordan, avocate de la défense. La nuit porte conseil.

Je confirme :

– C'est vrai. Et là tout de suite, l'alcool porte conseil.

Je saisis mon verre – une magnifique robe et un nez agréable, où diable Brendan cache-t-il ça ? – et je le lève pour porter un toast :

– Voilà la bonne réponse que je vois en rêve : Santé !

– *Zum Wohl*, lance Ciara.

– De l'allemand ?, je souligne avec un brin d'insistance.

– Je suis une femme internationale, déclare Ciara, nullement déconcertée. J'ai aussi appris comment on disait les tétons en allemand : « *Brustwarze* ». Que l'on peut traduire par « verrues de sein ».

– Aux verrues de sein ! s'exclame Jordan, d'une voix forte, peut-être pour attirer l'attention de Brendan, un stratagème voué à l'échec comme elle devrait le savoir depuis le temps.

Nous trinquons et je suis presque heureuse pour la première fois depuis ce matin.

Quand je serai allongée seule dans mon lit ce soir, et que sans aucun doute je ne dormirai pas, ce ne sera pas pareil, mais c'est le futur. Je l'affronterai quand je ne pourrai plus y couper. En cet instant, j'adopte l'attitude parfaite pour me sentir mieux.

Chapitre 14

Nate

Si quelque chose dans ce monde garantit l'humilité, c'est bien de revenir chez ses parents une fois adulte et de dormir dans son lit d'enfant.

OK, la chambre a radicalement changé. Après mon départ pour la France, Maman a peint les murs bleus en vert sauge assez pâle, et elle a accroché des aquarelles représentant des fleurs à la place de mes affiches de Filbert Bayi, Seb Coe et Mel Sheppard, le premier Américain à avoir remporté la médaille d'or aux 1 500 mètres, mon épreuve d'athlétisme préférée.

Elle s'est débarrassée de mon bureau et l'a remplacé par une table de couture ancienne, l'a recouverte d'un napperon en dentelle vintage, et a posé un broc rempli de fleurs par-dessus. Elle a gardé le lit, mais a troqué ma couette des Warriors duvet de Golden State contre un dessus-de-lit fleuri, et un monticule de coussins, beaucoup trop pour un humain avec un nombre de tête normal.

Je jette par terre tous les oreillers sauf un. Le dernier est sous ma tête. Allongé, j'essaie de repérer l'endroit du plafond où j'avais balancé la moitié d'un Oreo pour voir s'il allait coller. J'avais sept ans, que voulez-vous que je vous dise ? Il est vraiment resté collé une demi-seconde. A laissé une légère marque huileuse que j'ai contemplée à de nombreuses occasions pendant mon enfance. Je ne la vois plus. Ma mère a probablement fait aussi repeindre le plafond. Toute trace de moi a été éradiquée.

J'ai rejoint ma famille ce soir dans la chambre d'hôpital de papa. Il allait… bien. Le docteur Wilson a fait son tour de garde ce matin et ses mots l'ont peut-être touché. Ou peut-être mon père était-il trop faible pour argumenter. Sur le chemin du retour, nous nous sommes arrêtés dans un In-N-Out pour acheter d'autres burgers interdits avec des frites, à emporter. Mon sac est resté sur le plan de travail de la cuisine, intact.

J'aurais pu traîner avec les autres dans la cuisine. Max a insisté pour préparer une théière de Darjeeling, parce que c'est devenu un New-Yorkais sophistiqué, et maman a apporté des biscuits qu'elle avait trouvé le temps de faire, on ne sait comment.

Je me suis excusé en prétextant un travail à terminer, ce qui n'est pas mensonger non plus, mais qui n'était pas la véritable raison de mon départ. En réalité, je n'arrêtais pas de penser à Shelby, à ses sentiments ; je me demandais si elle me pardonnerait un jour. Je la revoyais allongée sur son lit, les joues rouges, heureuse, les yeux levés vers moi, me souriant comme si j'étais l'amant le plus fabuleux de la terre. Exactement ce qu'elle m'a fait ressentir.

Alors qu'est-ce que je fous ? Est-ce le summum de la stupidité, ou de l'arrogance, ou bien les deux ? Je sais comment je me comporte quand je suis lancé sur une voie. Une fois que j'ai décidé que c'est le bon chemin, rien ne peut m'en détourner. J'ai déjà appris par le passé ce que ça m'a coûté.

Ce matin, j'étais nerveux, mais convaincu que la bonne décision consistait à mettre notre relation en suspens. Même si Shelby a tout à fait compris mon raisonnement, elle était loin d'être aux anges. Je ne pouvais pas lui reprocher de ne pas me donner une réponse immédiate, mais cette attente est un brin fragilisante, pour minimiser sérieusement. L'attente ouvre la porte à Monsieur Doute, et à ses bons copains, Monsieur Ça Se Présente Mal et Monsieur As-Tu Été un Parfait Égoïste Encore Une Fois ?

Quelqu'un frappe à la porte. Un coup rapide et impatient, ce ne peut être qu'une seule personne. Ava.

En quatrième vitesse, je décolle mes fesses du lit, et je pose mon ordinateur sur la table de couture pour donner l'impression que je bosse au lieu de rechercher d'anciens vestiges d'Oreo tout en m'apitoyant sur mon sort.

En ouvrant la porte, je découvre Ava, deux verres dans une main et une bouteille de *single malt* dans l'autre.

– Papa ne boit pas une goutte, mais il sait approvisionner un bar. C'est un Macallan douze ans d'âge. Tu en veux ?

N'ayez pas l'impression que ma sœur est une alcoolo. Quand elle travaille, c'est-à-dire pratiquement tous les jours de l'année, c'est une spartiate, exactement comme papa. C'est pour cette raison qu'elle n'est jamais devenue jockey professionnelle, elle me l'a raconté une fois. Trop de drogués. Mauvaise voie pour l'ambitieuse Durant qui ne supporte pas de perdre.

Ava dépose les verres sur la table de couture, agite la bouteille devant moi, d'un air interrogateur.

J'avoue :

– Je n'ai pas mangé.

– Je sais, dit-elle. Une des raisons pour lesquelles j'ai voulu prendre de tes nouvelles.

Elle en a plus d'une ? J'ai cru avoir fait du bon boulot dans mon rôle du bon vieux Nathan bien solide.

– Tu veux que j'aille chercher ton burger ? propose-t-elle. Pratiquement sûre que ce sera une motte de gras solidifiée maintenant, mais...

– Je passe mon tour. Merci.

Elle farfouille dans la poche arrière de son débardeur de sport. Les vêtements de sport sont l'uniforme d'Ava, même si elle possède de belles tenues par ailleurs. C'était une de ses robes que j'avais empruntée. Je ne veux plus songer à quel point Shelby était incroyable dedans.

– Tiens. Une barre protéinée.

La chaleur de son corps a ramolli la barre jusqu'à lui donner la consistance de la pâte à modeler. Peu importe. Je veux *vraiment* boire ce whisky. Je déballe la barre, prends une bouchée.

– Quel goût c'est censé avoir ?

– Baie de goji et noix de cajou.

– Beurk.

Ava sourit et nous sert deux verres. Elle regarde autour d'elle en quête d'un siège. Rien à part un tabouret de couturier extrêmement inconfortable, alors elle monte sur mon lit. Me tend mon verre, se penche et attrape un coussin de plus.

– Je pense que maman a fait un casse dans une usine de coussins. Mon lit est enseveli sous au moins une centaine de ces trucs, dit-elle.

– Elle a repeint les murs de ta chambre aussi ?

– Jaune primevère. Ils ont dû mettre un paquet de couches pour recouvrir le noir.

Ava a traversé une certaine phase dans sa préadolescence. Elle était la seule cavalière des concours complets avec une crête violette et du rouge à lèvres noir. Papa s'en serait soucié davantage si elle n'avait pas remporté tous les concours cette année-là.

Je m'installe sur le lit près d'elle et nous restons assis côte à côte comme un vieux couple marié, nos verres à la main, avec une dose généreuse de whisky. Avec la première gorgée, je chasse le goût de la noix de cajou. Puis j'en prends une autre pour la saveur.

– Dis donc, il est bon, je dis.

– D'accord avec toi, approuve Ava. Puis elle poursuit : Alors comment ça va, grand frère ? Tu tiens bon ?

Si tenir bon signifie s'accrocher du bout des doigts au bord d'une falaise, alors oui.

– Je vais bien.

– Ha, ha, n'importe quoi, riposte-t-elle.

Ce qui, bien sûr, produit sur moi l'effet d'une décharge électrique. Ava et moi, en particulier, avions l'habitude de nous bagarrer beaucoup quand nous étions enfants. Nous asticotant mutuellement jusqu'à ce que nous obtenions enfin une réaction. Je dirais que le score était plus ou moins cinquante cinquante. Je ne vais pas lui céder la victoire aussi vite.

– J'ai beaucoup à faire avec ce nouveau boulot. (Je parle d'une voix égale.) Le domaine a besoin d'une refonte drastique.

– Et papa qui joue les timbrés. Ça n'aide pas.

– Je suppose que non, j'admets avec prudence.

– Et ses idioties ont complètement éclipsé tes idioties, elle poursuit.

Son ton désinvolte me met instantanément en état d'alerte. Si j'étais intelligent, je me tairais. Mais le whisky s'est frayé un chemin dans mes veines. Le beurre de Goji ne procure aucune défense contre un single malt de douze ans d'âge vieilli en *triple cask*.

– *Mes* idioties ?

Ma sœur me lance un regard en coin.

– Ne te vexe pas. Ça part d'une bonne intention. Je m'inquiète pour toi.

– Moui... Mais qu'est-ce que tu veux dire par « mes idioties » ?

– Je veux parler de ce qui t'est arrivé en France, réplique-t-elle. Nous étions sur le point de prendre l'avion, de venir à ton mariage, et ensuite boum... Terminé. Et, quoi, une semaine plus tard, papa se retrouve à terre et toute notre attention se reporte sur lui. Je ne crois pas qu'un *seul* d'entre nous t'ait demandé ce qui s'était passé, ou comment tu te sentais, pas vrai ?

– Pas étonnant. Papa a un problème cardiaque potentiellement mortel.

– Vraiment ? (Ava me regarde en coin.) Tu as *annulé ton mariage*. Tu démissionnes d'un boulot que tu adorais et tu quittes un endroit qui a été ton foyer pendant quatre ans. Nous sommes nuls au point de n'avoir pas pu remarquer au moins un de ces événements ?

J'avale une autre lampée de whisky. Il ne me revient pas de commenter.

– Bon, de la part du clan des nuls, j'aimerais m'excuser. Et mieux vaut tard que jamais, j'aimerais te demander comment tu vas.

– Merci. (C'est tout ce dont je suis capable dans l'immédiat.)

– Nate, poursuit-elle sur le ton de la mise en garde. Parle-moi.

– Et qu'est-ce que ça va changer de parler ? (Ma réponse est plus animée que je l'aurais voulu.) Ça ne changera pas ce qui s'est passé. Ça n'améliorera pas la situation. Ça ne fera pas disparaître mes émotions. Alors pourquoi prendre cette peine ?

– Ce n'est pas toi qui as annulé, n'est-ce pas ? Le mariage ?

Ce n'est pas possible, elle ne lâchera pas. Elle ne l'a jamais fait et ne le fera jamais. Et puis zut, autant s'en débarrasser. Mais Ava sera l'unique membre de la famille à l'entendre de ma bouche. Je le jure sur la tombe de mon grand-père atteint de démence.

– Non, je réponds. Elle m'a quitté. Pour un batteur de death metal.

Un silence.

– Norvégien ou suédois ?

– Ça fait une différence ?

– Oh, ouais. Le Suédois est plus mélodieux avec un paquet de riffs issus du grindcore et autres. Le Norvégien est plus black metal, bien crasseux et lo-fi.

Maintenant, c'est moi qui lui lance un regard en coin.

– Quoi ? J'aime le metal !

– Il était norvégien, je lui réponds. Avec un nom genre Cul-Bjorn.

– Depuis combien de temps l'homme aux baguettes courait après Camille ?

Camille. Merde. Je n'ai pas prononcé ou entendu ce prénom depuis mon départ de France. Une vague de nausée me submerge des pieds à la tête. Impossible de dire si c'est de la honte, de la colère ou du regret, ou un mélange putride des trois. Ça pourrait aussi être le whisky sur un estomac vide. C'est ça.

Est-ce que j'ai tourné la page ? Pour être honnête, ce n'était pas mon idée, le mariage. Notre relation s'était détériorée depuis un moment, grâce à mon inattention. Quand elle m'a accusée de la négliger, au tréfonds de moi-même je savais qu'elle avait raison. Pourtant, impossible d'admettre que je ne gérais pas ma vie à la perfection. Plutôt que de prendre mes responsabilités, je lui ai renvoyé le fardeau en lui demandant de proposer une solution. Elle a suggéré de se marier ou bien d'arrêter là. C'était une stratégie audacieuse de sa part et si j'avais pris ne serait-ce qu'une seconde pour faire marcher mon cerveau, j'aurais opté pour la décision la plus évidente. Mais j'ai laissé le cerveau reptilien, la partie habituée à chasser les tigres à dents de sabre, l'emporter. Le mariage m'a paru un nouveau challenge, sans parler d'un moyen de la garder et d'éviter d'admettre cet échec. J'ai fait ma demande.

La situation s'est arrangée pendant... une semaine environ. Mais alors, nous l'avions annoncé à sa famille, et nous étions submergés par cette marée irrépressible de préparatifs. Pour fuir, je me suis plongé encore plus profondément dans le travail. Et Camille – eh bien, je suppose qu'elle a découvert qu'elle aimait le metal.

J'ai vu Monsieur Crétin quand il est venu la chercher, et l'emporter dans les fjords. Un grand type barbu. Avec l'air d'avoir été bercé trop près du mur.

– Je n'ai pas la notion du temps, j'informe Ava. Camille ne me l'a pas dit et je n'ai pas demandé.

– Étant le propriétaire du domaine, le père de Camille n'a pas eu d'autre choix que te voir démissionner, je suppose. (Ava vise une ceinture noire en torture mentale.)

– Il a compris.

Pas tout à fait. Anton était contrarié par le fiasco du mariage, mais il était encore plus désemparé par ma démission. Il dépendait de moi à la fin. Au départ, je n'avais pas l'intention de le laisser en plan. Alors je lui ai proposé un préavis de six mois, même si chaque jour passé là-bas, avec tous ces rappels de mon humiliation, était infernal. Puis la maladie de mon père a été diagnostiquée. Anton m'a presque chassé de chez lui. Les Français sont doués pour faire passer *la famille** d'abord.

À ma grande surprise, Ava pose sa tête sur mon épaule. Elle et moi avons hérité de la retenue de notre père, tandis que maman, Danny et les jumeaux sont des câlineurs en série. Ils se moquent de papa, Ava et moi, en disant que nous nous étreignons comme des robots en manque d'huile.

– Je suis vraiment désolée, Nate. Tu as traversé un moment difficile.

Bizarrement, je me sens mieux.

– Je m'en remettrai.

– Bien sûr que oui. Tu es un Durant. Quand la Faucheuse vient nous chercher, pas question d'y aller à moins d'embarquer un morceau d'elle avec nous.

Je souris. Les muscles de mon visage sont crispés depuis si longtemps que cela ne me paraît pas naturel.

– Alors comment tu te sens *toi* ? J'interroge ma sœur.

– Ha, non, aucune chance, mon pote. Elle bondit hors du lit. J'en ai terminé avec ces conneries d'émotions pour ce soir.

Non ! elle a gagné. Et pour ajouter l'insulte au préjudice, elle rebouche le whisky, et s'apprête à l'emporter avec elle.

– Tu pourrais laisser ça ici, je propose.

– Pas après l'autre nuit, dit-elle. Tu ne pouvais même pas articuler un mot. Tu as de la chance que je sois costaude, autrement tu aurais dormi sous la véranda.

Je pensais être arrivé à me coucher tout seul après ma cuite au Jack Daniels. Apparemment non. Je me demande quelles autres humiliations je vais découvrir ?

Ava fait glisser le verre de ma main, effleure mes cheveux du plus furtif des baisers.

– Bonne nuit, frérot, dit-elle. Et en fermant la porte derrière elle : Ne te laisse pas abattre par ces connards.

Je cogite sur ses mots. Qui paraissent de bon conseil.

Alors je visualise le visage de Shelby ce matin même, et comme elle dissimulait mal sa souffrance.

Je suppose que ce conseil ne convient pas si l'un des connards se trouve être vous-même.

Chapitre 15

Shelby

À part cette horrible fois où je n'ai pas pu sortir de mon lit, j'ai l'habitude de travailler même quand je ne suis pas d'humeur. Quand on dirige une petite entreprise familiale, il y a toujours du pain sur la planche, peu importe que vous soyez fatiguée, triste ou stressée. Si *vous* ne faites pas le nécessaire, soit quelqu'un d'autre sera forcé de prendre le relais et de faire des heures sup, soit tout s'effondrera. Si vous voulez déposer le bilan en un clin d'œil, c'est le moyen d'y parvenir.

Alors même si je n'ai pas dormi et si je redoute de voir Nate parce que je n'ai pas d'idée claire sur ce que je vais lui dire, je me lève et je me prépare, à la même heure que tous les jours. Je n'ai pas hâte de vivre cette journée, mais cela ne va pas l'empêcher de se produire, ni réduire ma liste de tâches par magie.

Malgré tout, à l'instant où je repère le pick-up gris argenté garé à côté du Dodge, mon cœur et mon estomac décident de faire des saltos, me laissant nauséeuse et étourdie. Ce verre gratuit de pinot grigio fut mon dernier de la soirée, alors je ne peux pas tenir l'alcool pour responsable. Non, c'est purement nerveux. Le genre de nausée qui vient avant d'affronter un moment terrifiant, comme sauter à l'élastique ou commander un verre à Brendan.

Respire profondément, Shelby. Retarder le moment ne facilitera pas les choses. Et tu es *bien trop vieille* pour te terrer derrière une forteresse de couvertures, aussi génial que ça paraisse.

Conformément à ma philosophie arrache-vite-la-bande-de-cire-et-étouffe-un-cri, je tape un coup bref à la porte avant d'entrer.

Nate est assis derrière le bureau. Surpris de me voir, il se lève et manque de tout renverser en emportant avec lui le plateau du bureau. Avant cette semaine, cela aurait entraîné un raz-de-marée de papiers et de dossiers. Ce matin, le crayon roule un petit peu vers la gauche.

– Salut, dit-il en m'enlevant les mots de la bouche.

J'improvise.

– Hello.

Puis nous nous dévisageons. Jusqu'à ce que, comme le veut la tradition dans ce genre de circonstances, nous nous mettions à parler en même temps :

– Je...

– Le...

Suivant le rituel à la lettre, nous disons en même temps : « Vas-y/Non, à toi l'honneur » avant de nous taire.

– Pardon. Nate saute tête la première dans la brèche. Je n'aurais jamais dû te mettre devant le fait accompli de cette manière. C'était un sale coup.

– Ta demande n'est pas stupide. Tu as beaucoup à faire et je sais à quel point les problèmes familiaux peuvent être épuisants émotionnellement. Je n'ai même pas songé à avoir une relation depuis le décès de mon père. À part bien sûr, avec toi...

Joli pétrin dans lequel tu te fourres, Shelby.

– Ce que je disais (je poursuis à la hâte), c'est que je suis d'accord pour attendre. Je t'ai accusé de ne pas me faire confiance, mais je dois aussi compter sur le fait que tu te connais bien toi-même. Alors si tu dis avoir besoin de temps, je ne devrais pas en douter.

Je ne savais pas que j'allais dire ça en entrant. Mais je l'ai dit, et cela me semble juste. Nate Durant vaut la peine qu'on l'attende. Seulement... pas pour toujours, si vous me suivez. Je ne suis pas partante pour le scénario où j'agoniserais dans une grotte comme dans *Le Patient anglais*.

Ses épaules s'affaissent et je n'arrive pas à dire si c'est de déception ou de soulagement. Puis il contourne le bureau et m'attire dans ses bras. Seulement une étreinte, pas de baiser. J'entoure sa taille de mes bras, je pose ma tête sur son torse et je respire son odeur. Contrairement à Ted, Nate ne semble pas mettre de parfum ou d'after-shave, alors il sent lui-même, une odeur de musc virile avec une pointe de lessive et... de *cookies* ?

– Tu es la meilleure chose qui me soit jamais arrivée, murmure-t-il dans mes cheveux. Et je ne vais pas tout faire rater, je le *jure*.

– Je peux te poser une question quand même ?

Je sens qu'il se contracte.

– Je ne connais pas le timing, ajoute-t-il. Je ne veux pas faire de promesses et te décevoir ensuite.

– Ce n'est pas ma question.

Je lève la tête. Il la baisse vers moi, sourcils froncés.

– Oui ? dit-il avec circonspection.

– Ma question est : pourquoi tu sens les cookies ?

Il hoche lentement la tête.

– Parce que j'ai raté l'occasion hier soir, alors j'ai volé ceux qui restaient ce matin et je les ai mangés au petit déjeuner.

– Je n'arrive pas à croire que ta famille laisse traîner des cookies. Quel genre de tordus sont-ils ?

– Encore plus bizarres que tu ne l'imagines. Même si je suis le seul à avoir mangé six cookies pour le petit déjeuner.

Je lui souris :

– Je pense que tu pourrais être mon animal totem.

Il semble osciller entre le sourire et le froncement de sourcils. L'espace d'une seconde, je crois qu'il va m'embrasser et mon corps tout entier s'embrase par anticipation.

Mais Nate fait preuve d'une grande autodiscipline – je sais au moins ça de lui – alors il se contente de resserrer son étreinte, puis il recule, en m'effleurant le haut des bras une dernière fois.

– Une part de moi a envie de te dire que je ne te mérite pas, dit-il. Mais une part plus grande veut te prouver le contraire.

Je sais aussi qu'il peut se montrer très intense. Et ça m'inquiète un chouïa.

– Nate, en te donnant du temps, l'essentiel pour moi, c'est que tu ne deviennes pas fou à force de jongler avec tout ça.

Son visage, inhabituellement démonstratif, se referme alors comme une huître. Est-ce qu'il se sent insulté ? Ou me croit-il moins impliquée que lui ? Je regrette que Ciara ne nous épie pas derrière un miroir sans tain, comme ça elle me donnerait des instructions dans une oreillette.

Je mise sur la sincérité :

– Si je faisais les choses à ma façon, nous serions en pleine action là tout de suite sur le bureau...

Son sourcil gauche tressaille. J'ai déclenché une réaction, même si son épicentre se trouve probablement beaucoup plus bas.

– Mais comme ce ne sera pas le cas, je veux que l'ambiance entre nous soit la plus détendue possible. Je ne veux pas que tu t'inquiètes pour moi, parce que tu n'as pas besoin de cette pression-là.

Je m'interromps :

– Ça te paraît sensé ? Je ne suis pas sûre.

– Oui, répond-il. Je ne... Je ne veux pas que tu penses que je ne suis pas engagé.

Je ne devrais pas sourire, mais je ne peux pas m'en empêcher :

– Quiconque te connaît depuis cinq *secondes* ne peut douter de ton sérieux. Pour *quoi que ce soit.*

Son impassibilité est réglée au maximum :

– Tu es en train de dire que je suis coincé ?

Mords-toi la lèvre, Shelby, ou tu vas éclater de rire.

– Il faut que tu saches, dit-il, que l'on m'a intronisé membre du Club des « Gentlemen qui Portent un Balai dans le Cul en toutes Circonstances ». C'est extrêmement sélect. Il faut réussir un test. Comme pour le Mensa[1].

J'imagine que j'ai le droit de rire maintenant, alors je le fais.

– Arg, dit-il mais il sourit. Je suppose que je pourrai compter sur toi pour garder les pieds sur terre.

---

1. Une organisation internationale pour personnes aux aptitudes bien supérieures à la moyenne NdlT.

– Et n'oublie pas notre code, je lui rappelle. Même si « Nom de Dieu » pourrait donner une fausse impression dans certains cercles. Que penses-tu de... « cookie » ?

– « Cookie » donnera une *bonne* impression ?

– C'est un peu comme le mot « écureuil » pour un chien, je lui explique. Une distraction universelle instantanée.

Il médite là-dessus.

– Ce sera un code réciproque ? Que je pourrai utiliser quand tu te montreras incroyablement agaçante ?

– Tu ne veux pas dire « si » ?

– Non.

Il n'a même pas hésité, le chameau.

– D'accord, dis-je. Mais nous devons le respecter tous les deux. Personne ne peut ignorer ou passer outre l'avertissement cookie. Marché conclu ?

Je lui tends la main.

– Marché conclu, dit-il.

Nous nous serrons la main, et je le vois écarquiller les yeux de surprise. Je ne m'étais pas résolue à utiliser ma poigne d'acier lors de notre première rencontre, alors je me rattrape maintenant.

Il replie sa main, comme pour vérifier qu'il n'y a pas de dommages.

– Comment ça se fait qu'une personne de ta taille ait autant de force dans les mains ?

– Des années à travailler dans les vignes. À tailler, vendanger, attacher, etc.

– Ton amie Jordan et toi, vous devriez monter une équipe de catch féminine.

J'adopte mon regard le plus innocent-maléfique :

– Je préférerais catcher avec toi.

– Arrête, dit-il feignant l'avertissement.

– Mais pas dans la gelée, parce que j'aurais envie de la manger.

Il désigne la porte :

– Dehors.

– Dans la boue ?

– *Dehors* !

Je m'enfuis presque, pleine d'entrain, soulagée que Nate et moi soyons en bons termes. Qu'aurais-je fait si la situation avait tourné au vinaigre, je n'en ai aucune idée. Coup de pot.

Plutôt incroyable de penser qu'il y a une semaine aujourd'hui je rencontrais Nate pour la première fois. En sept petits jours, je suis passée de l'agacement à... quoi ? Je suppose que nous sommes des amoureux en suspens, si une telle catégorie existe. En suspens jusqu'à ce que l'état de son père se résolve d'une manière ou d'une autre.

La conscience subite de ce que cela signifie me coupe dans mon élan. Soit la santé de son père s'améliore. Soit elle... ne s'améliore pas.

Comment ai-je pu être aussi obtue ? Je suppose que j'étais sous le choc. La proposition de Nate m'a obscurci l'esprit. Pour cette raison, je n'ai pas su ce qui s'était passé l'après-midi où il était parti plus tôt. J'ai supposé que l'état de son père s'était aggravé, mais j'ai été obnubilée par la conversation « relation-en-suspens », et à aucun moment je n'ai pris le temps de demander.

Oh mon Dieu, je ne sais même pas ce qui ne va pas chez le père de Nate. Juste qu'il est dans un état indéterminé connu sous le nom de « malade ». Mais si tous les membres de la famille sont rentrés pour être auprès de lui, il paraît clair maintenant qu'il est inscrit dans la partie « très malade » du registre. On ne se précipite pas au chevet de son père parce qu'il s'est fait piquer par une plante urticante. On ne met pas une romance naissante avec relations sexuelles torrides en pause, sans une inquiétude sérieuse...

Je culpabilise de ne pas lui avoir posé la question. Je me sens encore plus mal, parce que je soupçonne Nate d'avoir éludé les détails par crainte de me bouleverser en ravivant de mauvais souvenirs chez moi. Il était soucieux de mes sentiments. De mon côté, hier matin, je n'ai pensé qu'à moi. Deux personnes parmi nous pensaient à moi, mais seule l'une de nous est une sale égoïste.

Je ne peux pas y retourner maintenant. Cela ne fera que le déprimer et j'en ai assez fait comme ça.

– Tu vas bien ?

Je suis restée plantée trop longtemps au milieu du chemin. Cam est venu prendre de mes nouvelles, consommant des mots précieux.

– Je suis une crétine insensible, lui dis-je.

Cam se gratte la nuque, ce qui signifie qu'il est soulagé que ce ne soit pas pire.

– Y a-t-il un hôpital à proximité de Martinburg ? je lui demande.

Il ne cille pas. Habitué qu'il est à mes questions décalées.

– Ouais.

– Ce n'est pas pour moi, je le rassure. Je vais bien. Je joue au détective.

Dylan le jars nous rejoint en se dandinant. Sans réfléchir, Cam se baisse et lui caresse le cou. Si Dylan était un chat, il ronronnerait. J'espère que Nate ne va pas surprendre cette petite interaction. Il perd déjà toute rationalité quand il s'agit de Cam, le pauvre.

– J'vais faire une commande en chêne, déclare Cam.

La majorité du bois pour fabriquer ses fûts vient d'une forêt des Appalaches, et le reste, du Limousin en France. Les deux bois appartiennent à des propriétaires privés, qui fournissent exclusivement Cam pour des raisons mystérieuses comme tout ce qui le concerne.

Certains vignerons de pinot noir ne se servent que de chêne français, mais papa aimait le goût plus onctueux que révèle le chêne américain. Il ajoutait un peu de chêne français pour la douceur et le côté épicé. Les vignerons peuvent se montrer tatillons sur les proportions de jeune ou de vieux chêne. De même pour le goût de « grillé », qui est présent quand le fût a littéralement été grillé sur une flamme pour libérer les autres arômes du bois, par exemple la vanille.

Mon père donnait à Cam sa vision du vin et le laissait décider de la composition des fûts. Je n'ai aucune raison de changer cela.

Cam demande si j'ai besoin de nouveaux fûts. Évidemment, cela coûte de l'argent de remplacer les vieux fûts, mais après trop d'années, ils n'ajoutent plus de saveur au vin. Mon père laissait aussi Cam décider du moment où retirer un fût de la circulation. Je ne vois aucune raison de changer cela non plus.

Mais aujourd'hui, je ne gère plus le budget :

– Vérifie l'inventaire, et fais-moi un compte-rendu ainsi qu'une estimation des coûts. Je l'apporterai à Nate.

– Par écrit ?

– Oui. Je prends un air contrit. Désolée.

Il fait une grimace, mais c'est probablement parce que Dylan lui a pincé la main d'un coup de bec, fâché qu'il ait interrompu ses caresses.

– OK.

Cam extrait un morceau de maïs séché de sa poche. Que pourrait-elle contenir d'autre en effet ? Il le tend à Dylan, qui criaille d'impatience, puis Cam s'éloigne comme un joueur de flûte géant tout ébouriffé, un jars goinfre battant des ailes derrière lui.

L'espace d'un instant, je ressens une pointe d'inquiétude à propos de ce nouveau régime. Les systèmes fluides et organiques contestés par Nate ont plutôt pas mal fonctionné pendant des années. Ce domaine a toujours fonctionné sur du donnant donnant. Certes, nous ne gagnions pas assez d'argent, mais nous aurions pu en perdre un bon paquet en plus, si certaines personnes n'avaient pas été aussi désireuses d'aider. Elles l'ont fait parce qu'elles savaient que nous ferions tout ce que nous pouvions pour elles en retour.

J'espère que le besoin d'ordre et de certitude de Nate ne va pas briser cet esprit. Nous avons encore besoin de bonne volonté, pour la saison suivante tout du moins.

Cela peut attendre. Il est temps maintenant de découvrir si un certain Mitchell Durant se trouve à l'hôpital de Martinburg, et si je peux être assez futée pour amener quelqu'un à cracher le morceau.

Peut-être devrais-je enrôler Ciara ? Elle est meilleure que moi, et de loin, en subterfuge.

Je lui envoie un texto :

« Envie 2 mentir pr moi ? »

« Suis celle kil te faut. Dis moi », me répond-elle.

Chapitre 16

Nate

Je suis le type le plus chanceux au monde.

Et aussi le plus soulagé. Et étonné.

En fait, ma chance est tellement incroyable que mon pessimisme naturel ressurgit forcément. Une chance aussi grande doit être un mirage, c'est obligé. J'ai dû imaginer cette conversation avec Shelby. Ou alors quand je l'ai entendue dire qu'elle voulait bien attendre, elle me disait en réalité d'aller me faire voir.

Parfois, mon cerveau me joue des sales tours.

J'utilise une tactique qui fonctionne en général quand mon cerveau fait des siennes : je calcule. Les calculs sont solides, fiables et cohérents. Les calculs sont identiques à chaque fois. Ils n'agacent pas l'esprit en changeant tout le temps.

Néanmoins, ils *peuvent* agacer l'esprit s'ils dépeignent un paysage financier qui ressemble plus à l'ancienne chambre d'Ava qu'à sa nouvelle pièce jaune primevère. Maintenant que j'ai mis les comptes et la gestion bancaire en ligne, y compris la boîte à chaussures remplies de notes et la pile de factures, j'ai une idée précise de la situation.

Après quatre-vingt-dix minutes de feuilles de calcul, je peux dire sans me tromper que les Vins Flora Valley se trouvent sur l'équivalent financier d'une corde effilochée tendue au-dessus du Grand Canyon.

Oh là là. C'est pire que ce que je croyais. Plus inquiétant encore, c'est pire que ce que J. P. pensait. Les derniers comptes montraient que le domaine était à peine solvable, mais ils relevaient de l'année financière *dernière*, et nous avons déjà entamé celle-ci de plus de dix mois. Je suis surpris que J. P. n'ait pas poussé Shelby à lui donner un bilan annuel à jour. À mon avis, elle l'a convaincu et il était tellement fan de son père, qu'il a mis sa prudence habituelle de côté.

Il m'avait *moi*. Étant un vieil ami de papa, et le parrain d'Ava, il nous a tous eu à l'œil, les enfants Durant. Il connaissait mes résultats dans le domaine viticole français, avant que je ne le contacte pour du travail, et pour J. P. cela a dû paraître un heureux hasard. Il a vu en moi le type parfait pour le parfait investissement. Je pourrais faire une plaisanterie sur la vie en rosé, mais là tout de suite, je suis loin d'avoir envie de rire.

Et nous y voilà. En seulement quatre-vingt-dix-minutes, je suis passé de l'homme le plus chanceux au monde à celui qui se lance dans une bataille qu'il n'est pas certain de gagner. Le domaine d'Anton en France avait besoin de légers ajustements : améliorer la logistique, augmenter les ventes et développer un marketing plus astucieux. Je l'ai persuadé de miser sur la variété de son marketing plutôt que sur l'étiquetage traditionnel par *appellation** régionale. Les Français sont forts côté *terroir**, la terre où les raisins ont mûri, plutôt que sur le type de raisins en lui-même. Ils ne mettent même pas le nom du cépage sur la bouteille. Mais les cépages, c'est ce que veulent les acheteurs internationaux. C'était un petit changement mais il nous a propulsés à un tout autre niveau.

Je ne peux pas réaliser le même tour de magie ici. Mais il faut que je sorte quelque chose de mon chapeau. Le gagne-pain de Shelby en dépend. Notre relation en dépend. Peu importe ce qui se passera avec papa, je n'ai aucun espoir avec Shelby si je laisse cette exploitation courir à sa perte.

Respire profondément, Nate. Concentre-toi. Rien n'est impossible si l'on y met du sien.

Deux heures à me heurter à un mur, je suis forcé d'admettre que je n'ai pas d'alternative. Le seul moyen que nous avons de traverser cette saison est que J. P. nous octroie une rallonge. Il faut que je l'appelle. Nous sommes vendredi. Peut-être sera-t-il de l'humeur joyeuse du vendredi.

Seize heures et je suis assis dans son bureau, me sentant comme Oliver Twist. S'il vous plaît, monsieur, puis-je en avoir encore ? Oui, monsieur, je sais, j'ai élaboré un plan solide sur cinq ans pour les Vins Flora Valley que vous avez approuvé, mais disons simplement que nous n'avions pas toutes les données.

Je pourrais lui faire remarquer qu'il aurait dû effectuer plus qu'un bref audit préalable. Mais je suis conscient que les gens sont plus enclins à la générosité et à l'ouverture d'esprit, si on ne les accuse pas d'être des idiots négligents.

– Nate, comment vas-tu ? Il me donne une poignée de main affectueuse à deux mains.

J. P. est ce qu'on pourrait décrire comme un éphèbe aux tempes grisonnantes. Papa et lui se connaissent depuis le lycée, où ils pratiquaient tous les deux la course, comme moi. Les deux hommes sont toujours élancés, comme autrefois, mais alors que papa a le visage brûlé par le vent et aime la vie au grand air, J. P. est raffiné, d'une apparence soignée. Mon père est abonné à *Gear Patrol* magazine, et J. P. à *Esquire.*

Question personnalité, ils sont plutôt semblables. Pourtant, alors que le côté redoutable de mon père est visible d'emblée, J. P. recouvre le sien d'un vernis d'affabilité. Les personnes qui le rencontrent pour la première fois se font duper et le prennent pour une charmante chiffe molle. Elles se demandent comment diable il s'est fait cette réputation de dur à cuire. Ensuite, elles le découvrent. Et une fois que les blessures ont cicatrisé, elles ne refont jamais plus cette erreur.

Je n'ai jamais sous-estimé J. P. C'est pour cela qu'en ce moment même, je suis en train de *suer à grosses gouttes**. Mais l'enjeu est trop important pour faire le peureux. Je dois faire valoir mes arguments pour obtenir un complément d'investissements, et ma présentation doit être inattaquable.

– Merci de me recevoir au pied levé, dis-je.

D'un geste, J. P. m'invite à prendre un siège, et il se rassied dans sa chaise ergonomique Wegner que je sais coûter plus de dix mille dollars. Son bureau a l'air lui aussi de design scandinave, tout comme mon siège, et sans aucun doute, ce sont tous des originaux du milieu du siècle. Le goût de J. P. est aussi impeccable que sa mise.

– Manifestement, tu es ici pour affaires, déclare J. P. Mais d'abord, comment va Mitchell ? Ta mère m'a fait comprendre qu'il s'était montré un peu… difficile ?

– Papa n'est pas un grand fan de la médecine moderne, je minimise autant que je le peux.

– Et comme tous les hommes déraisonnables, il croit que l'univers devrait s'adapter à lui, et non l'inverse.

Ce n'est pas une question.

– Le Doc Wilson est sur le coup, je déclare dans l'espoir qu'il va clore le sujet. (Je n'ai pas vraiment envie de discuter de papa avec J. P. Cela provoque une flopée d'émotions qui ne sont pas propices à la lucidité.)

– Le Doc Wilson. (J. P. laisse échapper un petit rire. Lui aussi, il connaît ce médecin depuis des années.) A-t-il déjà traité Mitch de « foutu imbécile » ?

– Non, mais il l'a qualifié de « satané » imbécile.

J. P. croise mon regard, et je sais qu'il a pris la mesure exacte de la situation. Et que ce n'est pas drôle du tout.

– Je passerai vous voir ce week-end, dit-il. Pour prendre de ses nouvelles.

Je visualise mentalement deux cervidés qui cognent leurs bois l'un contre l'autre. Mais J. P. et papa se connaissent depuis longtemps et ils sont restés amis malgré leur esprit de compétition.

Je soupçonne mais je n'ai pas de preuve – maman d'avoir préféré papa à J. P. au lycée. J. P s'est marié à un top model, et de façon étonnante, étant donné qu'il est hautement probable qu'il ne l'ait épousée que pour avoir un avantage sur papa, ils sont encore ensemble. Petra et J. P viennent souvent dîner à la maison. Quand Danny et moi étions adolescents, les seuls effluves du parfum de Petra pouvaient nous changer en débiles bredouillants. Bien sûr, Max s'est toujours montré bien trop cool devant ce genre de comportement gênant.

– OK. (J. P. passe directement en mode professionnel.) Qu'as-tu pour moi ?

Moment décisif. En cours de route, il m'est apparu que si ce n'était pour Shelby, je n'aurais eu aucun mal à annoncer la mauvaise nouvelle. J'aurais suggéré à J. P. de réduire ses pertes, de démanteler l'affaire en lots vendables – la terre, les actifs, la maison, etc. – et de les refourguer au plus offrant. Un paquet de propriétaires de domaines florissants sauteraient sur l'occasion d'acquérir ces vignes.

Oui, alors je n'aurais plus de travail, mais j'aurais un résumé plutôt alléchant. Le démantèlement des Vins Flora Valley ne serait pas une crise. Pour moi.

Inutile de dire que ce n'est pas l'alternative que j'ai l'intention de soumettre à J. P.

– Il faut réinjecter du cash. Inutile de tourner autour du pot.

– Combien ?

– Trente mille nous aideraient à passer le cap. Jusqu'à la vente du cru de l'année dernière.

– Et si vous ne le vendez pas ? J. P. pose la seule question d'importance.

À laquelle je ne peux donner qu'une seule réponse :

– Nous le vendrons.

J. P. et moi menons un face-à-face impassible. Puis quand je suis à un doigt de craquer, il sourit :

– Comment vous vous entendez Shelby et toi ?

Probablement inapproprié de lui raconter nos ébats au citron vert. Ou que je suis tombé fou amoureux pour la première fois de ma vie, et que je ferais *n'importe quoi* pour être certain d'être l'homme qu'il lui faut.

– Nous formons une bonne équipe, dis-je.

– J'ai pris un café avec sa mère, Lee, me révèle J. P. de façon étonnante. Elle m'a raconté que Shelby a traversé une mauvaise période après le décès de Billy. Elle s'en est sortie, mais Lee s'inquiète pour elle. J'ai promis que nous la déchargerions du poids des affaires, et que nous lui permettrions de se concentrer sur ce qu'elle fait de mieux : du bon vin.

Mon cœur accélère. Que veut-il dire par « une mauvaise période » ? Qu'est-ce qui s'est passé ?

Mais J. P. s'est déjà levé de sa chaise à dix mille dollars. Notre affaire est conclue.

– Je signerai le chèque, dit-il. Passe le bonjour à Shelby pour moi.

– Merci. (Je lui serre la main.) Je n'y manquerai pas.

En sortant de son immeuble, je me sens assez en sécurité pour expirer. Et je reste planté là, les clés de la voiture dans une main, à me demander ce que je vais bien pouvoir faire maintenant.

Il est seize heure vingt, un vendredi après-midi. La journée est pratiquement terminée. Je pourrais retourner à Flora Valley et demander à Shelby de me raconter ce qui lui est arrivé. Mais alors je peux garantir à cent pour cent que si elle est bouleversée, je la prendrai dans mes bras, et je ne peux pas faire confiance à ma volonté pour empêcher que ce contact ne devienne bien plus intime.

La torture était suffisante ce matin, quand je me suis efforcé de garder cette étreinte amicale. Son contact contre moi, son parfum, a fait résonner chacune de mes terminaisons nerveuses comme l'alerte de retombées radioactives dans une centrale nucléaire. Elle a établi une résidence permanente dans mon esprit, et je suis *toujours* conscient de son existence, même quand je sue sang et eau sur des calculs comme aujourd'hui.

Je pensais que ce serait difficile de faire un break avec elle. Je ne pensais pas que cela s'apparenterait aux douze travaux d'Hercule. En fait, pelleter dix tonnes de fumier des écuries d'Augias semble assez attrayant en comparaison. Herc, mon frère, c'était facile.

Mon téléphone bipe à l'arrivée d'un texto et la part follement amoureuse de moi-même espère que c'est Shelby, ce qui me donnerait une excuse pour retourner la voir.

C'est Danny. Mon père est sorti de l'hôpital. Maman a requis ma présence pour un dîner familial.

Bien sûr. Allons faire semblant que tout est normal, maman. Parlons de sport, et du temps qu'il fait, et obligeons Max à nous jouer un morceau de piano. Pourquoi ne jouerions-nous pas aux cartes après le repas comme au bon vieux temps ?

Ouah, Nate, tu te comportes comme un véritable idiot. C'est ta *famille*. Ton père est toujours malade et ta mère s'inquiète terriblement. Tes frères et sœurs mettent leur existence entre parenthèses pour être ici et tout ce que tu fais c'est d'avoir des pensées aigries toutes nazes. Juste parce que *ta* vie est un amas de problèmes, cela ne te donne pas le droit de t'en prendre aux autres. Ressaisis-toi. Va à ce dîner.

J'y vais. Je me comporte normalement, comme tous les autres. Nous ignorons tous le bourdonnement de la tension sous-jacente. Max joue du piano pendant que nous prenons le café. Danny apporte les cartes et nous commençons un jeu de pêche. Je croise le regard d'Ava une seule fois, mais ça me suffit. Elle se trouve dans le même état que moi, et nul doute que les autres aussi. Nous faisons un effort pour maman.

Papa va se coucher tôt. Il n'a pas prononcé plus de deux mots de tout le dîner, et il a toujours l'air faible et usé. Après l'avoir confortablement installé, maman revient et nous explique qu'il *prend* le traitement maintenant et apparemment il réfléchit à la possibilité de se faire poser un DCI. C'est-à-dire un défibrillateur cardiaque implantable. Le petit appareil surveille le rythme cardiaque et envoie un choc électrique si les choses commencent à se détraquer. La procédure est faiblement invasive et réalisée sous anesthésie locale.

Ma mère s'exprime d'un ton enjoué, plein d'espoir, comme si l'affaire était conclue. C'est Danny qui formule ce que nous pensons tout bas :

– Quand doit-il prendre une décision ?

– Oh, je suppose dans les prochains jours, répond maman.

Aucun d'entre nous ne fait de commentaires, mais je suis certain que nous pensons tous la même chose. Même une *seule* journée donne un paquet de temps à papa pour rechercher quantité de remèdes alternatifs et éluder cette option raisonnable.

Comme si elle ressentait notre scepticisme, ma mère bondit de sa chaise :

– J'ai fait une nouvelle fournée de cookies. Je vais les chercher.

Une fois qu'elle est sortie de la pièce, nous échangeons des regards chargés de désespoir.

– J. P. a l'intention de passer ce week-end, dis-je. On ne sait jamais. Papa et lui ont tellement l'esprit de compétition, si J. P. a recours à la psychologie inversée, papa pourrait le faire pour le contrarier.

– Il vient avec Petra ? demande Danny sur un ton désinvolte qui ne dupe personne.

Je croise son regard.

– Il n'a pas dit.

Ava lève les yeux au ciel :

– Elle a le même âge que maman.

– Ouais, ben, je vais laisser Freud s'inquiéter de cet aspect-là, réplique Danny, tout souriant.

– Beurk ! lâche Izzy, alors que Max exprime son approbation. C'est *immoral.*

Soudain, un bruit de vaisselle cassée nous parvient de la cuisine. Comme un seul homme, nous nous levons tous les cinq d'un bond et courons jusqu'à la pièce voisine.

Ma mère est appuyée sur le plan de travail, le visage dans les mains, les épaules secouées de sanglots. Une assiette brisée au sol et les cookies éparpillés au milieu des éclats.

Danny arrive en premier à sa hauteur, il la serre dans ses bras. Izzy va chercher un balai et un seau, tandis qu'Ava et Max se mettent à ramasser les morceaux de vaisselle et de cookies.

Je m'approche de maman et je lui caresse doucement les cheveux. Ce geste semble la ramener à elle, elle se redresse et se libère de l'étreinte de Danny.

– Pardon, dit-elle. Je n'ai pas voulu vous alarmer. J'ai juste été maladroite.

Les regards échangés rebondissent entre nous cinq comme dans un flipper.

– Maman. (Je m'autoproclame porte-parole.) Nous allons faire entendre raison à papa. Nous avons été assez polis et patients jusqu'à maintenant, mais il est temps de ne plus prendre de gants. Nous enrôlerons le Docteur Wilson et même J. P. s'il le faut. Même papa ne peut pas se montrer entêté au point d'ignorer tous ceux qui l'aiment.

Je lui serre l'épaule, et elle me caresse la main, pose un baiser sur mes articulations.

– Nous y arriverons, je te le promets, dis-je pour la rassurer.

Une autre promesse, à une autre femme que j'aime.

Je croyais prendre plaisir à relever des défis, mais je prends conscience qu'avant aujourd'hui, les conséquences de mes échecs se limitaient à mon humiliation. Même le domaine d'Anton n'aurait que légèrement boitillé si mon stratagème marketing avait échoué.

À présent, si je déçois maman et Shelby, je brise leurs cœurs, leurs espoirs et leurs rêves. Je ruine leur existence.

Mieux vaut réussir, Nate. C'est tout ce que je dis.

Chapitre 17
Shelby

Jordan, Ciara, et moi nous sommes mises d'accord : boire deux soirées de suite est justifié, malgré le risque que Brendan nous mette dehors à coups de pied : si le bar est bondé, nous occuperons des places assises sans dépenser un sou.

– Si tu as l'air triste, il te prendra peut-être en pitié ? déclare Jordan.

– Je pense que c'était une offre unique. Cette dose de délicatesse de Brendan est aussi fréquente que la comète de Halley.

Jordan fixe le bar, où Brendan fait semblant de ne pas voir deux types qui attendent depuis plusieurs bonnes minutes.

– *Un jour*, il me remarquera, dit-elle.

– Non, réplique Ciara. Brendan a une copine.

– Bien sûr que *non* !, proteste Jordan. Je ne l'ai jamais vu avec *qui que ce soit* ! Et je l'ai suivi *plusieurs* fois !

– Elle habite à L.A., l'informe Ciara, avec un certain plaisir, ajouterais-je. Une actrice. Elle vient le voir assez souvent, un jour ou deux à chaque fois. Je suppose que nous ne l'avons jamais vue parce qu'ils sont… tu vois… occupés.

– C'est un arrangement stupide. (Jordan croise les bras, boudeuse.) Je suis ici, *moi*. À plein temps.

– Avec juste quinze ans de moins, je fais remarquer.

– Pourquoi tu ne me l'as pas dit plus tôt ? demande Jordan à Ciara.

– Je viens de l'apprendre, répond-elle. Je fouinais pour le compte de Shelby ici présente et je suis tombée sur ce scoop bien juteux.

– Qui t'a rapporté cette info ? suis-je forcée de demander.

– Une des infirmières qui bosse dans le service de Mitchell Durant est une sœur de l'actrice. Nous avons eu une *looooongue* conversation.

Les talents de Ciara manquent à la communauté du renseignement. On les croirait plus sur le coup.

– Et alors ? Le père de Nate ?

– Il a une maladie cardiaque potentiellement mortelle, causée par un virus. Ça arrive plus souvent qu'on ne le pense. Ma nouvelle copine infirmière dit que c'est gérable. À condition de vouloir le *gérer*, ce que...

Elle marque une pause qui en dit long.

Je suis sa fidèle faire-valoir.

– Pourquoi ne le voudrait-il pas ?

– Eh bi-en. (Ciara aime vraiment ça.) Paraîtrait que Monsieur Durant senior est un peu, dirons-nous, *marginal* en matière de médecine. Il croit que le corps humain a tout ce qu'il faut pour se guérir lui-même.

– Erreur ! s'exclame Jordan. Je connais un type super en forme qui une fois s'est fait mordre par une chauve-souris en Afrique et a attrapé ce truc flippant, l'Ebola !

– La médecine l'a guéri, ce que tu oublies d'ajouter, je propose.

– Pas du tout, il est mort en vomissant son sang.

– Cool ton anecdote, Jords, approuve Ciara. Impressionnante.

– Bon, revenons au père de Nate, dis-je. Tu es en train de dire qu'il ne se soignera pas ?

– Il a refusé de prendre *quoi que ce soit* jusqu'à ce qu'on l'hospitalise suite à une perte de connaissance. Maintenant, il prend le minimum à son corps défendant. Mais ce qu'il lui faut c'est une sorte d'appareillage qui régule les battements de son cœur. S'il le refuse, il n'a pas de grandes chances. Le taux de mortalité est supérieur à soixante-dix pour cent, même s'il est beaucoup plus en forme que mon père.

Le papa italien de Ciara est le cuisinier de la famille ; il prend la crème fraîche pour un condiment. Ses cannolis sont à tomber. OK, choix de mots malheureux.

Je demande :

– Pourquoi se montrer si obstiné quand sa vie en dépend ?

Et puis je pense à Nate, et j'ai la réponse à ma propre question.

– En as-tu parlé avec Nate ? demande Ciara la médium.

– Pas en détail. Je pense qu'il craignait que ça ne m'affecte. Parce que mon père est mort.

– Ah, c'est vraiment mignon, remarque Jordan, la romantique. Pas pour ton père, hein. De la part de Nate.

– Il est inquiet. *Très* inquiet. Je croyais que sa volonté de mettre notre relation en suspens venait du fait qu'il était super occupé, mais je pense que c'est parce qu'il est super stressé. Pour être honnête, je ne suis pas certaine qu'il soit si doué que ça pour gérer l'angoisse.

– Oui c'est le type d'homme plutôt entier, déclare Ciara. Tu penses qu'il va droit au crash comme toi ?

– Merci de me rappeler cette terrible et sombre période de mon existence, dis-je.

– No problemo, suggère Ciara dans un sourire. Bon, tu crois ?

– Comment pourrais-je le savoir ? (Je hausse les épaules.) Nous sommes censés être collègues maintenant. Je peux difficilement lâcher un truc comme ça dans une conversation sur l'éclaircissage des grappes.

– Tu pourrais mettre une de ces pancartes comme sur le pont du Golden Gate, déclare Jordan : « Vous avez des pensées suicidaires ? Faites le 1800 SHELBY ».

– Joli. Subtil.

– Saoule-le, poursuit-elle.

– Pas une mauvaise idée, confirme Ciara. Elle ajoute avec ostentation : tu te souviens comme il s'est détendu après deux ou trois cocktails l'autre soir.

– Je regrette de ne pas avoir été invitée, déplore Jordan, en faisant la moue. (La nouvelle sur Brendan a jeté un froid sur sa soirée.)

– Tu étais dans les collines, en train de faire rôtir des coyotes sur le feu, lui remémore Ciara. Tu fabriquais des guimauves à base de serpent à sonnette écrabouillé.

– J'adore Ted, soupire Jordan. Mais ce n'est pas Brendan.

– En parlant de ça, dit Ciara. Je pense que nous avons dépassé les limites de l'accueil autorisé.

Je suis son regard, et comme on pouvait s'y attendre, je vois Brendan se diriger droit sur nous. Or il se dresse entre nous et la porte, et il est trop grand pour être contourné. Nous allons devoir sortir d'ici par le bluff.

– Je vous apporte autre chose ? demande-t-il en connaissant très bien la réponse.

Jordan et Ciara ont payé une boisson chacune. J'ai pris une gorgée de la leur. Nous sommes là depuis bien plus d'une heure.

– Non, merci, répond Jordan. Nous partions.

Son ton cool et hautain nous surprend tous. Y compris Brendan. Je le devine parce que son œil droit se rétrécit un tout petit peu.

– Venez les filles.

Jordan relève la tête, et nous ouvre la voie jusqu'à la porte. Je ne peux m'empêcher de jeter un bref coup d'œil derrière moi, et avant que la porte ne se referme, je suis quasiment sûre que Brendan nous regarde partir.

– Et maintenant ? demande Ciara, une fois que nous sommes dans la rue. Je baratine pour nous faire entrer chez Bartons ?

– Non, il me faut une pizza, objecte Jordan. Avec supplément fromage. Et ensuite une *montagne* de glace.

La pizzeria de Verity n'est... pas extra. Malgré tout, comme Jordan est en détresse émotionnelle ce soir, nous voilà parties.

Je rentre à la maison aux environ de vingt-deux heures trente, saluée par l'accueil enthousiaste de Dylan. Les chiens dorment dans ma chambre et me font comprendre qu'ils me voient par un bref mouvement de queue. Les chats sont sur mon lit et se fichent éperdument de mon retour. Je me brosse les dents et enfile ce qui me fait office de pyjama – un tee-shirt encore plus vieux que ceux que je porte d'habitude – puis je sépare les chats en deux groupes pour me faire une place dans le lit.

Ensuite, je m'allonge en pensant à Nate. À ce qu'il a dû ressentir en découvrant que son père était gravement malade.

À quel point ce devait être frustrant et effrayant de le voir refuser le traitement.

Au moins, mon père a voulu faire tout ce qu'il fallait pour combattre le cancer. Il a persévéré malgré le prix à payer tant sur le plan physique qu'émotionnel. La chimio, *ça craint.* Parfois, mon père a cru qu'il se sentirait mieux en baissant les bras. Il mourrait plus vite, certes, mais au moins, il se serait vu comme une personne et pas comme cette enveloppe humaine nauséeuse, faible et chauve.

Mais il a fait face à la chimio et il a connu une rémission. C'était une sensation de victoire. Je croyais vraiment, nous le pensions tous, qu'il avait gagné pour de bon. Papa vous faisait penser que tout était possible si on y met tout son cœur. Bien que la suite lui ait donné tort, je veux toujours y croire.

Comme ce doit être difficile pour Nate de voir son père risquer sa vie, même si cet homme n'a pas conscience que c'est ce qu'il fait…

Mon téléphone est posé sur la table de chevet. Et si ? Je ne devrais pas faire ça. Il est tard, ce n'est pas professionnel.

Je pourrais *faire semblant* qu'il s'agit d'un message pro en lui demandant comment s'est passé le rendez-vous avec J. P. Nate m'a dit qu'il allait le rencontrer. Il n'a pas dit pourquoi, mais je suppose que J. P. demande un point régulier.

Il est vingt-deux heures quarante-cinq, et tout ce que j'ai, c'est la raison la plus fragile et évidente pour contacter Nate. Il la percera à jour en une seconde, et m'ignorera jusqu'à demain matin. Voire lundi, le moment le plus pro pour avoir cette conversation.

Bien sûr, je lui envoie ce texto. Qu'est-ce que vous croyiez ?

« Comment c passé ton rdv avec JP ? »

Je n'attends pas de réponse. Je sursaute lorsque le téléphone sonne.

Ça ne peut pas être Nate, c'est sûr.

– Allô ?

– Salut.

C'est Nate.

– Je pensais que tu m'ignorerais, dis-je. Étant donné l'heure idiote pour t'envoyer un texto.

– Je suis allongé sur le lit et je fixe le plafond, répond-il. « Idiot », c'est le thème de la soirée.

Soudain, je brûle de me retrouver là-bas à ses côtés. Je veux sentir sa peau contre la mienne, et je veux le réconforter en le pressant et en l'embrassant. L'envie est si forte que l'espace d'un instant, j'ai du mal à respirer.

– Oh..., je l'entends murmurer. Peut-être qu'il est télépathe ?

– Tu vas bien ?, je demande. Je m'inquiète pour toi.

– Pour *moi* ? Il paraît réellement surpris.

– J'ai appris pour ton père.

Autant cracher le morceau. On peut gaspiller beaucoup d'énergie à garder des secrets.

– Ah oui, dit-il. Puis-je te demander comment ?

– Ciara.

Au bout d'un instant, il ajoute :

– Si elle avait vécu pendant la Seconde Guerre mondiale, elle aurait pris fin à Noël.

– Tu l'as dit.

Il garde le silence un moment. Je suis heureuse d'attendre. J'aime écouter sa respiration.

– Je peux te poser une question personnelle ? dit-il.

– Bien sûr, je réponds avec une assurance feinte.

– J'ai découvert quelque chose à ton sujet, moi aussi. (Ensuite, il hésite.)

– Que j'ai eu un coup de cœur pour Jon Bon Jovi ?

Ce n'est pas le bon moment pour plaisanter, mais je suis nerveuse. Que va-t-il dire ?

– J'ai craqué sur Penélope Cruz, poursuit-il. Et c'est toujours le cas en fin de compte.

– Pas de problème. Elle est canon.

Encore un silence. C'est à moi de le combler, je suppose.

– Nate, qu'est-ce que tu as découvert ?

Il soupire :

– Que tu as traversé... une mauvaise période. Après le décès de ton père.

– Oh. Ça.

– Shel, qu'est-ce qui s'est passé ?

Il n'y a plus aucune trace d'hésitation à présent.

– Le chagrin m'a sonnée. (C'est la meilleure description que j'ai trouvée.) J'étais incapable de sortir du lit. Les chats trouvaient ça génial.

– Qui a veillé sur toi ? Tu étais toute seule.

Sa voix est forte et crispée par l'inquiétude.

– Tout le monde. Ma mère, Ciara, Jordan, Iris, Cam, mon médecin. Il y avait toute une équipe autour de moi.

Une brève pause cette fois.

– Cam ?

– Tu es bête.

– Accordé, soupire-t-il. Alors tu as eu de l'aide ?

– J'ai eu de l'aide, de la compagnie, des médicaments, du bouillon de poule... Tout ce dont j'avais besoin. M'en suis sortie en deux semaines. C'est une réaction plutôt normale à la perte de quelqu'un. (Je mets *vraiment* le paquet pour le rassurer.) Et je vais bien maintenant. J'ai continué les pilules du bonheur pendant trois mois, puis je les ai laissées tomber. Tout va bien.

Il se pourrait que j'essaie de me rassurer moi-même en même temps.

– Je peux te poser une question ? dis-je à mon tour.

– Je peux difficilement dire non.

– Comment l'as-tu appris ?

– J. P. a pris un café avec ta mère. (Voilà la bombe qu'il lâche.)

– Avec *maman* ?

– C'est bon, il est marié. Du moins, je pense qu'il l'est toujours.

– Ma mère et J. P. sont aux antipodes. Elle est *beaucoup trop* décalée et décoiffée pour un type gominé comme lui.

J'essaie de me rassurer.

– Nous sommes aux antipodes, dit Nate sur un ton que je n'arrive pas à déchiffrer.

– Pas à ce point, j'objecte. Pas sur l'essentiel.

Je jure, il grogne à l'autre bout du fil, comme si sa jambe était pleine de fourmis, et qu'il serrait les dents.

– Shel, il faut que j'y aille avant de faire quelque chose que je regretterai.

– Non, reste ! Je l'implore, bien que je n'aie pas d'argument valable outre mon désir de rester en ligne avec lui.

– Shel, je suis sérieux. Le lit n'est *pas* un bon endroit. J'ai des pensées… inappropriées. Il serait stupide de passer à l'acte. Ce serait contraire à l'objectif.

Je ne trouve rien à redire à son raisonnement. Je devrais respecter ses souhaits, et ne pas tenter de le compromettre. C'est injuste.

Mais ça c'est la voix de ma conscience, et en cet instant, elle se fait surplomber par ma libido, qui est réglée au-delà du maximum. Ma main libre se faufile vers ma culotte, et même si Nate insiste pour raccrocher, je sais que *je le ferai* dans les minutes qui suivent.

Oh, je me caresse, et laisse échapper un faible gémissement.

– Zut, marmonne-t-il. OK, zut, donne-moi… Donne-moi juste une minute. Je dois…

J'entends du bruit, le bruit sourd de chaussures éjectées, le craquement des ressorts du lit.

– Prêt ? je demande.

– *Zut*, non, murmure-t-il. C'est *dingue*.

– Bon, tu ferais mieux d'être prêt rapidement. Parce que j'ai trois minutes d'avance.

Chapitre 18

Nate

Je dois avouer que ce n'est pas la première fois que je fais ça dans cette chambre. C'est la première fois au téléphone et *avec quelqu'un*.

Au moins, j'ai eu la présence d'esprit de fermer la porte à clé. Bien assez pénible de me retrouver dans ma chambre d'enfant. Pas envie que l'un de mes frères et sœurs déboule (comme c'est déjà arrivé. Merci Dan, tu n'as pas appris à *frapper* ?). Ou pire, ma mère (jamais arrivé, Dieu merci).

Ce n'est pas si simple avec un téléphone. On peut difficilement le mettre sur haut-parleur. Et trop tard pour demander à Max de me prêter ses écouteurs hi-tech. La dernière fois qu'il m'a vu nu, je devais avoir dix ans, et lui quatre. Et certaines parties de mon corps étaient moins... exposées.

Déjà, mon sexe est dur. Il a jailli à l'instant où Shelby a laissé échapper ce gémissement. Soudain un afflux de sang qui aurait dû alimenter mon cerveau a immédiatement filé vers le sud.

Donc je me caresse avec une main, pendant que l'autre appuie le portable contre mon oreille tout en écoutant des sons qui vont me faire jouir en vingt secondes environ.

Merde, Dieu tout-puissant, qu'est-ce qu'elle *fabrique ?* Je soupçonne mon imagination d'être plus fertile que la réalité, mais malgré tout… bon sang.

– Shel. Parle-moi, dis-je en chuchotant.

– Je t'imagine toi, dit-elle, haletante.

– Ça je l'espère bien, je lui fais remarquer.

Elle m'ignore à juste titre.

– Tu es complètement habillé…

Faux.

– … et tu m'attaches les mains aux montants du lit, avec des bouts de corde, toute douce…

Attends, *quoi ?*

– Je ne peux plus bouger, continue-t-elle. Mais j'ai follement envie de toi, si excitée et chaude. Je me soulève du lit, et je t'implore de me pénétrer…

Incroyable, comme elle est douée pour ça. Ma respiration s'accélère. J'essaie de ne pas précipiter les choses. Il faut que je garde le contrôle.

– … et maintenant tu enlèves tes vêtements et tu es nu et *si* dur…

Cette partie est correcte.

– Je te supplie encore, je *sanglote* de désir. Mais alors tu prends cette… plume…

Une *quoi ?*

– … et tu la fais courir sur tout mon corps. Tu commences dans le cou, doucement, mais ensuite tu passes rapidement sur mes tétons et *j'explose* presque à cause de la sensation…

Elle et moi.

– Ensuite tu la fais descendre le long de mon ventre et tu caresses l'intérieur de mes cuisses...

Oh. Dépêche-toi, Shel.

– Je te supplie à nouveau. C'est *insupportable.* Mais tu es cruel. Tu m'effleures les cuisses de haut en bas avec la plume, puis tu soulèves mes fesses, pour les caresser aussi...

Dépêche-toi.

– ... et même si tu ne m'as pas encore *touchée*, je sens le plaisir grandir...

Pareil. Nous respirons tous les deux vite, avec peine.

– Puis soudain, tu viens au-dessus de moi et tu *t'enfonces* en moi si loin, et je suis tellement humide et je te prends tout entier, et... *ohh...*

Non. Je dois invoquer toutes mes ressources pour ne pas hurler comme un dément. Shelby, à l'autre bout du fil, a probablement été entendue jusqu'à la voie lactée.

Je vois des étoiles pour de vrai. C'est parce que j'ai les yeux fermés. Ma respiration est encore irrégulière, et je ne veux pas penser au bazar que j'ai fait. Je me suis essuyé la main le mieux possible. J'espère que j'ai une serviette dans mon sac de sport.

Par miracle, le téléphone est resté collé à mon oreille. La respiration de Shelby commence à s'apaiser.

– Une *plume* ?

– C'est tout ce qui m'est venu à l'esprit sur le moment !

Elle éclate de rire :

– Les chats sont en rogne contre moi. Ils se sont fait chasser et ils font la tête.

– Je vais devoir faire une lessive. Les draps en ont pris un coup. Si l'on peut dire.

– Tu n'avais pas de chaussette sous la main ?

– Une *chaussette* ?

– Ma mère n'arrêtait pas de se plaindre parce que mes frères ruinaient les leurs.

– Ce n'est pas… irritant ?

– Je suppose qu'ils ne les utilisaient qu'à la dernière minute. Ils les glissaient au bout en quelque sorte, comme le gant d'un attrapeur.

– On ne parlait jamais de ce genre de chose dans ma famille. Parce qu'aucun de nous n'avait envie de savoir.

– Maman et papa avaient l'habitude de se balader à poil. Et personne ne fermait jamais la porte de la salle de bains. Cela a donné lieu à des moments fort intéressants quand j'invitais des amis à la maison.

Elle est merveilleuse. Je suis à un cheveu de lui dire « je t'aime ».

Mais mon moi rationnel me donne un coup de poing à travers les couches de désir et de fantasme.

Alors je dis plutôt :

– Shel, nous n'aurions pas dû faire ça.

– Nate, elle soupire. C'est fait. Ne stresse pas pour ça.

– C'est à *moi* que tu parles.

– Je sais, répond-elle doucement. Fais ce que tu peux. Dors bien. On se voit lundi.

– OK. (Tel est mon au revoir inadapté.)

Le téléphone émet son signal d'« appel terminé ». Je le pose et d'une main hésitante je soulève le drap pour évaluer les dégâts. Euh.

Je bondis hors du lit et, avec prudence, j'ouvre mon sac de sport. Il y a une serviette dedans, pour la transpiration. Elle est petite mais fera l'affaire. Tous les fluides corporels se valent, pas vrai ?

Après, je me rallonge dans le lit, à un autre endroit. Je me prépare à fixer le plafond quelques heures encore, comme quasi chaque nuit jusqu'à aujourd'hui, sauf celle où je me suis bourré la gueule, et celle où Shelby et moi...

Or, je me suis endormi immédiatement et j'ai rêvé que l'on me caressait avec des plumes. Ce qui n'est pas aussi étrange et pervers que je l'aurais cru. J'apprends un truc nouveau chaque jour.

En me réveillant, j'ai découvert qu'il était bien plus tard que d'habitude. J'ai essayé de sortir chaque jour pour courir, plus pour alléger mon stress que pour la forme, et ça aide si le soleil ne cuit pas. Et, le matin tôt, c'est si paisible par ici.

Aujourd'hui, j'ai manqué le créneau de quatre bonnes heures. J'enfile ma tenue de course quand même. Si je me contente d'une courte distance, je devrais éviter le coup de chaud.

Au milieu de l'escalier, j'entends des voix près de la porte d'entrée. Maman. Aïe, J. P. aussi. *Et* Petra.

J'hésite. Mon short de course n'est pas si court que ça, mais malgré tout, je ne me sens pas assez habillé. Aucun doute que Danny sera sur son trente et un.

Maudissant ma nature compétitive carburant à la testostérone, et Dan parce qu'il ressemble à un mannequin de chez Ralph Lauren, je remonte me changer en quatrième vitesse.

Maman a conduit les invités dans le salon des grandes occasions. Preuve qu'elle est nerveuse. Si elle était détendue, elle les aurait reçus dans la pièce gaie de cette maison, la cuisine. Selon moi, elle va demander à J. P. d'ajouter sa voix au chœur, que papa a cessé d'écouter.

Danny m'a battu sur ce coup-là. Il signale ses intentions en portant son polo rose. On s'est tous moqué de lui, car il est devenu Monsieur L.A., mais ce polo lui va vraiment bien. Il met en valeur son physique et son air viril tout en lui donnant un côté vulnérable. Du moins, c'est le plan de Danny, cet idiot sans complexe.

– Oh, Nate, te voilà.

Maman pose une main sur mon bras, me tire un peu vers l'avant pour que je salue les invités. J. P. et moi nous serrons la main. Je croise son regard, et il comprend que je le remercie de sa présence.

– Nathan.

Petra a une voix rauque qui court-circuite vos oreilles et s'adresse directement à votre entrejambe. Elle me sourit, bras tendus. C'est sans aucun doute la femme la plus belle que j'aie jamais vue.

Je veux dire, Shelby est superbe, et mes sœurs et ma mère sont très séduisantes. Mais quand on voit Petra, on sait *exactement* pourquoi la guerre de Troie a commencé. Même si elle frise les soixante ans, sa beauté demeure fascinante.

Petra m'embrasse sur les deux joues. Je perçois son parfum et mon cerveau est réduit en bouillie en un instant. Puis elle recule et m'examine des pieds à la tête.

– Je n'arrive pas à croire que cela fait si longtemps que je ne t'ai pas vu, dit-elle. Comme tu es *beau*. Danny et toi, vous êtes superbes tous les deux. Bien que *toi*, Nate, tu sois un homme *à proprement parler*, un *vrai* homme maintenant.

Je recours à ma volonté pour ne pas adresser un sourire narquois à Dan. Prends *ça*, Danny boy. En accentuant le mot « boy ».

Puis Max entre, et Petra s'enthousiasme :

– Oh, mon Dieu, Ginny. Tes enfants sont si *beaux*.

Elle embrasse Max, totalement indifférent à ses attentions, le petit chameau.

– Max, tu dois nous jouer quelque chose, insiste Petra. Nous avons entendu des critiques incroyables sur ton talent.

– Jaloux ? me chuchote Dan à l'oreille.

– Ça mérite une double attaque de bras, je marmonne en retour.

Ensuite vient la cavalerie : Izzy et Ava, qui adore Petra, mais manifestement, elles n'ont pas la même réaction pathétique en sa présence.

– Papa arrive, annonce Ava. Il est assez faible, mais il veut te voir.

– J'ai hâte de le voir aussi, dit J. P.

– Je vais faire du café, ajoute maman dont l'agitation est visible de tous.

– Je viens t'aider, déclare Izzy, ce qui signifie qu'elle veut garder un œil sur elle.

Notre famille est constamment en état d'alerte, notre mode combat ou fuite enclenché 24 heures sur 24 et 7 jours sur 7. Pas étonnant que nous soyons tous stressés.

Et en voilà la cause. Mon père entre dans la pièce, et j'observe un voile d'inquiétude passer sur le visage de J. P. Il est habitué au Mitch Durant en pleine forme et jovial, son ami pas si vieux et en forme, plein de vigueur, aux opinions tranchées. Le type qui pénètre dans la pièce a l'air gris et malade, comme si on en avait extrait la sève.

Il campe malgré tout sur ses positions. Et nous sommes sur le point d'en être les témoins.

– Mitch.

J. P. d'abord, puis Petra s'avance pour embrasser papa.

Ava tire un fauteuil afin de s'asseoir à côté de ses visiteurs, mais mon père lui préfère le canapé. Nous autres nous plaçons dans le fond, par politesse et pour surveiller la conversation. Max propose à Ava l'autre fauteuil confortable, mais elle secoue la tête et se perche sur l'accoudoir. C'est pour mieux se jeter dans l'arène. Quand il s'agit de se battre ou de s'enfuir, Ava ne saisit jamais que la première option.

Petra lance une courte conversation préliminaire. Danny et moi échangeons un regard, tandis qu'elle encense Max, dont l'indifférence devient très irritante.

Puis J. P. va droit au but.

– Alors que se passe-t-il, Mitch ? J'ai entendu dire que tu avais des réticences à prendre le traitement.

Mon père ne prend pas la peine de lancer un regard accusateur à sa famille à la langue bien pendue. Il se concentre sur son adversaire actuel, J. P.

– Ça dépend de ce que vous entendez par traitement, dit-il. Il existe des tas de moyens naturels, non invasifs, de soigner le cœur.

– À l'efficacité avérée ? J. P. ne se gêne pas.

– Pas par vos médecins, peut-être, réplique papa. Mais il y a des preuves solides malgré tout.

Il se penche en avant et lève les doigts pour se lancer dans une énumération :

– La Coenzyme Q10 redynamise chaque cellule du cœur et peut *remodeler* sa taille et sa forme. On peut compléter avec un tonifiant au poivre de cayenne et de cenelle, ainsi que des vitamines B. Les agents chélateurs qui débarrassent des métaux lourds, tels que la coriandre et la chlorella, réduisent le risque d'infarctus. Les enzymes protéolytiques nettoient le sang et réparent les dégâts causés au tissu adipeux épicardique. Il y a eu des avancées récentes incroyables sur la mitochondrie, qui promettent de renverser les lésions cardiaques.

Ava laisse tomber sa tête une seconde, et je compatis. Nous avons déjà entendu ça auparavant. Encore des bêtises.

– Et qu'en est-il de l'arythmie ? persiste J. P.

– Un appareil régulera les battements du cœur, dit papa. Mais il ne soigne pas en profondeur. On répare ça et les autres problèmes disparaissent.

– Mitch. (Petra intervient de sa voix rauque toute mielleuse.) Ne penses-tu pas que le risque est trop élevé ? Ta magnifique famille a *besoin* de toi.

À nouveau, papa évite de regarder dans notre direction. Il est conscient que le souhait prioritaire de sa magnifique famille est de lui faire entendre raison.

– J'apprécie leur sollicitude, dit-il d'un ton ferme. Mais il s'agit de ma vie et de ma santé. Je ne m'immisce pas dans leur façon de vivre et je m'attends à la même courtoisie de leur part.

– Papa, tu as *gouverné* notre enfance d'une poigne de fer ! (Ava ne peut se contenir.) C'était ta voie *ou bien l'autoroute !*

Elle a l'attention de Mitch maintenant. Et il n'est pas content :

– Vous étiez des enfants, donc il vous fallait conseils et attention. En tant qu'adultes, vous avez toute liberté.

– Oh, bien sûr, réplique Ava. C'est pour ça que nous sommes ici tous les cinq en ce moment. Mettant notre vie d'*adultes* entre parenthèses.

– Je ne vous ai rien demandé !

– Non, papa, c'est vrai. *Maman* l'a fait. Parce qu'elle n'arrivait pas à gérer ton comportement stupide !

– Ava. (Danny émet un léger avertissement.)

– Non ! (Ava bondit sur ses pieds.) Non, j'en ai assez de ces conneries *!*

Elle adresse un regard navré à J. P. et Petra.

– Désolée, mais ce sont des conneries.

J. P. acquiesce. Il pose sa main sur celle de Petra et elle entrelace ses doigts aux siens.

– Papa, déclare Ava d'un ton suppliant. Même si tu avalais des *litres* de cet enzyme aux herbes ou que sais-je, tu n'as pas le luxe d'attendre que ton cœur guérisse. Il peut flancher *à n'importe quel moment.* L'hôpital nous l'a dit, le Docteur Wilson l'a dit… Tu en sais plus qu'eux ?

J. P. est sur le point de parler mais il change d'avis. Il sait que son vieil ami n'appréciera pas qu'on se ligue contre lui. C'est pourquoi Danny, Max et moi ne pipons mot. Si seule Ava s'en prend à lui, papa écoutera peut-être d'une oreille.

Ou peut-être pas.

Il se lève et même s'il a du mal à respirer après ce petit effort, il garde la tête haute et nous adresse à tous un regard intense, à tour de rôle, y compris J. P., et Petra, qui paraît dévastée.

– Je ne suis pas prêt à avoir cette discussion, nous dit papa. Si vous restez sous *mon* toit, alors vous allez respecter mes règles et je ne tolérerai plus d'autres marques d'irrespect. C'est clair ?

Danny pose une main modératrice sur le bras d'Ava. Elle l'enlève avec colère mais se tait.

– C'est clair, papa, dis-je.

Sans même un signe de tête pour ses invités, il quitte la pièce lentement. Nous entendons ses pas lourds dans l'escalier.

Une minute plus tard, Izzy escorte maman qui porte un plateau chargé de café et de plusieurs sortes de gâteaux. Izzy, qui comprend instantanément la situation, sauve le plateau des mains de maman, qui a l'air désorienté.

– Mitch n'est pas encore descendu ? demande-t-elle. Je croyais...

Nous sommes tous debout maintenant. Petra passe un bras autour des épaules de maman et la conduit doucement vers le canapé.

– Viens t'asseoir, Ginny.

J. P. souffle :

– Désolé, les gars. C'était un fiasco.

– Pas ta faute, répond Danny. Il serait plus facile de convaincre des conspirationnistes de l'insignifiance des hommes-lézards.

– Et maintenant ? demande Max à la cantonade. On attend, c'est tout ?

Ma mère, presque en larmes, croise mon regard et je vois sa requête. Je lui ai fait une promesse. Je dois avouer que j'avais fondé mes espoirs sur J. P.

Impossible de baisser les bras. Soudain, incroyable, j'ai l'ombre d'une idée.

Elle a peu de chances de réussir. Il faut que je demande un service auquel je ne suis pas certain d'avoir droit. Mais quel autre choix ai-je ?

– Il se pourrait que j'aie un plan B, dis-je. Sans aucune garantie, toutefois.

– Eh bien, tu es *l'homme* de la situation, déclare Danny, avec un sourire satisfait qui fait tressaillir mon majeur. Alors, surtout, montre-nous la voie.

– Mais grouille-toi, putain, m'exhorte Ava.

Maman prend une inspiration horrifiée :

– « Nous avons des invités. »

Mais J. P. se contente de rire :

– Inutile de faire dans la dentelle, Ginny. Ava a raison.

Il porte son attention sur moi :

– Quoi que tu projettes, Nate, il faut que tu mettes le paquet.

Chapitre 19

Shelby

Je me demande quel Nate va venir ce matin. Le Nate sérieux ? Ou celui qui sait rigoler ?

J'ai passé le week-end à examiner les vignes, qui se portent plutôt bien. Pas d'abondance de feuillage ou d'excès de pousses susceptibles d'interférer avec la maturation. Doug l'Édenté a tondu et retiré les mauvaises herbes. Pas de pourriture ni de moisissure. Nous utilisons uniquement des pesticides et des désherbants naturels ici, cela implique une vigilance supplémentaire. Mais c'est aussi synonyme de meilleur vin. À mon avis.

À cette période de l'année, je prends quelques grappes pour faire un échantillonnage et voir si certaines vignes mûrissent plus vite que d'autres. Le vignoble n'est pas grand, il ne s'étend pas sur des terrains différents, alors il n'y a pas d'importantes variations. Il faut vérifier quand même, parce que ça peut faire une sacrée différence au moment de planifier les vendanges.

Les deux semaines avant les vendanges, je serai ici chaque jour pour tester le niveau de sucre et d'acidité, et ce que nous appelons la maturité aromatique. C'est une science de savoir exactement quand cueillir les raisins. Mais aussi une intuition, affinée par des années d'expérience, que je n'ai pas encore. Mon père était un génie en la matière.

Les vendanges nécessitent énormément de préparatifs. Il faut vérifier le matériel et je dois commander toutes les fournitures indispensables au nettoyage, au ramassage et à la fabrication du vin en lui-même, comme les levures.

Une fois que les raisins sont séparés des pieds de vigne, il faut opérer comme une machine : trier les raisins, les plonger dans un bain froid, procéder à l'égrappage, puis vient la fermentation. Je passe mon temps tête baissée, fesses en l'air, parce que le raisin et les levures demandent autant d'attention qu'un nouveau-né. Après la fermentation, il y a la macération, pendant laquelle on les laisse tremper dans leur peau. Je vais goûter les cuves chaque jour pendant cette période.

Puis on arrive au travail amusant et physique du foulage au pied. Je suis toujours volontaire et en général je peux enrôler Jordan, plus des bénévoles parmi les cueilleurs.

Ciara répond par un énorme non, elle trouve cela répugnant. Jusqu'ici, Cam aussi a refusé de participer. Il n'aime pas que les gens le regardent, et l'événement attire une sacrée foule. Le foulage au pied des Vins Flora Valley est une fête pour notre communauté. Les gens apportent leur pique-nique et ils nous regardent travailler. Les commentaires deviennent plus tapageurs au fur et à mesure que la journée avance. Ceux qui foulent ne boivent rien d'autre que de l'eau jusqu'à ce que le travail soit terminé, mais autant dire qu'ils se rattrapent plus tard.

Ne commettez pas l'erreur de croire que c'est une sorte de stratégie. Le foulage au pied a peut-être passé de mode, dépassé par des machines plus efficaces, mais c'est le moyen le plus naturel de presser le vin. La pression des pieds ne casse pas les pépins, ce qui peut rendre le vin horriblement astringent. En plus, un être humain sait mieux quand s'arrêter. C'est parfaitement hygiénique parce que l'alcool contenu dans le vin tue tout ce qui est indésirable. Et oui, bien sûr, on se lave les pieds avant.

D'après mon père, le foulage au pied donnait de l'intensité au vin, le rendait plus audacieux. Et quand on est une petite exploitation comme les Vins Flora Valley, il faut que notre vin se démarque.

Alors, oui, c'est un moment de l'année bien rempli. Et ce n'est pas fini ! Avant tout cela, nous avons la mise en bouteille. C'est une autre raison qui explique pourquoi le vieillissement en fût chez nous est si court : seulement onze mois. Nous devons faire de la place pour le cru suivant. Et ne le dites pas aux autres vignerons, mais notre arme secrète pour ce vieillissement ce sont les fûts magiques de Cam, ceux qu'ils ne fabriquent que pour nous. La saveur qu'ils apportent au vin est pure alchimie.

Nous n'avons pas l'équipement d'embouteillage sur place, alors nous employons un service mobile. Il faut réserver un créneau, une tâche dont je m'occupais avant d'être rétrogradée. Bien que je doive admettre que c'est un soulagement de déléguer la logistique à Nate. L'année dernière, comme mon père était gravement malade, j'ai dû gérer pratiquement tout, toute seule. Ça a failli m'anéantir.

Cam était mon assistant numéro un et il le sera encore, de même que Javi, le coordinateur de l'équipe. Nate, aussi, bien sûr. L'homme qui a un plan. Et le chéquier.

J'ai honte d'avouer que je ne connais pas exactement l'état de notre trésorerie. Avec la chasse frénétique aux investisseurs, j'ai laissé la paperasse s'entasser. À en juger par le bureau de Nate et son type de personnalité, il maîtrise totalement la situation. Je suis certaine que si quelque chose clochait sérieusement, par exemple si nous étions à un cheveu de déposer le bilan, il me l'aurait déjà dit.

Bon, cela m'inquiète que les précommandes soient aussi faibles. Nous en avons eu deux ou trois au compte-gouttes la semaine dernière, mais rien de comparable avec notre niveau habituel. Notre capacité à tenir bon a toujours dépendu de la vente intégrale du stock. Si ce n'est pas le cas, pour être honnête, je ne suis pas certaine des conséquences. Je suppose que cela dépendra de la somme que J. P. est disposé à investir. Il s'est déjà engagé pour la salle de dégustation et un site d'e-commerce, mais il s'agit là de stratégies à plus long terme. Il doit estimer les fondations assez solides. Si ce cru est un échec, il est possible qu'il change d'avis et qu'il réduise ses pertes.

Nate est au courant. Je vais me montrer courageuse et lui en parler ce matin. S'il est de bonne humeur. Ce qui me fait revenir au début du cheminement de ma pensée…

J'ai entendu le pick-up se garer pendant que je nourrissais Ham et Luke avec les restes. À peine huit heures. Nate est matinal. Je jette une feuille de chou en direction de Dylan, et je retourne à la maison en vitesse pour faire un brin de toilette et mettre le café en route.

Mon plan consiste à lui apporter un café au bureau, mais à l'instant où je le verse, on tape, et la porte de la cuisine s'ouvre.

– Salut.

Nate. La version sérieuse, apparemment. Bon, eh bien, c'est lundi. Personne n'aime le lundi.

– J'allais te livrer ton réveil brutal, dis-je en lui tendant une tasse fumante.

– Merci.

Il tient la tasse d'une main crispée. J'espère qu'il n'a pas angoissé tout le week-end à cause de notre rendez-vous téléphonique de vendredi soir. Si l'angoisse était un sport olympique, Nate raflerait une belle moisson de médailles d'or.

– Shel, on peut discuter ?

– Bien sûr.

J'ai l'air désinvolte mais mon cœur a dégringolé dans ma poitrine. Soit c'est une mauvaise nouvelle au sujet de l'exploitation, soit il met un terme à toute éventualité d'une relation entre nous. Je n'aurais pas dû le tenter vendredi. C'était égoïste. *Incroyable* mais égoïste. Ça l'a peut-être éloigné pour de bon. Je tire une chaise et me prépare.

Il s'assied lui aussi et fixe son café pendant un moment. Avant de demander :

– Comment s'est passé ton week-end ?

Oh là là. Quand papa attendait les résultats de la deuxième salve de tests pour son cancer, il plaisantait avec nous en disant que si le spécialiste commençait par des banalités, c'est qu'il était condamné. Les premiers mots du spécialiste furent : « Et alors ces Raiders ? » Je déteste cette équipe depuis ce jour. Désolée les gars. Pas votre faute.

– Nate, qu'est-ce qu'il y a ? (Je vais droit au but, parce que je suis un paquet de nerfs.)

Son sourcil gauche tressaille encore. Ce qui n'arrange rien.

– Si tu as de mauvaises nouvelles, peux-tu cracher le morceau ?

À présent, il a l'air gêné.

– Ah. Pardon, Shel. Pas de mauvaises nouvelles. C'est juste que… Je ne sais pas comment demander ce que je veux te demander.

L'exploitation est en sécurité. Il ne veut pas me larguer. Je peux me détendre d'environ quatre-vingts pour cent.

Mais quel est le genre de question qui lui demande autant de courage ?

– Ce serait plus facile de me faire passer un mot ?

Je ne devrais pas le taquiner mais je suis encore un peu nerveuse.

– J'apprécie quand tu essaies de conforter mon estime personnelle, dit-il d'un ton sec.

– Désolée. Mais je m'en fiche si tu bafouilles. L'essentiel c'est de commencer.

Il souffle :

– OK. Voilà…

Il me raconte ce qui s'est passé le samedi matin, quand J. P. et son épouse sont venus leur rendre visite. Comment son père a quitté la pièce furieux après avoir interdit à toute sa famille de lui reparler de traitement.

– J. P. est le plus vieil ami de papa, déclare Nate. J'ai fondé mes espoirs sur lui, sur sa capacité à convaincre mon père. Pas moyen. Nous en avons parlé plus tard. Nous ne comprenons pas pourquoi notre père est aussi follement obstiné. Si l'un de nous mettait sa vie en danger, il ne le lâcherait pas. Si c'était ma mère qui était malade, il l'emmènerait dans le meilleur hôpital au monde, sans se soucier de la dépense !

Il s'adosse à la chaise et passe une main sur son crâne d'un geste plein de colère.

– Ça n'a aucun sens. Papa a toujours été obsédé par la santé, mais il n'était pas fanatique. Il a laissé maman nous vacciner et nous emmener chez le Docteur Wilson quand nous étions malades. D'accord, il nous a interdit la junk food et le fromage en bombe, mais s'il nous fallait des médicaments, il se contentait de nous faire une leçon sur Big Pharma. Il ne nous a jamais empêchés de les prendre. Alors pourquoi se braque-t-il comme ça, alors que cette intervention est nécessaire ?

– Par peur ? je suggère.

Nate m'adresse un regard qui signifie qu'est-ce-que-tu-me-racontes.

– Si tu avais peur de mourir, tu n'aurais pas envie qu'on t'aide ? me demande-t-il.

– Pas forcément.

Je me souviens de la première réaction de papa quand on lui a diagnostiqué son cancer. Il l'a considéré comme un alien qu'il devait combattre, comme s'il était Arnold Schwarzenegger dans *Predator*. En traitant le cancer comme un ennemi, papa attisait sa colère. Et maintenant la peur à distance.

– La maladie, surtout quand elle nous frappe sans crier gare, nous ébranle jusque dans nos fondations les plus intimes. On ferait n'importe quoi pour retrouver un sentiment de contrôle, l'impression d'être maître de son destin. L'autre option consiste à accepter qu'une entité démunie de réflexion ait un pouvoir aléatoire de vie ou de mort sur nous. Et c'est terrifiant.

Nate m'écoute attentivement :

– Alors, si mon père autorise cette intervention, il s'abandonne à la maladie ? Il lui donne un pouvoir sur lui ?

– Possible, j'acquiesce. Je ne connais pas ton père, alors, je ne peux pas dire.

– Oui, confirme-t-il lentement. Euh, ce qui m'amène au but de cette conversation…

J'écarquille les yeux d'impatience.

– Que dirais-tu de venir chez moi pour le rencontrer ?

– Rencontrer ton père ?

– Je sais que nous avons du pain sur la planche, dit-il sur un ton d'excuse. Mais peut-être un soir de la semaine ? Pour le dîner ?

– Avec ta famille ?

– Ben, oui…

– Et je viendrais en tant que… *amie* ?

Je ressens une impérieuse nécessité d'être *claire* à ce sujet.

– Tu peux venir en tant que Batgirl, si tu veux.

Cette bonne vieille astuce. Blaguer pour détourner la conversation quand le sujet devient gênant.

– Ça m'aiderait de savoir. Comme ça je ne laisserai pas échapper un détail embarrassant. Comme…

– OK, OK, intervient-il en vitesse. (Il fait la grimace.) Je te demande beaucoup, hein ?

– En fait, je ne sais pas vraiment ce que tu me demandes. Pourquoi veux-tu que je rencontre ton père ?

Le regard de Nate erre tout autour de lui jusqu'à ce qu'il se pose sur une photo calée sur la petite étagère où je pose des objets utiles, comme les clés, les stylos et les chargeurs de téléphone, en même temps que, bien sûr, les babioles qui ne servent à rien, que je devrais ranger ailleurs. C'est une photo de ma famille, prise environ douze ans auparavant, quand nous vivions tous ici. En arrière-plan il y a mon père, grand et blond, et son clone parfait, mon frère aîné, Jackson. Au milieu, maman et ses longs cheveux roux, Eli et moi, le grand et la petite, tous les deux blond vénitien. Et devant trône le bébé, Ashlyn, une autre rousse comme maman. Nous sourions tous. Nous étions heureux ce jour-là.

– Je voudrais que tu lui parles de ton père, déclare Nate enfin. (Sa voix est sourde, comme s'il me le demandait au mépris du bon sens.) Je voudrais que tu lui racontes à quel point c'était douloureux de le perdre. Combien il te manque.

– D'accord. J'ai compris. (Mais je ne suis pas sûre de savoir ce que j'en pense. Il veut se servir de *mon* chagrin pour faire du chantage affectif à son père. Comme il l'a admis, c'est une requête tout sauf anodine.)

Qu'est-ce que je ferais à sa place ? Si mon père avait refusé son traitement, jusqu'où serais-je allée pour le convaincre ?

Par ailleurs, je suis secrètement ravie que Nate ait une si haute opinion de moi. Il me fait confiance pour une tâche essentielle et personnelle. Je me demande si, eh bien, il ne serait pas amoureux de moi ?

Bien entendu, si je réussissais, et que son père prenait son traitement, alors Nate serait libre de reprendre notre relation.

– Je suis partante, dis-je.

Il n'essaie même pas de dissimuler son soulagement.

– Et je porterai la tenue de Batgirl, j'ajoute.

Nate me fait un sourire en coin.

– Je… À charge de revanche.

Je lui souris à mon tour :

– Il se pourrait que tu regrettes d'avoir dit ça.

Chapitre 20

Nate

J'étais à un doigt de dire à Shelby que je l'aime. Pourtant, je suis heureux de ne pas l'avoir fait. Elle se serait sentie encore plus obligée d'accepter mon extravagante demande. J'ai deviné qu'elle avait des doutes… et ils étaient totalement justifiés.

Il se pourrait qu'elle change d'avis et je ne le lui reprocherais pas. C'est louche de faire peser cette responsabilité sur ses épaules. Le désespoir n'est pas une excuse. Une famille entière n'arrive pas à convaincre le père, alors elle refile cette mission à une totale inconnue ? Beau travail, les Durant. Très malin.

J'ai quitté la cuisine, et je suis allé affronter l'autre sombre réalité de mon existence : sauver les Vins Flora Valley.

Une petite voix me harcèle pour que j'avoue à Shelby la nature précaire de notre situation financière. Pourtant, de nombreuses raisons me dissuadent de le faire. Je la perturberais dans la fabrication du vin, et l'exploitation a besoin qu'elle soit au sommet de son art. Il ne lui revient pas de s'inquiéter de l'argent ; c'est ma responsabilité. De même, ce n'est pas son boulot de nous sortir de ce gouffre financier.

Plus important encore, je ne veux pas qu'elle nourrisse une reconnaissance envers moi. Si – quand – Shelby et moi reprenons notre relation, ce sera sur un pied d'égalité. Je ne veux pas penser une seule seconde qu'elle serait avec moi parce qu'elle se sentirait débitrice, parce que j'aurai sauvé son entreprise.

Et sauver l'exploitation, je vais le faire. Même si ça doit me tuer. Parce que c'est ainsi que les Durant font tourner la boutique.

J'ai fait des calculs ce week-end, et ils m'ont donné des idées. Que Shelby va détester. Une autre bonne raison de me taire.

D'abord, question mineure : préparer ce fameux dîner. Je ne voulais pas partager les détails de mon plan avec le reste de la famille avant de savoir si Shelby serait d'accord. J'ai surmonté cet obstacle, du moins pour le moment. Passons à la phase deux.

Je téléphone à Ava pour tester ma réflexion avec elle.

– Ouah, dit-elle, mais pas pour me complimenter. Tu n'aimes pas vraiment cette fille, si ?

Oh, pff... Avec tout ça, j'ai oublié de réviser mon impression sur Shelby, à savoir qu'elle n'était pas une incompétente complètement dingue.

– Euh, non, je... (Toujours aussi douce.) Il se trouve que je l'aime beaucoup.

– Beaucoup, hein ? (J'entends ma sœur sourire avec suffisance.) Alors tous les deux vous avez... ?

– Non ! En fait, oui, mais... c'est compliqué.

– C'est du rapide, frérot. Au bout d'une semaine à peine.

Je suis heureux que nous soyons au téléphone, pas sur FaceTime. Je rougis rarement, mais je suis écarlate en cet instant.

– Et seulement un mois après ta rupture avec Camille. (Ava remue le couteau dans la plaie comme seule une sœur en est capable.)

– J'ai tourné la page avec Camille, dis-je sèchement.

– Bien sûr, réplique-t-elle, mais je parie que le fait de t'être fait larguer reste sensible.

Cette conversation se gâte à vue d'œil.

– De quoi est-ce que tu m'accuses exactement, Ava ?

– De rien. Je soulève des lièvres. Si tu tiens à cette fille, alors… prends conscience de tes motivations. Tu ne voudrais pas la conduire sur un chemin que tu n'as pas l'intention d'emprunter.

– Merci, Dalaï-Lama.

– Tu veux toujours l'inviter à dîner ?

Mais ce n'est pas possible, parfois un simple coup de fil ressemble à dix rounds contre Tyson.

– Elle a dit qu'elle était heureuse de venir. (Un demi-mensonge.) Et tu as un meilleur plan ?

– Non, admet-elle sans hésiter. Que dirais-tu de mercredi ? J'embaucherai Max pour m'aider en cuisine. Maman va détester, mais tant pis.

– Demande-lui de faire des cookies.

– Comme si je pouvais l'en empêcher.

Après un silence, elle ajoute :

– J'ai hâte de rencontrer cette Shelby Armstrong. Je ne me souviens pas que tu aies déjà craqué pour une fille aussi vite. Il t'a fallu plus d'un mois pour inviter Camille à sortir.

– Comment tu sais ça ?

Ava et Camille se sont vues, quoi, deux fois en tout et pour tout ?

– Elle et moi, nous nous sommes plutôt bien entendues, me dit-elle, quatre ans après. Je n'ai pas eu de ses nouvelles dernièrement. Ce serait bizarre, je suppose.

Je prends une profonde inspiration :

– Peux-tu me rendre un service, sœurette ? Si elle reprend contact, ne m'en parle pas.

Ava se contente de rire. Je rêve de lui donner un bon coup dans le bras.

– Allez à mercredi avec ta copine, dit-elle. Dix-neuf heures. Ne sois pas en retard.

Lorsqu'elle raccroche, j'ai une furieuse envie d'aller m'allonger dans un champ et de contempler le ciel.

Malheureusement, il n'y a pas de repos pour… peu importe ce que je suis. Ma liste de tâches est un parchemin long d'un kilomètre, mais je connais ma priorité : nous assurer une pleine page de commandes pour notre cru qui va être embouteillé sous peu.

Quand je travaillais pour Anton à Bordeaux, la première chose que j'ai faite avant d'organiser le moindre changement, c'est une étude de marché. J'ai passé mes journées au téléphone, pendant deux semaines, pour téléphoner à tous les acteurs de l'industrie viticole désireux de parler avec moi : les clients de notre mailing list, les restaurants, les petits commerçants, les critiques de vin, les représentants, les contacts sur les marchés internationaux. J'ai discuté avec tous les ouvriers du domaine. Je suis même allé jusqu'au village pour papoter avec les anciens qui jouaient à la *pétanque**, et avec les femmes qui faisaient leurs courses au marché.

Certes, j'ai récolté des tas d'avis contradictoires, mais j'ai aussi obtenu assez de renseignements pour savoir dans quelle direction soufflait le vent dans le secteur des ventes de vin.

Et là tout de suite, il me faut des renseignements. Pourquoi nos fidèles clients ne prennent-ils pas des commandes comme par le passé ? J'ai une copie de notre mailing list. Pas en ligne, bien sûr ; j'ai dû l'extraire du bas du meuble de rangement. Je prends mon téléphone et je compose le premier numéro de la liste.

Quatre heures plus tard, j'ai contacté environ soixante pour cent des personnes. Assez pour me faire une idée. En plus, ma voix commence à s'enrouer.

L'envie irrésistible de trouver un champ où m'allonger est encore plus forte. J'avais une petite idée de ce que j'allais découvrir, et je suis mécontent que mes soupçons se soient confirmés.

C'est Billy Armstrong qui les motivait à acheter. Ils apprécient notre vin, mais faire partie de l'univers de Billy, voilà la motivation principale qui les poussait à revenir. Shelby m'a dit qu'il les contactait. Ce qu'elle n'a pas dit, c'était qu'il leur téléphonait à tous plusieurs fois dans l'année. Il les relançait au sujet du cru à venir, mais plus important encore, il les questionnait sur leur vie, leur famille, boulot, hobby, leur dernier voyage, etc. Il n'oubliait jamais ce qu'on lui avait dit la fois d'avant, et ces gens sentaient qu'il s'intéressait à eux. Ce qui était probablement le cas. On ne peut pas faire semblant à ce point-là à moins d'être un psychopathe. Je doute qu'un psychopathe ait mis au monde une fille comme Shelby.

À la mort de Billy, plus de la moitié d'entre eux est venue à l'enterrement. Ceux qui n'ont pas pu ont envoyé des fleurs et des messages. La vérité, c'est qu'ils l'aimaient. Maintenant que Billy n'est plus là, ils pourraient continuer à acheter le vin par fidélité à sa mémoire, mais la plupart ont dit que cela les rendait trop tristes. Peut-être l'année prochaine, ont-ils ajouté.

Une année que nous ne pouvons nous accorder.

Seul point positif : aucun n'a critiqué Shelby. La plupart l'ont croisée et l'aiment bien aussi, mais ce n'est pas la question. Peu importe si son vin surpasse le précédent. Elle n'est pas son père. Et ne le sera jamais.

Alors maintenant que faire ? Nous mettons en bouteille dans deux semaines et j'ai assez d'argent grâce à J. P. pour couvrir cette opération et les vendanges si nous jouons serré. Mais il ne va pas continuer à injecter indéfiniment de l'argent. Il faut que nous trouvions des sous. Vite.

Si j'étais malin, je discuterais avec Javi, le concierge qui travaille au noir en tant que coordinateur de l'équipe. Il m'a impressionné par sa connaissance du domaine et ses compétences. D'après moi, il répond à n'importe quelle requête des clients de l'hôtel, peu importe comment. Vous voulez un éléphant orné de bijoux accompagné d'un cornac, demain à l'aube ? C'est comme si c'était fait.

Malheureusement, mes projets – ceux que je ne peux dévoiler à Shelby – impactent aussi Javi. Et je me sentirais mal de lui soutirer des informations et des idées, puis de faire machine arrière et de mettre fin à un contrat de longue date. Il en retire une bonne commission, et je sais qu'il a une jeune famille à nourrir. Sans oublier les nombreux amis, les parents et les connaissances qu'il embauche pour faire le boulot.

Non, décidément, impossible de parler à Javi.

Néanmoins, je peux discuter avec son boss, Ted. Pas *super* ravi de la perspective, mais ce n'est pas le moment d'avoir l'esprit de compétition. Ted a un carnet d'adresses qui rivalise avec celui de tous les Kardashian réunis. Seulement je parie que Ted est pour l'agenda en cuir de veau travaillé à la main et qu'il écrit dedans avec un Mont Blanc d'une édition limitée.

Je dois organiser une réunion et qui est mieux placée que l'employée numéro un de Ted, Ciara ? Je suis pratiquement sûr que même Javi ne gaspillerait pas son temps à lui contester ce titre.

Elle m'avait donné son numéro de portable.

– Nathan Durant, dit-elle, d'une voix triomphante.

Raté, elle sait que je vais lui demander une faveur. Elle est médium ?

Autant prendre sur soi :

– Peux-tu m'obtenir un rendez-vous avec Ted ?

– Pourquoi ?

– Je projette le cambriolage d'une œuvre d'art majeure, dis-je. Peux pas t'en dire plus ou je devrai te tuer.

– Pas de révélation, pas de rendez-vous.

Zut. Maintenant, je ne plaisante plus sur le fait de la tuer.

– J'ai besoin de ses conseils. Sur la manière de séduire de nouveaux clients pour les Vins Flora Valley.

– Oh. (Ciara paraît légèrement déçue.) Shel est au courant ?

– Non. Et j'apprécierais beaucoup que tu ne lui en parles pas.

Je patiente jusqu'à ce qu'elle m'honore d'une réponse.

– OK, il a un créneau demain entre quatorze et quatorze heures trente.

Mon instinct est de lui dire que Ted peut sauter dans le vide depuis ce créneau mais les payeurs sont les décideurs. Amer, oui, mais pas difficile.

– Merci. Je serai là.

– Passez une bonne journée, monsieur, dit-elle en sachant qu'elle m'agace encore plus.

Une bonne journée. Remplie de femmes déterminées à m'en faire baver.

– Toc toc.

C'est Shelby. J'espère qu'elle n'a pas surpris cette conversation.

Non, elle sourit. Peut-être a-t-elle une bonne nouvelle ? J'en aurais bien besoin.

– Hum, Cam m'a donné ça.

Elle me tend un morceau de papier tout chiffonné sur lequel quelqu'un a écrit avec… un crayon de charpentier.

– Et c'est ?

– Ses préconisations concernant de nouveaux fûts. Je lui ai demandé de dresser un inventaire et de nous dire ceux qu'il faut remplacer. Il a intégré les coûts.

Elle montre un nombre griffonné en bas.

– Il a déjà commandé le bois.

– Ah oui.

– Oui et il a demandé si nous pouvions lui en payer une partie cette semaine ? C'est ce que nous faisons d'habitude, ajoute-t-elle.

Dans mon esprit, Cam saute du même créneau que Ted, et avec un peu de chance, Ted atterrit sur lui et brise le cou de Cam. Je n'ai pas besoin de ces dépenses inattendues à la dernière minute. J'ai à peine assez de trésorerie de fonctionnement, et c'est uniquement grâce à J. P. qui s'est montré *extrêmement* généreux. Cam ne pouvait-il pas s'organiser plus tôt ? Et Shelby, aussi, d'ailleurs, mais je préfère garder toute ma colère pour le Colossal Crétin.

– Désolée, dit Shelby.

Elle doit avoir senti mes ondes pourries.

– Y a-t-il d'autres factures comme celles-ci qui doivent arriver ? (Je fais de mon mieux pour ne pas paraître accusateur.)

– Je... ne pense pas.

Il y a un champ là-dehors avec mon nom inscrit dessus. Avec de la chance, ce sera un champ de coquelicots et je ne me réveillerai jamais.

– Tu veux déjeuner ?

Shelby semble inquiète, comme si c'était à cause d'elle que j'étais paumé. Ce qui est le cas en quelque sorte, mais ne nous aventurons pas sur ce terrain.

– J'ai apporté un sandwich, dis-je.

Je ne vais pas avouer que ma mère l'a préparé pour moi. C'est sa manière de rester occupée et de se sentir utile, alors il n'y a aucune chance que je lui demande d'arrêter.

– Tu veux le manger dans la cuisine ? J'ai lancé un autre café.

Ce niveau de caféine ne va pas diminuer ma tension artérielle. Mais ce serait chouette de m'asseoir avec elle, de plaisanter, de l'écouter rire. Son optimisme est contagieux et là tout de suite, j'ai bien besoin d'en prendre une dose.

– Je range ça dans la boîte à chaussures. (J'agite la facture des fûts.) Et je suis à toi.

Chapitre 21
Shelby

J'ai convoqué une réunion urgente du club de boisson des meilleures amies. Jordan a refusé d'aller au Silver Saddle, alors nous voilà revenues chez Bartons. Pas sur le devant de la scène cette fois, mais à une table d'angle, qui nous permettra d'avoir une conversation privée. J'ai remis la robe de la sœur de Nate, que je *dois* faire nettoyer, pour la lui rendre mercredi. Jordan qui, comme moi, porte des shorts pratiquement tous les jours de l'année, est vêtue d'une minijupe bleu clair et Ciara d'une tenue moulante verte qui comporte une seule manche. Ted n'a pas encore fait son apparition. On est lundi, alors peut-être ne viendra-t-il pas. Les lundis soir ne sont pas les meilleures soirées pour Ted.

– Alors il va te présenter comme sa sous-fifre ?

Ciara a une manière spéciale d'exposer les faits.

– Je suppose que sa famille connaît déjà les tenants et les aboutissants en ce qui concerne l'exploitation, dis-je. Même si Nate cache bien son jeu.

– Mais il ne te présentera pas comme sa petite amie, c'est ça que je veux dire.

– Je ne suis *pas* sa petite amie, dis-je. Pas encore.

– Tu es plus tolérante que moi, m'informe Ciara. Aucune chance que je supporte ce genre d'histoires clandestines stupides. Je veux dire, le gars s'est montré désagréable avec toi plus d'une fois. Il devrait le reconnaître !

– Ce sont tous des pauvres types, dit Jordan, l'air sombre.

Je m'exclame :

– Je suis d'accord avec lui ! Pour être honnête, je préfère ne pas avoir la pression d'être celle-qui-vient-après-la-fiancée, si vous voyez ce que je veux dire ? Rencontrer toute sa famille est déjà assez effrayant.

– Il a un frère *super* mignon, annonce Ciara. Danny. Je l'ai vu sur Internet. Il possède un magasin de voitures de luxe à L.A.

– Hé, c'est probablement celui dont tu as bousillé la Porsche, remarque Jordan.

– C'était une égratignure !

– Les autres membres de la famille participent au complot ? me questionne Ciara.

– Aucune idée, j'avoue. Connaissant Nate, je dirais que non. Il cache bien son jeu. Et puis, il ne voudra pas leur donner de faux espoirs, au cas où je rate mon coup.

– Pas de pression, hein ? déclare Jordan.

– Pourquoi pense-t-il que tu réussiras là où sa famille a échoué ?

Si Ciara ne veut pas d'une carrière d'espionne, elle serait parfaite pour mener des interrogatoires. Ne cillerait pas avant d'encapuchonner un prisonnier ou de le noyer.

– À mon avis, il ne pense pas forcément que je vais réussir, dis-je. Mais il est à court d'options. Je suis peut-être sa dernière chance.

– Ouah, alors tu es son unique espoir de maintenir son père en vie ? s'enquiert Jordan. Ça craint d'être toi en ce moment, non ?

Je soulève mon verre d'eau (ne me jugez pas, je suis pauvre) en un semblant de toast.

– Merci pour votre soutien, les filles. Génial.

– Eh bien au moins, tu seras sincère, déclare Ciara. Tu n'inventeras pas quand tu lui diras à quel point ton père te manque.

– Non...

– Pardon, Shel, s'excuse Ciara avec douceur. C'est encore dur, hein ?

– Est-ce que ça cesse un jour de l'être ? (Je leur pose la question même si je sais que ni Jordan ni Ciara n'a perdu de proche. L'arrière-grand-mère italienne de Ciara va fêter ses quatre-vingt-seize ans.)

– Mesdames, bonsoir.

C'est Ted. Il fait une apparition inopinée, et il est particulièrement élégant dans un costume à la coupe ajustée. Des carreaux aux nuances subtiles de gris anthracite sur noir accentuent sa blondeur surprenante. Ted a même des cils blonds.

– Burberry ?, demande Ciara en détaillant le costume.

– Je suis certain que tu as raison, réplique Ted en souriant. C'est si souvent le cas.

– Toujours, le corrige Ciara. J'ai *toujours* raison.

Ted tourne son sourire dans ma direction.

– J'ai cru comprendre que je rencontrais ton ami, Nathan, demain.

C'est un scoop pour moi.

– À quel sujet ?

– Oups. (J'entends Ciara marmonner.)

– Oh. (Le regard de Ted va de l'une à l'autre.) Ai-je fait une gaffe ?

– J'ai peut-être oublié de mentionner qu'il ne voulait pas que Shel le sache, précise Ciara.

– Il t'a dit ça ? je lui demande.

Ciara lève les mains pour indiquer qu'elle n'y est pour rien.

– OK, bon, dis-je de mauvaise humeur. Alors maintenant que vous avez vendu la mèche, quel est le motif du rendez-vous ?

– Heu… Ted regarde Ciara pour invoquer son aide.

– Attirer de nouveaux clients pour les Vins Flora Valley, répond-elle. C'est tout ce que je sais, alors ne vous en prenez pas à moi.

Je soupire. Ça n'est pas de bon augure. Pour plusieurs raisons. Premièrement, cela indique que l'absence de commandes *pose* problème. Deuxièmement, cela montre que Nate me fait des cachotteries. Trois et plus, cela prouve que ma gestion de l'exploitation jusqu'ici a été nulle. C'est ma faute si nous sommes en difficulté. Et pire, j'aurais dû savoir que nous étions en difficulté. Mais je ne le savais pas, parce que je suis nulle.

– Il veut développer l'affaire. (Ted sait toujours comment donner une tournure positive à la situation.) Excellent. Ton vin mérite une clientèle élargie.

– Cela signifie que tu vas en vendre ici ? je lui demande avec des yeux perçants.

– Si tu le vends deux fois plus cher, j'y réfléchirai certainement, réplique Ted nullement décontenancé. À présent si vous voulez bien m'excuser…

Et il disparaît.

– C'est ironique, lâche Jordan. Tu ne peux pas caser ton vin au Silver Saddle parce qu'il est trop cher, et tu ne peux pas en vendre ici parce qu'il ne l'est pas assez.

– Je pensais que tu ne mentionnerais plus jamais le nom de cet endroit ? je rétorque en colère, alors que ce n'est pas contre Jordan que j'en ai.

– Le bar me convient toujours, dit-elle. C'est le propriétaire qui n'existe plus à mes yeux.

– Ce n'est pas comme s'il t'avait menée en bateau. (Je suis injuste parce que je suis agacée.)

– Il savait que je l'aimais bien ! réplique Jordan. Il aurait dû me dire qu'il était pris !

Elle marquait un point. Pas *super* béton, mais un point quand même.

Un serveur de Ted évolue avec grâce jusqu'à nous.

– Trois gentlemen au bar aimeraient vous offrir un verre.

Nous regardons dans leur direction. Ils ont l'air de gentils gars, pas de boulets.

Jordan répond de notre part :

– Ce sont tous des pauvres types.

– Je leur dirai que vous déclinez poliment leur proposition, déclare le serveur avant de s'éloigner en glissant.

– Tut, tut, il aurait dû prendre notre commande d'abord, dit Ciara en levant la main pour faire signe à un autre glisseur. Une autre eau, Shel ?

– Merci. Cette fois, une double.

Je suis de retour vers vingt-deux heures et je ne vais jamais réussir à dormir dans cet état. Je connais ce dicton : « Que le soleil ne se couche pas sur votre colère. » Bon, le soleil est couché, mais la nuit n'est pas terminée. Je fais ce que je sais qu'il ne faudrait absolument pas faire : j'appelle Nathan.

– Tu vas bien ?

Voilà sa réponse immédiate.

Je devrais y voir le signe qu'il s'inquiète pour moi – que je compte pour lui. Mais en cet instant, je ne perçois que de la condescendance. Il n'a pas confiance en ma faculté d'entendre la pénible vérité.

– Tu vois Ted demain, je me lance. Et non, Ciara n'a pas vendu la mèche. Je le tiens de la bouche de l'intéressé.

Il souffle.

– Merde, on vit dans une bien petite ville.

– Pourquoi ne me l'as-tu pas dit ? Que me caches-tu d'autre ?

– Je ne te *cache* rien, dit-il avec énergie. Je fais mon boulot ! *Ton* boulot consiste à faire du vin, je fais en sorte que tu puisses te concentrer là-dessus *!*

– En me laissant dans l'ignorance ?

– Pourquoi t'encombrer avec des responsabilités que tu n'as pas besoin d'assumer ? (Il est furieux à présent.) Pour fabriquer du vin, il faut un esprit clair et une attitude positive. Ne me tombe pas dessus parce que j'essaie de te faciliter la vie !

– C'est mon *exploitation !* Je lui hurle dessus, faisant détaler les chats.

– Non ! riposte-t-il. L'exploitation appartient à J. P. ! Quand est-ce que tu as raté cet épisode ?

Je suis à deux doigts de raccrocher, lorsque son ton se radoucit :

– Shel, pardonne-moi. Tu as raison. J'aurais dû te tenir informée. Je... Je n'ai pas voulu t'inquiéter.

– Mais je *devrais* m'inquiéter ?

– J'y travaille.

– Tu recommences ! Tu ne me prends pas au sérieux ! Que crois-tu que je vais faire en entendant la vérité ? M'évanouir ? Je connais la réalité de cette exploitation *!* Ne joue pas au type condescendant !

– Oh, tu la connais, c'est vrai ? (Furieux à nouveau.) Alors ça veut dire que tu savais que le domaine était en difficulté et tu as fait… quoi au juste ? *Tu l'as ignoré ?* Tu as croisé les doigts en espérant que ça passe ? *Bonne stratégie.*

Il marque un point. Et je le déteste pour ça.

– Comme si tu étais si parfait, dis-je, et l'enfant malveillante en moi prend le dessus : Tu n'arrives même pas à gérer une *relation.*

Oh, ce n'est pas ce que je voulais dire. Mais avant que je puisse retirer, il reprend la parole :

– Tu sais quoi ? (Sa voix est chargée de colère.) Tu as raison. Je n'y arrive pas. Alors si je n'essayais pas ? Que dirais-tu si nous faisions notre travail avec le minimum de contact ? Quand mon contrat sera terminé, je débarrasserai le plancher. Ça te paraît bien ? C'est bien ce que je pensais. À plus, Shelby.

Et il raccroche.

Devinez quoi : je n'irai pas dîner chez lui mercredi.

Merde. Je peux le dire, la situation le justifie. Merde, merde, merde, j'ai tout gâché. C'est ma faute.

Tout est ma faute. Si j'avais été plus impliquée depuis le début, j'aurais poussé papa à rédiger un testament. Je ne crois pas qu'il ne l'ait pas voulu ; il n'en a pas trouvé le temps. Nous avions beaucoup en commun, papa et moi.

Si je ne m'étais pas effondrée après son décès, je n'aurais pas eu à me précipiter pour trouver des investisseurs. J'ai laissé tellement de choses couler pendant cette période, je le sais. Nate a eu une double charge de travail, à cause de moi et de mon manque d'organisation.

Pas étonnant qu'il ne m'ait rien dit. Pourquoi prendre cette peine, alors que j'ai prouvé mon incompétence ? Je veux dire, même ce matin, je lui fais passer la facture de Cam bien trop tard. Tout aurait dû être budgété et comptabilisé. Je le savais. Mais je ne l'ai pas fait.

L'exploitation est en difficulté et c'est ma faute. Et je ne suis pas en position d'y remédier. Nate ne me fera plus confiance. Pourquoi le ferait-il ? Je ne suis pas simplement incompétente, je suis une garce. Si j'étais lui, je ne m'y frotterais pas.

Les gens se trompent sur les cinq stades du chagrin. Ils pensent qu'ils se déroulent successivement, quand en fait ils arrivent dans un ordre aléatoire, à des moments aléatoires. Le déni, la négociation, la colère, la tristesse et l'acceptation. N'importe quand, dans n'importe quel ordre.

Les gens se trompent également en croyant que le chagrin ne concerne que la mort de la personne. N'importe quelle perte cause le chagrin. Perdre un travail, des amis qui déménagent. Même la trahison.

J'ai traversé une zone de colère, parce que j'ai senti que Nate m'avait trahie en me faisant des cachotteries. J'ai accepté ma responsabilité pour ce qui venait de se passer entre nous, et pour la situation désastreuse du domaine.

Maintenant, le déni et la négociation luttent pour remonter à la surface. Mon pouce plane au-dessus de son numéro sur mon écran de téléphone. Je voudrais m'excuser encore et encore, dire que je ne pensais pas ce que j'ai dit et implorer son pardon.

Mais avant que déni et négociation arrivent à mi-chemin, ils sont battus au poteau par la tristesse. Je l'ai perdu. Il est parti. Il ne me pardonnera jamais, et il ne reviendra jamais. Je sais une chose. Nate Durant est un homme de parole et ses mots étaient clairs comme de l'eau de roche.

Or je viens de prendre conscience que je l'aime. Je veux être à ses côtés pour toujours.

Si cela ne vous ennuie pas, je vais m'allonger sur ce lit, là tout de suite, et pleurer des torrents de larmes.

Chapitre 22

Nate

– Où diable vas-tu ?

Zut. Ava est assise devant la maison. Je n'ai pas le temps pour ça.

– Courir.

Et je démarre, le long de l'allée.

– Il est vingt-deux heures trente, lance-t-elle derrière moi.

Ah bon. Devine pourquoi j'ai une lampe frontale.

Je veux courir sur les sentiers, grimper sur les collines, mais je sais que le sol est trop irrégulier pour me frayer un chemin, même avec une lumière. J'ai l'intention de repousser les limites de la douleur, mais je ne veux pas me casser une jambe. Je vais me cantonner aux routes. Courir aussi fort et loin que possible. Tout oublier à part le rythme de ma respiration et mes pieds qui martèlent le goudron. Ne rien sentir à part la brûlure dans mes poumons et mes jambes.

Je reviens à la maison vers minuit. Ava est rentrée, par chance. Mes jambes sont *détruites*, et je dois m'appuyer sur la rampe en montant l'escalier. Je m'écroule sur le bord du lit et me laisse aller à la renverse. Je reste comme ça jusqu'à ce que la sueur rafraîchisse et devienne désagréable.

Je me relève, troque non sans mal ma tenue de coureur trempée contre un tee-shirt et un pantalon de survêt. Je repère un verre en cristal taillé rempli d'un liquide ambré, posé sur la table de couture. Un petit morceau de papier se trouve à côté.

Avec la démarche d'un poulain qui vient de naître, je progresse vers la table. Le mot est écrit avec les pattes de mouche impatientes d'Ava. *Si tu as envie de parler, je serai réveillée jusque tard. Apporte ton verre.*

Je ne veux pas discuter. Avec personne.

Heureux d'avaler le whisky, malgré tout. Il file droit jusqu'à ma tête déjà bien allégée, et je ressens une envie pressante d'effacer mon cerveau.

Non. Il faut que je sois concentré. Le contrat que j'ai signé avec J. P. court sur un an, avec une révision au bout de six mois. Si je fais passer ce plan, je peux remettre l'exploitation sur pied en trois mois, grand max. Boulot accompli. Contrat rempli. Je retourne en France. *Pas à* Bordeaux – une autre région viticole. De nombreux domaines m'embaucheront. J'ai une bonne réputation.

Je dois me rasseoir. Mes jambes me laissent tomber. Comme je laisse tomber J. P.

S'il fait fructifier son investissement, il ne devrait pas trop s'en offusquer. Et maintenant, je suis libre de procéder à *ma* manière. Je n'ai plus à prendre en considération les sentiments d'une certaine Shelby Armstrong.

La colère est utile. Elle bloque toutes les autres émotions, comme ça, on ne ressent plus qu'une rage pure, chauffée à blanc. Mais même avec cette fureur en éruption, le prénom de Shelby me percute comme un coup de poing dans le ventre.

Comment a-t-elle pu me dire *ça* ? C'est la rage qui parle. Mais ma douleur au ventre ressemble plus aux conséquences d'un choc. Le choc que l'on éprouve quand l'être aimé vous trahit...

Avant ce soir, Shelby ne m'avait pas dit un seul mot méchant. Elle avait géré mes bouderies face à Cam le Commando et mon inaptitude à communiquer avec humour et patience.

Elle avait accepté de mettre notre relation en suspens alors que j'étais dans l'impossibilité de lui préciser un laps de temps. Elle était prête à attendre. À m'attendre.

Pour moi, elle était prête à venir dîner dans une maison remplie d'inconnus. Parce que j'avais besoin de son aide.

Et là, elle a dit ce qu'elle a dit.

Je ne l'ai jamais soufflé à quiconque, mais lorsque Camille m'a appris qu'elle me quittait pour Cul-Bjorn, j'ai d'abord ressenti du soulagement. Je ne l'aimais pas, et je ne voulais pas l'épouser. Ce que j'ai dit à Shelby était vrai, j'ai considéré Camille comme un trophée. Et oui, cela fait de moi un empaffé. Tout comme de faire durer ce simulacre de relation, parce que j'aimais travailler avec son père. Je ne suis pas certain d'en avoir été conscient, mais c'est limpide aujourd'hui. Je suis resté avec Camille parce que je voulais garder mon boulot sur le domaine d'Anton.

Après son annonce, j'ai ensuite ressenti de la colère. Ava avait raison. J'ai détesté me faire plaquer. En tant qu'homme, j'ai déblatéré sur cette espèce de batteur bigleux. J'étais plus futé, plus beau, plus cultivé, j'avais mieux réussi. Il est venu la chercher dans une foutue *Lada*, je ne déconne pas. Une de ces imitations pourries de Jeep, datant des années 1970.

Oui, je suis encore aigri. Ava a raison à ce sujet aussi. Mais je ne suis pas *blessé*. Quand je pense à Camille, ça me met de mauvaise humeur, et oui, j'ai honte. Je n'ai pas le cœur brisé. Je n'ai pas envie de pleurer.

Je ne me rappelle pas la dernière fois que j'ai pleuré. J'étais môme, je suppose. Papa n'avait pas beaucoup de patience pour les pleurs. Si on tombait, il s'attendait à ce qu'on se relève, qu'on se remette en route. Les larmes étaient une perte de temps et d'énergie.

Je dois voir Shelby demain. Je dois travailler avec elle pendant les trois prochains mois au moins. Je n'ai *aucune* idée de la façon dont je vais traverser ça.

Je l'aime. Ce sentiment-là n'a pas disparu, mais il le faut pourtant. Si elle m'aimait et me respectait, elle n'aurait jamais dit ça.

Mon corps entier tremble d'épuisement, et je suppose d'émotions aussi, mais je suis loin d'avoir envie de dormir.

J'ai toujours le verre vide à la main. Je le repose sur la table, et je regarde à nouveau le petit mot d'Ava. Et même si je n'ai toujours pas envie de parler, j'ai envie d'être avec quelqu'un. J'ai envie de sentir qu'une personne sur terre en a quelque chose à faire que je vive ou meure.

Mes jambes protestent, je parcours la courte distance le long de l'allée, je m'appuie contre le mur extérieur de sa chambre, près de la porte, et je tape une fois, doucement :

– Tu peux pas entwé, me répond une voix avec un terrible accent jamaïcain.

Une blague des enfants Durant. Quand elle avait quatorze ans, avant sa période gothique, Ava a découvert le groupe de ska britannique The Specials. C'est comme ça que commence l'un de leurs titres, et nous avons tous pris l'habitude de le scander, en général quand l'un de nous retardait l'accès à la salle de bains.

Ava est assise toute droite dans son lit, elle lit. Elle porte...

– Depuis quand portes-tu des *lunettes ?* (Je lui pose la question en m'affalant dans le fauteuil calé dans l'angle. Ma chambre n'a pas de fauteuil, soit dit en passant.)

– Depuis deux ans. Seulement pour lire. Je vois parfaitement de loin.

La monture de ses lunettes est en écailles, avec une forme un peu en amande, style années 1950.

– Elles te vont bien.

– Elles me donnent l'air intelligent ? dit-elle avec un sourire en coin.

Soudain, j'ai un flash-back : papa engueule Ava au sujet d'un bulletin scolaire. Il n'y avait rien à dire sur ses exploits sportifs, par contre ses notes étaient toujours inégales. Même Danny, qui refusait d'aller à l'université, avait de solides A^-. Les notes d'Ava dépendaient de son degré d'intérêt pour la matière, et de son respect pour le prof. Si l'un de ces facteurs venait à manquer, elle refusait de faire plus que le minimum.

Papa ne s'intéressait pas à la raison de ces extrêmes variations. Tout ce qui lui importait c'était le déshonneur de l'échec.

– Merci pour le whisky. (C'est ma façon de m'excuser d'avoir été grossier un peu plus tôt.)

– Tu n'as pas apporté ton verre ?

– Non...

Je lui dois plus d'explications :

– Il va falloir que j'aie les idées claires dans les semaines à venir.

Ava m'évalue un instant :

– Max a entendu une conversation plutôt houleuse, dit-elle.

Il n'y avait aucune intimité dans mon enfance, et il n'y en a aucune aujourd'hui. Plus tôt je partirai, mieux ce sera.

– Ne te mets pas en rogne, il n'a pas distingué les mots, seulement le ton, précise-t-elle en lisant dans mes pensées. Comme je ne me précipite pas sur les explications, elle ajoute : Jusqu'où as-tu couru ? au Canada ?

– J'aurais pu.

Ava ferme son livre, ôte ses lunettes et pose les deux sur sa table de chevet. Ses gestes sont étudiés, comme si elle faisait beaucoup d'efforts pour rester patiente. Assez juste. Elle pense que je suis venu ici pour discuter alors pourquoi je n'accouche pas ? Et maintenant que je suis ici, je découvre que j'ai vraiment envie de vider mon sac. J'annonce :

– Le dîner est annulé.

– Oh, vraiment ?

Ava a l'air déçu, ce à quoi je ne m'attendais pas.

– Tu as raconté le plan aux autres ? (J'estime avoir le droit de me montrer accusateur.) Ava, franchement...

Elle pince les lèvres dans un mouvement rapide d'excuse, mais toujours rebelle :

– Je l'ai dit à Max, parce que je voulais de l'aide en cuisine. Bien sûr, il l'a raconté à Izzy, parce que les jumeaux n'ont pas de secrets entre eux. Ensuite, ils se sont sentis mal parce que Danny était le seul à ne pas savoir, alors ils lui ont dit. Je les ai interrogés tous les trois. Ils ont tous déclaré que ça valait la peine d'essayer.

À présent, elle a l'air penaud :

– Je devais rétablir la vérité sur ce que tu ressentais pour Shelby Armstrong.

Est-il possible que la vie se poursuive sur une voie toute simple pendant, je ne sais pas, plus d'une journée ? Apparemment non.

– Ça a changé.

– Tout le monde se dispute.

Ava a vraiment le chic pour les réponses compatissantes.

– Ce n'était pas juste une dispute. Elle a dit quelque chose d'irréversible.

– C'est ce qui se passe dans les disputes. (Ava fait grimper la compassion d'un cran.) On peut dire des choses *affreuses* dans le feu de l'action. Une fois, j'ai accusé un type d'aimer le Dave Matthews band. C'est un miracle qu'il ait bien voulu m'adresser la parole après ça.

– Oui, c'est vraiment marrant, dis-je avec amertume. Continue. Moque-toi.

– D'ac, cet exemple n'était pas sérieux, concède-t-elle. Mais uniquement parce que je suis gênée de te raconter les trucs atroces que j'ai balancés à la tête de personnes auxquelles je tenais.

– Et tu as toujours pu faire machine arrière ?

– Moui…, acquiesce-t-elle lentement. Mais pas sans effort. S'excuser, c'est pas mal pour commencer.

– Ce n'est pas à *moi* de m'excuser.

– Ah non ? (Elle me jauge.) Tu n'as pas réagi de manière excessive ? Parce que tu étais blessé ?

Oui.

– Nate, tu es un Durant, dit-elle. Et nous avons une longue et fière histoire en matière d'entêtement inébranlable.

Pièce à conviction A : notre père. Alors je dois te poser la question et pardonne le choix des termes : tu tiens vraiment à camper sur cette position ?

Je souffle longuement.

– C'est juste que... Je ne peux plus lui faire confiance.

C'est pathétique à entendre, mais c'est une vérité fondamentale.

– Shelby et toi, vous vous connaissez depuis une *nano*-seconde. La confiance demande du temps. Et d'accord, je ne suis pas précisément un exemple en matière de relation à long terme, mais je sais que c'est la façon de gérer les premiers jours qui fait ou défait une relation. Ça dépend de notre réaction quand on découvre que l'autre est humain et non pas l'être incroyablement parfait que l'on fantasmait.

Elle me sourit avec une affection teintée d'ironie :

– Nous nous plantons tous, frérot. Le truc, c'est de l'accepter et pas de demander l'impossible aux gens qu'on aime.

Je sais qu'elle a raison. Mais je suis épuisé, j'ai mal à chacun de mes muscles, et je n'arrive pas à digérer ma blessure. Les mots de Shelby résonnent dans ma tête et ils transpercent ma chair. Il me faudra du temps. Du temps passé loin d'elle ou au moins à une distance prudente.

– Nate. L'urgence soudaine que trahit le ton d'Ava tire la sonnette d'alarme.

– Izzy, Max et Dan sont malades d'inquiétude, dit-elle. Pour papa, mais encore plus, pour maman. Dan est convaincu qu'elle va tout droit vers une sorte de dépression. Il voulait qu'elle consulte le Docteur Wilson, mais elle a refusé. Ils sont au désespoir. *Je suis* au désespoir. Nous sommes prêts à tenter *n'importe quoi*.

Pas question. Elle ne peut *pas* me demander ça.

– Je sais que ce sera gênant, continue-t-elle. Mais s'il te plaît... peux-tu faire ça pour nous ? Pour maman ?

Je proteste :

– Tu ne sais même pas si ça va marcher. Pourquoi papa écouterait une inconnue, alors qu'il ne tient pas compte de l'avis de sa famille ?

– Nous sommes prêts à tout. (Voilà sa réponse. Et son visage la confirme.)

– Je ne peux pas lui demander, Ava.

Je parais assez désespéré moi-même.

– *Je* le ferai, s'empresse-t-elle de dire. J'irai la voir demain matin.

Quand il est question d'entêtement familial, Ava m'a toujours battu. Franchement, je suis trop épuisé pour parlementer. Shelby ne dira jamais oui, alors autant laisser Ava essayer et échouer.

– Très bien. Va la voir, mais ne m'implique *pas,* OK ?

– Marché conclu, dit-elle avant d'ajouter : Merci.

– De rien.

J'extrais ma carcasse du fauteuil.

– Maintenant, si ça ne te fait rien, je dois aller m'écrouler et dormir comme une souche.

Chapitre 23

Shelby

C'est impressionnant. J'ai l'air d'être tombée tête la première dans un buisson urticant. Mes yeux sont tout gonflés, et rouges comme ceux d'un rat albinos. Le point positif c'est que je n'ai aucune intention de mettre un pied dehors aujourd'hui. Pour tout ce que j'ai à faire, je peux utiliser mon fidèle téléphone. Les gens à l'autre bout du fil n'ont pas à savoir que je les appelle de mon lit.

Il se pourrait qu'ils détectent mon manque de concentration. À l'instant même, tous mes sens sont en alerte et guettent le bruit du pick-up, sachant qu'il me donnera immédiatement des sueurs froides.

L'anxiété, la gêne et le regret bouillonnent au fond de moi. Bientôt, quand Nate arrivera, qui sait quels instincts prendront le contrôle ? Vais-je courir vers lui et me jeter à ses pieds, tout en me fouettant le dos avec une sorte de martinet ?

Je m'en crois capable. Certaine de déterrer une lanière de cuir quelque part dans cette maison. Si je n'en trouve pas, je pourrai toujours me servir d'un chat.

Oh, flûte. Je ne sais plus où j'en suis. Physiquement et émotionnellement. Pourtant, même si je veux lui demander pardon à plat ventre, mon instinct me dit qu'il vaut mieux qu'il fasse le premier pas. Jusque-là, je dois me montrer patiente.

Et prier qu'il fasse un pas. Parce que je ne pense pas tenir le coup s'il n'en fait pas.

Le côté positif, c'est que seul lui et moi sommes au courant. Je ne suis pas arrivée à envoyer un texto à Ciara ou Jordan. Peut-être plus tard dans la journée. À moins que je ne passe mon temps à pleurer.

Allez, Shelby. Tu ne peux pas changer le passé, alors reprend courage et concentre-toi. L'exploitation a besoin de clients. Nate te l'a dit. Alors sors et va les chercher.

Je me suis faufilée dans le bureau, à l'aube, et j'ai volé la mailing list de nos clients sur le bureau de Nate. Il a tracé (avec une vraie règle, apparemment) des traits au crayon sur une flopée de noms. Je n'ai peut-être pas réagi au quart de tour ces derniers mois, mais même moi, je suis capable de comprendre ce que ça signifie. Ils ne passeront pas de commandes. Et je croyais bien aimer ces gens.

Ils ne m'ont pas entendue *moi.* Nate est efficace et compétent, mais ce n'est pas quelqu'un de sociable. La première impression est celle que j'ai eue, à savoir un être froid, un peu hautain. Moi, je donne le sentiment d'être dans le besoin et un peu fêlée, mais au moins je suis chaleureuse et sympa. Nos clients adoraient mon père, parce que sa présence chaleureuse évoquait pour eux un ours en peluche tout câlin. Je suis plus ourson au niveau de la taille, mais je ferai de mon mieux.

Horreur ! J'entends une voiture ! Comme mon cœur tambourine dans mes oreilles, il me faut un moment pour comprendre que ce n'est pas le grondement habituel du pick-up. Mais le rugissement rauque d'une voiture de sport.

Je tire un peu le rideau, juste assez pour jeter discrètement un œil dehors. Double horreur ! C'est la Porsche noire ! Nate a dû raconter à son frère que c'était moi qui l'avais cabossée et maintenant il vient me demander des comptes ! Flûte de zut, où est-ce que je peux me cacher… ?

Oh. Ce n'est pas un garçon. C'est – Oh – une Nate fille. Même couleur de cheveux, même pommettes, même attitude. Avec environ trente centimètres de moins. Et des seins en plus.

La sœur de Nate ne se dirige pas vers le bureau mais vers *ma porte*. Ça doit être une erreur. Non, j'entends un coup rapide, impatient.

À la hâte, je me précipite dans la salle de bains et je passe de l'eau froide sur mes yeux gonflés. Puis, je redescends et ralentis à hauteur de la porte. Que peut-elle bien vouloir ? Apporter de mauvaises nouvelles ?

– Salut, dit-elle. Je m'appelle Ava. Je suis la sœur de Nate. Ce que tu as certainement deviné, étant donné que nous avons le même visage.

– Il va bien ?

Elle m'adresse un sourire en coin :

– Tu veux dire, à part le fait que c'est un abruti d'entêté ?

J'ouvre la porte toute grande, soulagée, et je l'avoue, excessivement curieuse. Je lui propose :

– Tu veux un café ? Je te préviens, il envoie sec.

– Le coup d'envoi parfait pour une journée, dit-elle en me suivant dans la cuisine.

– Sympa comme endroit. En prenant une chaise, Ava jette un coup d'œil autour d'elle. Accueillant.

Son commentaire est un peu bizarre : tous les foyers ne sont-ils pas accueillants ? Mais je n'ai aucune idée de la façon dont vivent Nate et sa famille. Ni même où, d'ailleurs. J'allais le découvrir demain soir, mais…

Ava patiente jusqu'à ce qu'elle ait une tasse de café devant elle, avant de reprendre la parole :

– Je suis ici pour te demander de venir quand même dîner avec nous.

Manifestement, les Durant ne croient pas aux vertus des banalités.

– Hum, ça ne sera pas… embarrassant ?

– Tout à fait, confirme-t-elle sans l'ombre d'une hésitation. Embarrassant plus plus. Mais je peux te garantir que l'ambiance créée par mon père sera bien pire. Il n'est pas dans une bonne passe en ce moment.

– Et c'est comme ça que tu comptes me convaincre ? suis-je obligée de demander.

Ava sourit. Ses yeux ont *exactement* la même nuance de bleu que ceux de Nate. Je pense avoir une insuffisance cardiaque. J'ai un besoin *intense* de le voir et de le toucher.

– Mon frère va passer. (Apparemment elle a des dons de voyance comme Ciara.) Mais il est long au démarrage. Il lui faut du temps.

J'avoue :

– J'ai dit un truc horrible. Je n'en avais pas l'intention, mais c'est sorti comme ça.

– Eh bien, ne te retiens pas quand tu parleras à mon père. Arrache ton cœur et pose-le tout sanglant devant lui. Et pleure. Beaucoup, si possible.

– Je crois que j'ai pleuré toutes les larmes de mon corps hier soir.

– Est-ce que tu tiens à mon abruti de grand frère ?

– Oui. Inutile de mentir, elle me percerait à jour.

– Bon. Il tient beaucoup à toi. Au temps aussi, ajoute-t-elle.

– Qu'est-ce que tu veux dire ?

– Nous sommes une famille de maniaques du contrôle. Et pour être scrupuleusement honnête, ce gène du contrôle s'est partiellement dilué au fur et à mesure de la lignée. Mes frères et sœurs cadets ont tendance à être plus détendus. Quand il s'agit d'émotions, en tout cas. Ils sont ambitieux comme tout dans leurs carrières respectives.

Elle boit une gorgée de café et laisse échapper un « Ouah ! », comme si elle venait de s'envoyer un shot de tequila.

– La vache, je pourrais faire le plein de la voiture avec ça.

– C'est une recette secrète. Et elle implique de faire fondre une barre de fer.

– Je t'aime bien, m'informe Ava avec un grand sourire. En tout cas, comme je le disais : des maniaques du contrôle, nous tous. Mais Nate a eu le fardeau supplémentaire d'être l'aîné. Compte tenu de ça, il est né sérieux, il a endossé beaucoup de responsabilités, qu'il n'aurait pas dû prendre. Il a aussi décidé qu'il était important de ne *jamais* montrer ses faiblesses. Ce qui signifie, l'imbécile, qu'il ne s'autorise pas à vivre pleinement ses émotions.

Cela sonne juste. Nate et les émotions ne sont pas les meilleurs amis.

– Sa relation avec Camille s'est soldée par un désastre, poursuit Ava. Ils auraient dû se séparer au bout d'un an. Mais elle était aussi têtue que lui, et convaincue de pouvoir le changer. Il a tenu bon, parce qu'elle aussi. Ne jamais flancher en premier, telle était sa devise, à cet idiot. En plus, ils ont certainement pratiqué la haine-réconciliation sous les draps en abondance, ce qui a dû aider. Elle frémit légèrement : Désolée. Au temps pour moi.

– Je ne l'ai jamais pris pour un moine.

– Oh, je sais pas. Nate est né pour la haine.

À point nommé, les pneus du pick-up crissent sur les gravillons.

– Il sait que je suis ici. (Ava répond à ma question non formulée mais évidente.) Je pense que cela nous aiderait si tu venais dîner à la maison. Je ne l'ai pas cru sur le coup, mais fais-moi confiance.

Bizarrement, je lui fais confiance. La sœur de Nate a une autorité naturelle.

– Oh ! Je me souviens tout d'un coup. J'ai ta robe ! Du moins, je pense que c'est la tienne.

Je cours à l'étage pour aller la chercher.

– Désolée, j'avais l'intention de la faire nettoyer. (Je la lui tends.)

– Pas de problème, réplique-t-elle. Comme tu peux le deviner… (Elle me montre sa tenue qui est cent pour cent prévue pour le sport.) Il ne m'arrive pas très souvent de me faire belle.

– Merci d'être venue.

Je le pense. C'est un tel soulagement de savoir que Nate ne va pas me haïr à tout jamais.

– Ne me remercie pas encore. (Ava s'apprête à partir.) Tu vas traverser un dîner chez les Durant. Les personnes kidnappées par des serial killers ont été moins traumatisées.

Je la conduis jusqu'à la porte et au moment où je lui ouvre, nous sommes toutes les deux surprises par une silhouette, le poing levé, prête à frapper.

Lui aussi est surpris. Étant donné sa personnalité, il se contente de battre des paupières un peu plus vite.

Je lâche alors :

– Cam ! Salut !

Je jette un œil à Ava qui l'examine de la tête aux pieds, avec un air d'appréciation clinique, comme une propriétaire qui détaille des chevaux.

– Cam Hollander, je te présente Ava Durant. La sœur de Nate.

– Salut. (Ava lui tend la main.)

Cam cligne un peu plus des paupières et prend sa petite main dans sa moufle géante.

– Qu'est-ce que vous faites ici ? le questionne-t-elle.

Les globes oculaires de Cam pivotent dans ma direction. Traduction : au secours. Je précise :

– Cam est à la fois notre homme à tout faire et notre tonnelier.

– Qu'est-ce qu'un tonnelier ? demande Ava, sourcils froncés.

– Je fabrique des fûts de vin, répond Cam.

Mes mâchoires en tombent par terre avec un bruit sourd. Quatre mots ! D'affilée !

– Cool. Bon, ravie d'avoir fait votre connaissance, Cam le tonnelier. Elle se tourne vers moi : À dix-neuf heures demain, chez nous. Je demanderai ton numéro à Nate et je t'enverrai un texto avec l'itinéraire.

– J'apporte quelque chose ?

– Patience et endurance ? suggère-t-elle. Oh, et un endroit sûr où ranger ta santé mentale.

Ava se serre pour passer devant Cam et lui adresse un sourire éclair. Nous la regardons tous les deux marcher d'un pas nonchalant jusqu'à la Porsche, bondir à l'intérieur d'une manière athlétique, et envoyer valser des gravillons en faisant ronfler le moteur. Le rugissement se dissipe dans le lointain en un laps de temps record.

Je prends une profonde inspiration.

– Qu'est-ce que je peux faire pour toi, Cam ?

Son regard demeure braqué sur l'allée.

– Hello ? La Terre appelle Cam ?

J'imagine que c'est comme contempler la formation de plaques géologiques. Il se retourne, mais ce mouvement prend un bon moment.

– Précontrôle, dit-il enfin.

Traduction : doit-il commencer à inspecter les installations et équipement pour s'assurer que tout est en état de marche pour les vendanges ?

Je suis à deux doigts de dire oui, quand je me rappelle avoir déjà commis cette erreur.

– Désolée, Cam. Il faut que tu demandes à Nate. C'est lui le patron maintenant.

Une autre ère glaciaire gèle et dégèle avant qu'il ne prononce un : « OK ».

Ensuite il se met en route dans la direction opposée au bureau de Nate. Il a certainement besoin de quelques heures pour se remettre de toutes ces interactions. Il parlera à Nate plus tard.

Je me demande si, moi, je vais parler à Nate demain ? Il se pourrait que nous nous retrouvions assis à la même table au dîner, et que nous ne nous adressions toujours pas la parole.

Embarrassant plus plus, comme l'a si justement formulé Ava. Mais je me suis engagée. Franchement, Ava m'intimide beaucoup plus que son frère.

Je m'efforce de ne pas penser à lui, à quelques mètres de moi, assis derrière ce bureau prodigieusement rangé. Nate travaille dur, sans aucun doute, parce qu'il est comme ça. Il est temps pour moi de l'imiter.

Je décide de me montrer professionnelle et de téléphoner assise à la table de la cuisine, au lieu d'être allongée sur un dessus-de-lit entourée de boules de poils.

La mailing list n'est pas classée par ordre alphabétique, et je ne distingue aucun ordre particulier. Or, connaissant papa, il doit y avoir pourtant une méthode. Je fais le pari qu'il a inscrit en premier les personnes avec qui il aime le plus discuter. C'est du papa tout craché, comme classement.

Justement, ces noms sont ceux qui sont les plus barrés. Oh, non, je promets, vous ne vous en sortirez pas si facilement.

Je décroche mon téléphone et je compose un premier numéro.

Chapitre 24

Nate

J'entends Ava s'éloigner. Les astronautes dans la station spatiale internationale doivent l'entendre s'éloigner. Danny est fou de lui prêter sa Porsche, bien qu'il n'ait pas dû avoir son mot à dire. Ou même qu'il n'est pas au courant. Ava tient beaucoup plus de l'étudiante qui cherche à se faire pardonner que de celle qui demande la permission avant.

Dans le silence retentissant qui suit son départ, je distingue la voix de Shelby par la fenêtre ouverte du bureau. Elle discute avec Cam le Commando. Je l'ai vu passer devant cette même fenêtre il y a quelques minutes. J'ai résisté à l'envie urgente de lui balancer un élastique.

Je me suis réveillé avec tous les muscles en feu. Je me suis enfilé les Advil qu'il me restait de la semaine dernière, et j'ai descendu péniblement l'escalier et là j'ai découvert qu'Ava avait raconté à maman que Shelby venait dîner demain soir. Donc, maintenant, ma mère est convaincue que Shelby est ma petite amie, et elle meurt d'impatience de la rencontrer. J'ai souri en emportant mon sandwich. J'ai seulement cogné ma tête deux fois contre le volant du pick-up.

Le sommeil est censé vous ouvrir de nouvelles perspectives. C'est seulement partiellement vrai. Je bouillonne encore à cause de ce que Shelby a dit, j'attise encore ces flammes de l'indignation légitime. Entre-deux, j'ai tellement envie de la voir, je serais heureux de ramper vers elle et de traverser le gravier à quatre pattes.

C'est comme dans les dessins animés, quand le type a un diable sur une épaule et un ange sur l'autre. Les deux sont actuellement engagés dans un combat de catch : le diable serre l'ange comme dans un étau et ce dernier contre-attaque avec une prise de soumission. État de la situation : impasse.

Un point positif : j'ai un paquet de trucs pour m'occuper. Je dois me préparer pour mon rendez-vous avec Ted cet après-midi. Joie.

Il faut aussi que je finalise la location de la machine à vendanger et du pressoir. Les chiffres ne mentent pas, et si nous les louons au lieu de les acheter, nous pourrons économiser beaucoup et être plus efficaces.

Bien entendu, une machine à vendanger implique qu'il n'y ait plus d'équipe de vendangeurs. Ou pas autant que d'habitude. Un pressoir implique qu'il n'y ait plus de foulage au pied. Flora Valley doit vivre pour se battre un jour de plus.

Si tant est que nous vendions ce cru. Malgré ses cheveux mous et son accent, Ted me fait l'effet d'un homme qui fait exactement ce qu'il veut, sans être redevable à quiconque. Ted est fait d'acier et si je ne parviens pas à le convaincre à cette première entrevue, il n'y en aura pas de seconde. Je ne peux pas y aller sans préparation.

Parce que mes oreilles sont perfides, j'entends la porte d'entrée de la maison se refermer. Shelby va péter les plombs quand elle découvrira que je mets Javi et son équipe au chômage. Et elle aura une attaque quand elle se rendra compte que c'est la fin du foulage au pied.

Les affaires sont les affaires. Il y a une demande énorme de bonnes équipes de vendangeurs, il y a donc peu de chances que Javi reste longtemps à court d'argent.

Tiens, ça me fait penser. S'il n'y a pas d'équipe, pas besoin de les nourrir. Le domaine a toujours proposé un grand repas à la fin des vendanges, pour l'équipe et leurs familles. Le traiteur c'est Iris, l'étrangleuse d'alligator. Je ne pense pas qu'elle apprécie d'être prévenue par e-mail, peu importe la politesse de la formulation. Si je respecte Javi en lui apprenant la mauvaise nouvelle en personne, il vaudrait mieux que je fasse de même avec Iris. Si je ne reviens pas, jetez un œil à l'intérieur de l'alligator empaillé.

Cet effort est entièrement pour J. P. Et pour m'extraire de ce contrat aussi vite que possible. Parce que c'est ce que je veux, n'est-ce pas ?

Le diable posé sur mon épaule subit en ce moment une autre prise de soumission qui lui tort littéralement le cou. Cet ange se bat *à la déloyale.*

Occupe-toi, Nate. C'est le meilleur moyen de rester dans la course.

Et ne pense pas une seconde à demain soir.

J'ai vécu des moments embarrassants dans ma vie, mais ce dîner s'annonce comme encore pire que la fois où j'ai dû apprendre à Anton que sa fille m'avait quitté. *Elle* n'a pas pris cette peine. Elle a juste bondi dans cette Lada minable et a filé avec cet idiot.

Cela aurait été moins pénible si Anton et sa femme n'étaient pas aussi peinés pour moi. Ils se moquaient d'avoir déjà claqué une fortune pour le mariage dont ils ne récupéreraient pas un centime. Non, leur priorité consistait à savoir comment je tenais le coup. À ce moment-là, je m'apitoyais sur moi-même, et j'éprouvais également de la colère et de la rancœur. Alors j'ai pris leur pitié et je m'en suis délecté. Ensuite, j'ai rougi de honte pendant des jours entiers.

Comment vais-je m'asseoir à la même table que Shelby, et faire semblant que tout est normal ? Comment vais-je gérer les attentes de maman qui pense rencontrer ma nouvelle copine ? J'ai essayé de rétablir la vérité ce matin, mais elle avait si désespérément besoin de bonnes nouvelles qu'elle n'a entendu que « bla, bla, bla ».

Que se passera-t-il si mon plan échoue ? Je sais que cela ne dépend pas que de moi, mais c'était mon idée. Maintenant, j'ai quatre frères et sœurs qui comptent sur sa réussite. J'ai laissé tomber assez de personnes dans ma vie. Pas envie d'en ajouter au registre.

Eh bien, Nate, pourquoi ne mettrais-tu pas demain soir de côté, pour te concentrer sur ta responsabilité envers J. P. ? Bon conseil, Nate. Avec plaisir.

Je passe le moment suivant à finaliser les locations de la machine à vendanger et du pressoir. Ce serait moins cher à long terme de les acheter, mais nous ne sommes pas en situation de réfléchir en amont. Dans dix ans, les Vins Flora Valley auront peut-être été démantelés et vendus par lots.

Le gars qui bosse sur le site m'a envoyé ses créations graphiques par e-mail, et ce n'est pas mal. Shelby et lui sont allés à la même école primaire, et comme leurs mères étaient amies, ils se sont beaucoup fréquentés. J'étais à un cheveu de lui demander comment était Shelby quand elle était petite. Mais je me suis contenté d'imprimer le graphisme et de le punaiser au mur.

J. P. est toujours convaincu par la salle de dégustation mais je ne crois pas que Cam le Commando puisse gérer un projet aussi important. Je connais un architecte à Martinburg qui a une bonne réputation pour ce genre de boulot. Je l'appelle et il est intéressé. Nous trouverons un moment pour nous rencontrer plus tard dans la semaine. Il va embaucher des ouvriers du bâtiment. Shelby ne va pas aimer ça non plus.

Je vérifie rapidement l'heure. Mieux vaut se mettre en route. Je trouve le sandwich fait par maman sur le siège passager du pick-up. Elle m'a dit que c'était poulet salade, et il est resté pendant des heures dans un habitacle au soleil. Désolé, maman. Celui-là va finir à la poubelle.

Je roule le long de la rue principale de Verity jusque chez Bartons, je repère Iris à la porte du Cracker Barrel. Elle me voit aussi, alors je la salue d'un hochement de tête. En retour, elle m'adresse un regard dur, et me fixe toujours une minute après quand je tourne à gauche sur le parking de Bartons. Je le sais parce que je sens une irrésistible envie de jeter un œil au rétroviseur.

Auparavant, Bartons était un saloon décrépit comme dans l'Ouest. À part le long bar en bois, et quelques bois de cerf sur les murs, on serait bien en peine de trouver quelque vestige du bâtiment d'origine. Aujourd'hui, il ressemble à n'importe quel hôtel de luxe. Aucune idée de l'importance de l'investissement dépensé par Ted pour la réhabilitation. Une fortune certainement.

J'ai été soulagé d'apprendre que Ciara ne travaillait que le matin. La réceptionniste de l'après-midi est chinoise et belle à tomber. Elle me dit que Ted m'attend et me montre une sorte de fumoir. Sauf que les fauteuils bergères hyper collet monté qui se trouvent ici sont en velours vert émeraude et pas en cuir. Et au lieu de portraits d'ancêtres décédés, il y a… Ça alors, c'est un *Picasso ?*

– Nathan, bonjour.

Ted passe la porte, main tendue pour serrer la mienne, un sourire aux lèvres. Il me fait signe de m'asseoir et prend le siège en face. Il croise une jambe sur l'autre dans une pose que seul peut prendre un homme qui se contrebalance de ce que les gens pensent de sa sexualité. Il est pâle comme les personnages du film *Les Enfants du maïs*[1], mais son costume est *incroyable*. On a dû le confectionner à Londres pour lui, parce qu'il n'y a aucune chance qu'il l'ait acheté chez Neiman Marcus. Je suis plutôt bien habillé, chemise et pantalon sombres, mais à côté de Ted, je pourrais tout aussi bien être en barboteuse couverte de bave.

– Bon, dit-il. Alors de nouveaux clients pour les Vins Flora Valley, exact ?

– Exact. Nous devons élargir la base de clients et toucher un nouveau marché. Nous aurons une présence en ligne grâce au site, mais il nous faut des influenceurs pour répandre la nouvelle. Comme vous.

– C'est très aimable à vous de m'inclure dans cette catégorie, dit-il.

Il ne court pas après la flatterie ; il me le signifie. Sans aucun doute, Ted a un ego, mais il n'a pas besoin du monde extérieur pour le booster. Il me rappelle Max… et aiguise en moi la même pointe d'envie.

– Je sais que la gamme de prix de Flora Valley ne correspond pas à cet hôtel, dis-je.

1. Film d'horreur tiré d'une histoire de S. King où les enfants assassinent des adultes.

Mon séjour en France m'a beaucoup appris sur la relation entre l'image et la qualité. Si l'on veut que son vin soit proposé dans un hôtel ou restaurant haut de gamme, il faut lui donner un prix en conséquence. La perception que les gens ont de la qualité est entièrement liée au prix à payer.

– Oui, je suis désolé, c'est vrai, reconnaît Ted.

– Mais si nous produisions une édition limitée, spécialement pour Bartons, considéreriez-vous l'éventualité de l'ajouter à votre carte ?

Je ne suis pas familier de la base clientèle de chez Bartons, mais je garantis que ce seront des personnes riches sensibles à l'échelle sociale, qui aiment se vanter de leurs dernières découvertes. Si Flora Valley est le domaine tendance ici, il le sera *partout*. Si les gens ne peuvent pas s'offrir l'édition limitée, ils achèteront la gamme moyenne directement au domaine.

– Bien sûr, répond Ted. Avec plaisir.

Eh bien, c'était facile. Non que nous ayons effectivement un vin à lui proposer dans l'immédiat. Mais j'ai un plan pour ça aussi. Nous pouvons imprimer de nouvelles étiquettes – simple. Et nous pouvons faire un assemblage avant l'embouteillage – moins simple, parce que je dois convaincre Shelby de le faire. Je doute qu'elle apprécie d'être obligée de produire un vin sur commande, même pour son bon copain Ted.

– Ce serait merveilleux de voir Shelby sortir de l'ombre de son père, ajoute-t-il. L'histoire de Flora Valley a tellement de potentiel inexploité. L'approche naturelle, les vendanges à la main, le foulage du raisin. C'est si *rassurant*. Tellement *réel*.

Cet homme se trouve dans une pièce qui donne l'impression d'avoir été téléportée depuis Buckingham Palace, et il parle de *réalité* ?

– C'est une part du contrat incontournable ? L'histoire ?

– Pourquoi ? demande Ted. Vous avez d'autres projets ?

Et la voilà. La pointe d'acier derrière le sourire.

– J'explore différentes options. (Un demi-mensonge seulement.)

– Comme il se doit, confirme Ted avec le genre de générosité qui vient de quelqu'un qui ne sait pas ce qu'est une baisse de trésorerie. Puis-je me permettre un petit conseil...

Il décroise les jambes, se penche en avant, les coudes calés sur ses genoux, par-dessus les plis tranchants de son costume. Ma sonnette d'alarme se met à résonner.

– Il existe une myriade de domaines là-dehors, qui produisent un pinot noir tout à fait correct. Il n'existe qu'une seule Shelby Armstrong.

Dans un mouvement fluide et rapide, il se retrouve sur ses pieds, sourire aux lèvres, main tendue.

– Je dois filer, je le crains, dit-il. J'attends avec impatience notre prochaine conversation.

Comme par magie, la réceptionniste ouvre la porte, et elle me conduit vers la sortie devant Ted, qui disparaît derrière moi si vite que je m'attends presque à voir un nuage de fumée.

Une seule Shelby Armstrong.

Je pèse les mots de Ted en regagnant le pick-up. Il a dit que c'était un conseil. Cela sonnait comme une menace.

Sans Shelby, Flora Valley n'est qu'un autre domaine parmi d'autres. Ce n'est rien. C'est ainsi que je l'interprète.

Je suis *moi aussi* sans Shelby. Alors je me demande ce que cela fait de moi… ?

Je retourne dans la rue principale. Iris est toujours à la porte du Cracker Barrel. Elle me fixe jusqu'à ce que j'aie franchi les limites de la ville.

Chapitre 25

Shelby

Je meurs d'envie de raconter à Nate ce que j'ai réussi aujourd'hui. Je les ai récupérés ! *Tous* les clients barrés ! Excepté la vieille Mrs.. Reynolds de Sacramento, qui est en croisière sur le Danube. Je l'appellerai à son retour.

C'était étonnamment facile. Si facile que je ne sais pas pourquoi je ne l'ai pas fait avant. Oh, je sais. Je chassais des investisseurs. Et j'ai traversé une dépression nerveuse temporaire.

Et puis, téléphoner avant aujourd'hui à des gens qui aimaient papa aurait été merveilleux d'un côté, mais insupportable de l'autre. Nous avons pleuré, eux comme moi. Mais nous avons surmonté cela, et j'ai vendu la moitié de notre cru sur-le-point-d'être-embouteillé. Bravo à moi.

Nate sera content. Il *devrait* l'être. Pourtant, il n'a pas envie que je le lui dise en personne. Minimum de contacts, c'est ce qu'il a dit.

Je le soupçonne d'ignorer mes textos, et je doute qu'il se précipite pour lire mes mails.

Je sais… Je vais laisser un mot sur son bureau. Rapide et concis, en grosses lettres, comme ça, il ne pourra pas le rater. C'est pour le boulot, alors il ne pourra rien objecter.

Il est en rendez-vous avec Ted, qui j'imagine va se montrer super poli, et lui sourire, même en lui annonçant de mauvaises nouvelles. Je sais déjà qu'il ne prendra pas de Vins Flora Valley trop bon marché, mais bien sûr, je n'ai pas eu l'occasion de donner cette info à Nate. C'est une petite boulette, comme dirait Ted.

Je me demande, et pas pour la première fois, ce que ça ferait d'être Ted. Ou une version fille de lui. Qu'est-ce que ce serait de ne jamais s'inquiéter pour l'argent ? D'être toujours superbement habillée et de répandre un parfum délicieux, et d'avoir le choix parmi un défilé interminable de magnifiques soupirants.

Certaines personnes pensent qu'avoir de l'argent les rend supérieures, Ted n'est pas comme cela. Il éprouve une véritable affection pour les gens d'ici, et son sens des affaires est le seul paramètre qui refrène sa générosité. Ted sait que Bartons doit préserver les apparences, comme ils disent en Grande-Bretagne, alors il ne fera jamais rien qui compromettrait sa réputation. C'est pourquoi il ne peut vendre notre vin à bas prix.

Cette attitude protège les gens d'ici autant que ses affaires. Si Bartons continue d'attirer des personnes riches dans notre chère vieille Verity, nous en tirerons tous profit. Je sais que la société d'aventures où travaille Jordan a signé des contrats *phénoménaux* pour emmener des groupes en camping. Les habitants qui ont de belles résidences ont pu les louer quand Bartons était complet et Iris a proposé ses services de traiteur pour de grandes fêtes. Elle va adapter sa cuisine et il se pourrait que le prochain Britannique plein aux as qui la qualifie de « pittoresque » se prenne une pince de crabe dans l'œil. Mais elle gagne des sommes qu'elle n'aurait jamais gagnées avec le Cracker Barrel. Ce qui lui assurera une retraite confortable.

Ted sait que cette communauté est un écosystème, avec des organismes qui dépendent les uns des autres pour prospérer. Je ne suis pas sûre que Nate ait compris cela. Je ne pense pas qu'ils enseignent l'économie de terrain à Harvard.

Le papier à la main, je jette un œil dehors pour m'assurer qu'il n'est pas de retour. Je me sens stupide de me faufiler comme ça. Pourtant, ses derniers mots étaient si tranchants que j'éclaterais en sanglots immédiatement si je voyais la même froideur sur son visage.

Excellent. Pas de pick-up. Je file jusqu'au bureau sur la pointe des pieds comme une espionne de dessin animé. C'est fermé à clé mais j'ai une clé en plus. Je suis sur le point d'ouvrir la porte quand...

– Shelby !

– Maman ?

Elle vient vers moi, avec un emballage de gâteau dans les mains.

– Je ne savais pas que tu venais, dis-je en fourrant précipitamment le mot dans la poche de mon short.

– J'ai déjeuné avec une amie à Martinburg, alors j'ai fait un crochet pour te voir.

C'est pour cela que je ne l'ai pas entendue. Ma mère conduit une voiture électrique. Que pourrait-elle conduire d'autre ? Elle est garée près du Dodge, sur l'emplacement de Nate.

– J'arrive au mauvais moment ? demande-t-elle.

Ma mère déteste les ondes négatives. Je la rassure :

– Pas du tout.

Sur ce, la situation me prouve exactement le contraire, car qui arrive à cet instant : Nate en personne. Le pick-up s'immobilise. Le conducteur avise la voiture de ma mère, puis il fait marche arrière et se gare derrière le Dodge.

Il sort. Il n'a nul endroit où se cacher. Eh bien, je pourrais m'échapper...

Trop tard. Ma mère marche vers lui pour le saluer, avec un immense sourire.

– Vous devez être Nathan, dit-elle. J'ai tellement entendu parler de vous. Je suis Lee Armstrong.

Elle passe la boîte de gâteau dans sa main gauche pour lui tendre la droite.

Nate lui serre la main et m'évite du regard.

– Ravi de vous rencontrer, madame.

– Madame ? s'étonne maman avec un sourire ironique. Soit vous êtes très bien élevé, soit je suis vieille. *Les deux* sont également possibles.

– Je suis très bien élevé, déclare Nate, en le prouvant par là même.

Sa repartie fait rire ma mère. Sa chevelure rousse lui tombe en cascade dans le dos. Elle commence à peine à grisonner. Ma mère est une femme extrêmement attirante. Si l'on aime le look hippy bobo, avec des tuniques amples en mousseline et des pattes d'ef aux imprimés fleuris. Un look dans lequel elle assure.

Elle nous sourit à tous les deux.

– Est-ce que les travailleurs acharnés que vous êtes auraient un peu de temps pour un café et une part de gâteau ? J'en ai achetés chez Iris.

Bonne nouvelle. Ma mère fait aussi des gâteaux mais elle préfère les ingrédients plus *rustiques*. Les gâteaux d'Iris sont, eux, comestibles.

Cela aurait pu être ma première réponse. Mais je prends conscience de la teneur de sa proposition. Et je prie pour que Nate décline poliment.

Ce qu'il fait, merci, merci.

– Désolé, j'ai un travail urgent à terminer, dit-il à ma mère.

– Très bien, je ne vous retiendrai pas, dit-elle. Mais laissez-moi vous dire que je suis *ravie* de votre présence. Ma fille est un véritable soldat mais elle ne peut pas faire ça toute seule. Je suis si heureuse que vous fassiez équipe tous les deux.

Elle me sourit, puis à Nate. Qui ne m'a toujours pas adressé un seul coup d'œil. Cet homme a de la volonté, je le lui accorde. Je le fixe non-stop depuis qu'il est sorti de son véhicule, en pensant que j'adorerais courir vers lui et me jeter dans ses bras.

Comme j'ai les yeux braqués sur lui, je le vois batailler pour formuler une réponse. Il peut difficilement briser les illusions de ma mère en lui disant que nous sommes une équipe aussi soudée que Buffy et Spike dans *Buffy contre les vampires*.

Alors en me connectant à l'esprit de Buffy, je décide de le sauver :

– Maman, laisse partir Nate. Il est super occupé. Viens dans la cuisine et je mettrai le café en route.

Bien sûr, entre ma mère qui avance dans une direction et Nate et moi qui essayons d'anticiper nos mouvements respectifs, nous nous retrouvons à avancer côte à côte. Je sens son bras effleurer le mien, et c'est comme un coup d'électricité statique. Je capte son odeur, et le désir me tord le cœur. Comment vais-je pouvoir y survivre ? Je suis à deux doigts de lui attraper le bras, et de l'attirer avec moi dans la maison.

Mais il a disparu. La porte du bureau se referme sèchement. Il faudra que je lui donne mon mot plus tard. Beaucoup plus tard.

– Mon Dieu, il est beau, déclare ma mère une fois que nous sommes à l'abri dans la cuisine. Il est célibataire ?

– Maman, dis-je sur le ton de l'avertissement.

– C'est une question tout à fait innocente, objecte-t-elle avec insouciance en allant chercher un couteau pour le gâteau. Si c'est le cas, je connais des dizaines de jeunes femmes à lui présenter.

Aucun doute là-dessus. Ma mère est étrangement obsédée par l'envie de garantir à chaque individu de cette planète de trouver son âme sœur. Le problème est que sa conception de la compatibilité ressemble souvent, eh bien, à celle de Buffy et de Spike.

Je lui rappelle en posant la cafetière sur le feu :

– C'est pour ça que tes fils ont déménagé aussi loin. Et que tu as de la chance que Cam t'adresse encore la parole, après ta tentative de le caser avec ta foldingue de copine artiste, je-ne-sais-plus-qui.

– Comment va Cam ? demande-t-elle en ignorant mes ondes négatives comme seule ma mère sait le faire. Il répond si mal à mes e-mails.

– Si tu lui en envoies plus d'un tous les six mois, à quoi t'attends-tu ? Tu sais que Cam a besoin de temps pour élaborer ses réponses.

– Je devrais passer le voir, pendant que je suis ici.

Une fois encore, je spécule sur le genre exact de relation que maman entretient avec Cam. Je sais qu'elle a toujours été fidèle à papa, mais maintenant, elle est libre et...

Non, beurk. Cam a quoi, trente-cinq ans ? Ma mère en a cinquante-sept. OK, bon, ce n'est pas Harold et Maud, mais quand même...

– Si tu passes le voir, rappelle-lui qu'il doit parler à Nate de l'équipement pré-vendanges.

Le café est devant nous et ma mère a découpé deux généreuses tranches du célèbre fraisier d'Iris, accompagné de son habituelle crème fouettée.

– Miam, dis-je.

J'ai sauté le déjeuner aujourd'hui parce que j'étais trop absorbée par mes coups de fil.

– Tu manges bien ?

La question universelle des mères. Et redondante dans ce cas, car une fourchette pleine de gâteau me remplit la bouche.

Je la rassure une fois le gâteau avalé :

– Oui. Je dors bien aussi et je pratique une activité physique modérée.

La partie sur le sommeil n'est pas *complètement* vraie, mais je suis certaine que ça va s'améliorer. En fin de compte.

– J'ai trouvé que Nathan avait une petite mine, dit-elle.

– Maman, tu viens de le rencontrer. Comment sais-tu que ce n'est pas sa mine habituelle ?

– Je détecte le bien-être des gens. (Elle est tout à fait sérieuse quand elle dit ça.) Je dirais qu'il manque de fer.

– Eh bien la prochaine fois, apporte-lui un steak, dis-je en souriant.

Puis je change de sujet, parce que je n'ai vraiment pas envie de parler de Nate.

– Comment vas-tu toi ? Et l'atelier, c'est comment ?

– Splendide, dit-elle.

Son visage s'illumine d'un bonheur radieux et l'idée me vient tout à coup que je ne lui ai pas vu cet air si souvent au cours de mon enfance.

– Maman, es-tu restée avec papa à cause de nous, les enfants ?

Elle a l'air stupéfait. Plutôt normal. Je lui ai balancé ça sans crier gare.

– C'est ce que vous pensez tous ? s'enquiert-elle.

– Non pas du tout, je m'empresse de répondre. Cela m'inquiète que tu n'aies peut-être pas... aimé vivre ici.

– Oh, Shel. Son air se radoucit. *J'adorais* ton père plus que tout homme sur cette Terre. Oui, parfois je trouvais ça difficile. Le manque d'argent, les heures qu'il faisait, les heures qu'il vous faisait faire, à vous les enfants...

Elle jette un coup d'œil à la photo de nous posée sur l'étagère, et son expression montre une pure affection.

– Il était tellement spécial et nous nous aimions tellement, que je n'aurais voulu être nulle part ailleurs.

Elle m'adresse un sourire ironique.

– Cela ne veut pas dire que nous n'avons pas eu nos moments difficiles. Aucune relation n'est toujours au beau fixe, même quand une moitié du couple est constituée de moi-même.

Ma mère a toujours eu ses excentricités.

– Y a-t-il eu des instants où tu croyais que tout était terminé ?

J'espère qu'elle ne voudra pas savoir pourquoi je lui pose cette question.

– Oh, oui, lâche-t-elle avec un rire bref. À peu près une fois par mois, si je me souviens bien.

– *Vraiment ?*

Ils cachaient bien leur jeu. Je me souviens de quelques mots lancés avec colère mais jamais de grave dispute.

– Au fond de nous, nous avons toujours su que nous nous montrions tous les deux ridicules. Nous savions que notre lien était trop fort pour se briser.

Soudain, les larmes me piquent les yeux. Le genre mêlant joie et tristesse. Je suis heureuse que ma mère et mon père se soient aimés autant, et je suis désolée qu'elle se retrouve sans lui aujourd'hui. Je suis heureuse qu'elle aille bien, et qu'elle se bâtisse une vie nouvelle, qui l'épanouisse.

Je suis triste de ne pas être capable de faire de même. S'il ne tenait qu'à moi, Nate et moi serions à nouveau ensemble, au moins dans une relation en suspens. Nate est si obstiné, et il a parfaitement le droit d'être en colère contre moi – *lui* n'a pas dit de choses horribles. Notre lien est si neuf qu'il n'a pas eu le temps de se consolider. Alors si Nate refuse de céder à l'attirance que je ressens, je ne vois aucun espoir pour nous.

Maman doit gérer la mort de papa. Comme nous tous bien sûr, mais elle a eu son âme sœur, et sa perte a dû être dévastatrice.

Si elle peut traverser ce genre de perte avec grâce et humour, alors je peux survivre à ma situation actuelle.

Je suis certaine qu'une autre part de gâteau va m'y aider.

Chapitre 26

Nate

Ouah. La mère de Shelby. Quelle femme superbe !

Mais quelles présentations embarrassantes… Avec Shelby à côté en train d'aspirer mes forces comme un morceau de Kryptonite.

Quand nous nous sommes accidentellement effleurés, j'ai failli l'attraper par le bras. Le désir d'inhaler son parfum, d'embrasser son cou, sa bouche et tout le reste m'a pratiquement achevé. J'ai dû m'adosser contre la porte du bureau, et faire un peu de méditation pour recouvrer mon calme. Comme quand j'étais sur la ligne de départ d'une course.

Mais ma technique craint, parce que le corps doit avoir un bon taux d'adrénaline pour faire la meilleure course possible. Peut-être devrais-je demander conseil à la mère de Shelby sur la manière de parvenir au calme total ? Elle a l'air de savoir comment aligner des chakras.

Elle ressemble à Shelby. Ou à Shelby dans trente ans.

Je pourrais tout à fait être avec Shelby dans trente ans. Nous pourrions élever des enfants. C'est une pensée bizarre.

Ce projet est incroyablement tentant. J'en meurs d'envie. Je *veux* cette vie-là. Je veux Shelby.

Alors qu'est-ce qui m'arrête ? Pourquoi je ne vais pas lui demander de repartir à zéro ? Elle s'excusera, j'en suis sûr, et elle mettra les blessures que je lui ai infligées derrière elle, aux oubliettes.

Alors qu'est-ce qui m'arrête ?

Voilà. Si je n'avais pas rencontré Ted, je serais probablement dans le même état qu'auparavant. Me cramponnant à ma blessure, et l'utilisant comme excuse pour garder mes distances.

Pourtant lorsque Ted m'a donné ce prétendu conseil au sujet de Shelby, cela m'a ébranlé. Voilà un gars qui, s'il le voulait, pourrait faire exactement ce qui lui plaît. Manifestement, il est riche comme Crésus, alors pourquoi se préoccuper des autres ? Or, il s'en soucie. Je parie qu'il prendrait la défense de bien d'autres personnes que Shelby.

Il faut du cran pour se sentir concerné par les autres, pour se tenir à leur côté, et résister avec eux, et se battre pour eux. J'ai beaucoup réfléchi en revenant de chez Bartons. Je ne voulais pas, mais je m'y suis obligé. La discipline apprise en compétition se révèle utile parfois. On sait comment se donner un coup de pied aux fesses.

J'ai pensé à ce que Shelby disait sur mon père qui résistait au traitement par peur. En acceptant une aide médicale, il acceptait de fait sa maladie. La peur nous rend irrationnel. Elle nous fait inventer des réalités autres pour ne pas avoir à affronter celle dans laquelle nous nous trouvons.

J'ai peur de ne pas être assez bien pour Shelby. J'ai mal réagi à ses propos au téléphone, je me suis montré immature.

Même si au tréfonds de moi, je savais qu'elle ne le pensait pas.

Malgré tout, ses mots ont appuyé sur le bouton rouge qui a enclenché mon insécurité. J'ai été un compagnon nul pour Camille, et j'ai peur d'être le même avec Shelby. Me servir de mon père pour mettre notre relation en suspens n'était rien d'autre qu'un exercice d'aveuglement. Je croyais agir de façon rationnelle, alors qu'en fait je me comportais en mauviette. J'étais trop trouillard pour tenter le coup, alors j'ai trouvé une soi-disant bonne raison pour me dégonfler.

Et c'est toujours le cas. Dès que je songe à approcher Shelby pour lui demander pardon, mon esprit se remplit d'un million d'autres tâches à faire à la place. Des excuses pour ne pas risquer ce que je redoute le plus : le rejet. En particulier : être rejeté parce que je ne suis pas assez bien.

Tu sais qu'il n'y a qu'une seule ligne de conduite à suivre ici n'est-ce pas, Nate ? Il faut que tu te comportes en homme. Que tu fasses preuve de cran. Comme Ted le parfait.

Oui, merci, Nate. Parfois tu es un véritable idiot.

Bien sûr, je ne peux pas courir vers la maison pour lui déclarer mon amour éternel. Sa mère est ici. La plus romantique des intentions ne résiste pas quand elle a pour témoin votre éventuelle future belle-mère.

Je pourrais traîner ici un peu plus tard que d'habitude. J'imagine que sa mère n'a pas envie de faire le trajet retour trop tard.

D'ici là, je peux faire le boulot que mon esprit de lâche a pris pour excuse.

J'ouvre mes e-mails. Aussitôt je tombe sur une proposition pour doper son pénis. Ha, ha, les forces de l'univers. Allez vous faire voir.

OK, on y est. Location de la machine à vendanger et du pressoir finalisée. Ce qui implique plus de cran pour annoncer la mauvaise nouvelle à Javi et Iris. Je devrai le dire à J. P. aussi. Étant donné l'avertissement de Ted sur la valeur de « l'histoire » de Flora Valley, j'ai des doutes sur la réaction de J. P. J'imagine que son sens des affaires l'emportera sur son attachement à des pratiques viticoles dépassées, mais mon jugement en la matière s'est révélé plutôt mauvais ces derniers temps, alors qui sait ?

Il est seize heures maintenant, tout cela devra attendre *demain**. Ou *mañana*, comme Javi ne dirait pas, parce qu'il n'est pas du genre à reporter au lendemain.

L'architecte m'a envoyé par mail ses honoraires et conditions concernant le projet de la salle de dégustation. Je passe un laps de temps stupidement long à le réviser, et à faire des changements. Je gâche encore vingt minutes à chercher sur google des images de salles de dégustation installées dans d'autres exploitations.

J'en détaille une avec des plafonds en briques voûtés et des lustres en verre soufflé-bouche, lorsqu'on tape à la porte du bureau. Mon cœur fait un salto arrière. Shelby ?

– Entrez.

Je me lève. Je me sens toujours désavantagé quand je suis assis.

Pas Shelby. Cam Montagne Man.

– Bonjour, dis-je sans me montrer accueillant outre mesure.

Il se contente de hocher la tête. Ce type a-t-il une blessure au cerveau, ou une défaillance du larynx ? Qu'y a-t-il de si difficile à enchaîner quelques simples mots ?

– Que puis-je pour vous, Cam ?

Ma voix est plus polie que mes pensées. Il est bien plus grand que moi. Pas si avantageux finalement de se mettre debout.

– Shelby m'a dit de voir avec vous le pré-contrôle des vendanges.

OK. Alors il *peut* le faire. Quand il veut.

– Répétez-moi ce que ça implique.

D'accord, ce n'est pas le discours le plus limpide que j'aie entendu. Le ton est aussi monocorde que celui d'un soldat qui répète les ordres. Mais il couvre tous les sujets nécessaires : l'équipement qui doit être inspecté et à faire réviser, vérifier les sols et les murs dans les zones de stockage et de fabrication à la recherche de fissures et de moisissure, le nettoyage et la désinfection, plus tout un tas de choses diverses, jusqu'au réapprovisionnement des kits de premiers secours.

– Et vous avez fait tout ça tout seul ?

– À peu près, dit-il.

Je demande :

– Le prix ? (La brièveté est contagieuse.)

Il hausse les épaules.

– Comme d'habitude.

La journée a été très loooongue. J'explique :

– Voilà, les comptes ici ont été... désordonnés. Par exemple, chacun de vos paiements a été étiqueté « Cam ». Donc vous comprenez mon problème, n'est-ce pas ?

Une pause considérable, où je suppose qu'il médite sa réponse. Qui sait ? Il pourrait mâcher de l'herbe comme une vache. Il a de grands yeux marron et bovins.

Enfin, il donne un chiffre. C'est en réalité légèrement moins que ce que j'avais budgété. Mais je suis fatigué et de mauvaise humeur. Le simple fait de le regarder donne la sensation d'être inadapté. Il a des bras comme ceux de ce flippant de John Cena, avec un soupçon de primitif à la Stallone. Je suis en forme mais il pourrait me dévisser la tête sans transpirer une seule goutte.

– Entendu, je reviendrai vers vous à ce sujet, finis-je par dire.

Je ne dis pas quand. S'il meurt d'envie de le savoir, il n'a qu'à demander.

Cette conversation a été menée avec un minimum de contact visuel, selon le mode opératoire de Cam. Là, il me regarde droit dans les yeux, sourcils légèrement levés :

– Vous ai offensé ? me questionne-t-il.

Je dois l'admettre, je suis pris de court par sa franchise inattendue. Suis pris en défaut aussi, parce que oui je le trouve offensant. Il offense mon ego. Mon ego puéril et stupide.

Ce qu'il me manque en maturité, je le compense en impassibilité :

– Comme je l'ai dit, les comptes ici sont une vraie pagaille. Je ne peux pas m'engager avant d'avoir vu tous les chiffres.

Nous soutenons mutuellement le regard de l'autre et je n'ai aucunement l'intention de ciller en premier.

Comme on peut s'y attendre.

– OK.

– Merci d'être venu, je lui lance tandis qu'il se dirige vers la porte.

Il me jette un coup d'œil par-dessus son épaule, mais continue à avancer.

Juste avant que la porte ne se ferme, j'entends la mère de Shelby qui appelle :

– Cam !

Sans me montrer, je regarde dehors par la minuscule fente d'une fenêtre latérale qui donne sur la maison.

La mère de Shelby traverse les gravillons vers Montagne Man, un gigantesque sourire aux lèvres. Je ne peux pas voir sa réaction, mais peu importe parce que je suis distrait par l'apparition de Shelby à la porte. Elle s'appuie contre le montant, bras croisés, tout sourire elle aussi.

Je veux qu'elle regarde dans ma direction et je ne veux pas en même temps car ce serait humiliant de me faire attraper en train de la regarder.

La mère de Shelby et Cam discutent près de l'angle du bureau. Impossible de les voir, mais je peux entrouvrir la fenêtre et les espionner. Je suppose que c'est la Journée internationale de l'immaturité.

Il y a les habituelles banalités « Comment ça va ? ». Qui sont quasi inexistantes de la part de Cam.

Puis la mère de Shelby propose :

– Que fais-tu, là tout de suite ? Veux-tu dîner avec Shelby et moi à Verity ?

Cam émet des bruits de tergiversations.

– Oh, allez, insiste la mère de Shelby. C'est moi qui régale.

Ensuite, zut, Shelby se retrouve à côté d'eux. J'étais si occupé à écouter que j'ai oublié de regarder. Ne m'engagez pas pour le prochain James Bond.

– Allez, Cam. (Je perçois le sourire dans sa voix.) Tu as le choix. Un burger au Silver Saddle, avec un accompagnement de Brendan bourru. Ou une horrible pizza avec supplément fromage sans aucun produit laitier. Qu'est-ce que ce sera ?

Je suis submergé par une vague de jalousie si puissante que je suis content qu'il n'y ait rien de fragile à portée de main. Cette Montagne Débile va aller dîner avec Shelby et sa mère.

Va rire et discuter avec elles, et passer un bon moment. Et s'asseoir à côté de Shelby toute la soirée.

Bon, d'accord, cela aurait pu être moi si je n'avais pas été aussi crétin. Ou si j'avais compris plus tôt ce qui m'empêchait de me réconcilier avec Shelby.

Ou si le Mutant Montagne était ligoté et bâillonné dans sa remise, incapable de bouger d'un centimètre.

Ma jalousie enragée s'exprime sans discrimination et le sang bat tellement fort à mes oreilles que je n'entends que la fin des paroles de la mère de Shelby.

– … Nathan, aussi. (Voilà tout ce que j'entends.)

Avant que je puisse réfléchir, la porte du bureau s'ouvre et cette femme apparaît. Je m'éloigne à la hâte de la fenêtre et fais semblant de m'approcher du calendrier punaisé au mur.

– Nathan, vous joindriez-vous à nous au Silver Saddle ? me demande la mère de Shelby. Je vous invite. Ma façon de vous accueillir à Flora Valley.

Mon regard est attiré au-delà de son épaule, après la porte, là où Shelby se trouve. Montagne Débile est hors cadre, ce qui me soulage. Pas envie de voir ce qu'il pense de l'invitation.

La réaction de Shelby est assez évidente. Elle est gênée. Pour tout un tas de raisons. La première, les mères sont toujours embarrassantes. La deuxième, elle ne veut pas que je réponde oui. La troisième, elle sait que Cam ne veut pas que je dise oui. La quatrième, elle veut que je dise oui, mais n'est pas prête à l'avouer.

La dernière option est la meilleure. Mais je ne sais pas si elle est vraie.

– Merci, dis-je. Mais il me reste quelques heures de travail.

Ce n'est pas tout à fait un mensonge. Bien que j'aie prévu de faire ces quelques heures demain.

– Vous êtes sûr de ne pas vous laisser tenter ? répète-t-elle avec un sourire, et elle me rappelle tellement Shelby que j'en ai la gorge serrée. Le Saddle propose un bifteck d'aloyau plutôt alléchant.

Je secoue la tête :

– La prochaine fois, madame. Je mets à profit mes bonnes manières.

– C'est une promesse, alors. Ne travaillez pas trop dur, n'est-ce pas ? Vous êtes jeune. Vous devez profiter de la vie.

À mon grand soulagement, la porte se referme et je n'ai pas vu la réaction de Shelby.

Cinq minutes plus tard, le Dodge se met en branle avec un bruit de ferraille. Si cette voiture électrique émet le moindre bruit, le camion des Vins Flora Valley le couvre complètement. Puis le silence se fait.

Ils ont disparu pour partager un repas détendu et amusant, dans un environnement décontracté. Un contraste total avec la soirée de demain, qui plane comme l'ombre d'un couperet. Le dîner de la famille Durant.

Shelby sera là aussi. Elle sera là pour Ava. Pas pour moi. Il se pourrait qu'elle ne me parle même pas de toute la soirée. Nous ne rirons ni ne plaisanterons pas, c'est certain.

Si je suivais mon propre conseil, je lui parlerais demain matin pour m'excuser d'être un crétin, et partager mes sentiments. Ensuite, le dîner sera peut-être même plaisant. Ou du moins supportable.

Oui, je le ferai. Je lui parlerai à la première heure.

Voilà, c'est dit. Alors comme l'a formulé la mère de Shelby, c'est une promesse.

Chapitre 27
Shelby

Je suis debout à l'aube, parce que ma mère m'a fait du chantage sentimental pour que je visite son atelier. Pour être honnête, elle y est installée depuis un moment maintenant, et je ne l'ai vu que sur les photos qu'elle m'a envoyées. Comme elle me l'a fait remarquer, Nate est là pour partager la charge de travail, alors je peux prendre un jour de congé sans que tout s'écroule.

Bien sûr, je culpabilise de laisser Nate tout seul. Mais c'est ma mère et ma culpabilité envers elle surpasse toutes les autres. Ma seule condition à cette visite est que je reparte à dix-sept heures précises pour arriver chez Nate à temps pour le dîner. J'ai préparé des affaires de rechange dans le Dodge. Ma tenue ne sera pas aussi recherchée que pour Bartons, mais j'espère que cela ira.

Je nourris les animaux, qui sont bien embêtés d'être réveillés si tôt même pour manger. Dylan nous a accueillis Cam et moi lorsque nous sommes rentrés hier soir. J'ai proposé à Cam de le déposer à son appentis, mais je pense qu'après toutes ces relations sociales, il avait besoin de marcher dans l'air calme d'une nuit d'été. Il n'y a que quarante minutes entre ma maison et la sienne, et n'importe quel agresseur y réfléchirait à deux fois avant de s'en prendre à lui.

Maman a proposé à Cam de lui rendre visite. Contrairement à moi, il est resté insensible à ses flatteries. Il était content de la voir, malgré tout. Ma mère a toujours été la personne avec qui Cam se sentait le plus à l'aise.

Même Brendan a succombé à son charme. Si j'avais dit que je ne buvais pas plus d'un verre, parce que je conduisais, il aurait été bougon. Mais venant de ma mère, c'était normal. Il lui a même donné un doggy bag, ce qui n'arrive jamais. Selon Brendan, si on ne finit pas son assiette, on ne mérite pas son repas.

Peut-être est-ce parce que ma mère est plus âgée, et plus sage, que moi. Cam et Brendan n'aiment pas seulement ma mère, ils la respectent. Ou alors ils craquent pour elle, mais ne le montrent pas.

Cam était un brin... bizarre lorsque maman a mentionné Nate hier soir. Comme elle l'a fait plusieurs fois, ce qui m'a poussée à manger encore plus que je ne l'aurais dû, étant donné que j'avais désespérément besoin d'une distraction.

Cam n'a pas dit grand-chose, mais il émettait des ondes qui ne lui ressemblaient pas du tout. Je me souviens de mon frère, Eli, à l'âge d'environ cinq ans qui avait pris en grippe un gamin qu'il avait vu à l'autre bout d'une pièce. L'autre avait fait semblant de le zigouiller avec un laser comme Buzz l'Éclair. Mon père avait éclaté de rire en voyant la détermination sur la mine renfrognée d'Eli. Les ondes de Cam me rappelaient cette mine renfrognée. Poser des questions sur Nate était la dernière chose dont j'avais envie, alors je me suis empiffrée de frites.

Je devrais avertir Nate. Le mot d'hier est à la poubelle, parce qu'il était tout chiffonné dans ma poche. Je n'ai pas le temps d'en rédiger un autre, alors je griffonne : *Je suis chez ma mère pour la journée. Appelle-moi en cas d'urgence. Rdv à 19 h*, et je le scotche sur la porte du bureau.

Puis je me mets en route pour la côte. J'espère que le Dodge tiendra la distance, et que ma mère n'a pas eu le temps de préparer un gâteau.

À dix-sept heures pile, je suis sur le chemin du retour. Quand ma mère a su où je dînais, elle a quasi mis une alarme.

– Toi et lui vous... ? a-t-elle réussi à me demander avant mon départ.

– Nan, dis-je avec sincérité tout en souhaitant que ce soit un mensonge.

Je devrais lui parler. Ce serait un acte courageux. C'est certain, il pourrait me rejeter encore, mais au moins, j'aurais essayé. Et le pire qui puisse m'arriver après une autre nuit passée à pleurer, ce sont des yeux bouffis, pas vrai ?

Je doute que nous ayons une occasion de discuter ce soir. Je ne sais pas à quoi m'attendre, et je me sens nerveuse. Ava et Nate, aussi, s'il est toujours dans le complot, veulent que j'en rajoute au niveau des émotions. Ma tristesse et mon sentiment de perte ne sont jamais loin. Mais comment va réagir M. Durant ? Et si tout se passe affreusement mal, et que je ne fais qu'aggraver la situation ?

Mon téléphone me guide jusqu'à la maison. C'est à environ quinze minutes à la périphérie de Martinburg, dans une zone semi-rurale, là où les gens plus aisés vivent. Le téléphone m'indique de tourner à droite dans une allée de gravier bordée de grands arbres. Elle serpente à travers un couloir vert environ une minute, et puis…

Oh mon Dieu ! Je suis arrivée à Tara, la plantation de coton d'*Autant en emporte le vent*.

OK, le style est plus campagne que néoclassique, mais c'est *énorme*. Un étage, un placage de façade crème et blanc, une véranda couverte, des pignons et tout le toutim. L'allée se termine par un grand cercle de graviers et je me gare à côté de la Porsche noire qui tient compagnie à deux autres véhicules moins tape-à-l'œil. Je ne vois pas le pick-up de Nate. Je jette un coup d'œil au cadran, j'ai dix minutes d'avance. C'est bon. Je vais rester ici un moment.

Ou pas. La porte d'entrée s'ouvre et Ava me fait signe. D'accord. Profonde inspiration. En piste.

– Bienvenue, dit-elle quand je fais un pas à l'intérieur. Je m'appelle Ava, et je serai votre garde rapprochée pour ce soir.

– Ne l'écoute pas.

Un grand type aux cheveux blonds décolorés par le soleil, vêtu d'un polo, me sourit. Ce doit être le propriétaire de la Porsche. Il me sourit alors je suppose qu'il avait une assurance.

– Je suis Danny, dit-il en me serrant la main. Le Durant du milieu.

Son sourire est mortel et bien que sa chevelure soit claire et que ses yeux soient d'une nuance de bleu plus douce que ceux de Nate, je distingue une ressemblance. Le gène des pommettes était clairement déterminé à écraser tous les autres concurrents.

– Et nous sommes les plus jeunes à égalité.

Mince alors. Des jumeaux. Un garçon, Max, et une fille, Izzy.

Des cheveux auburn foncé, des yeux noisette, et ces sacrées pommettes encore, ces deux-là sont les plus beaux d'une fratrie extraordinairement réussie. Les membres de ma famille, même si c'est moi qui le dis, sont plutôt mignons. Mais ceux-là sont un cran au-dessus sur l'échelle de la beauté.

– Ava et moi sommes aux fourneaux, déclare Max. (Alors que je sors de mon aveuglement, je remarque en effet qu'il porte un tablier rayé.) Maman essaie de ne pas intervenir.

Izzy passe son bras sous le mien.

– Viens faire sa connaissance.

Je jette des coups d'œil furtifs à l'intérieur de la maison, tandis que nous passons d'un vestibule spacieux à une cuisine gigantesque. Elle est joliment décorée, dans des teintes douces, ce qui donne le sentiment d'une sobriété de bon goût. Quel contraste avec l'atelier de ma mère, désordonné, brillant et embrasé de toutes les couleurs de l'arc-en-ciel.

Bizarrement, la mère de Nate me rappelle la mienne. Âge semblable, belle, cheveux longs, sauf que ceux de Mrs. Durant sont du même blond que la chevelure de Danny. Contrairement à maman, elle ne paraît pas du tout détendue. Des rides d'inquiétude entourent sa bouche, et des cernes s'étirent sous ses yeux. Elle semble fine aussi, comme si elle ne se nourrissait pas convenablement.

– Oh, Shelby. (Elle enserre ma main dans les siennes.) Je suis *si* contente de vous rencontrer.

J'adresse un regard à Ava, qui fait un rapide mouvement de la tête. Non, la mère de Nate n'est pas au courant du plan. Logique. Elle a l'air assez stressée comme ça.

– Un verre ? me propose Danny. Je peux te préparer une margarita ? Ou bien nous avons du vin ?

Chacune de mes cellules meurt d'envie de descendre un pichet de margarita, mais je préfère garder les idées claires.

– Du vin, ce serait parfait.

– Gougères au fromage ? Izzy me tend un plateau.

Être le centre de l'attention, cela peut être sympa, sauf que je porte aussi le fardeau des attentes de tout le monde. J'ai la bouche sèche à cause de ma nervosité, et la gougère a du mal à passer.

Ce qui ne s'arrange pas quand Ava lâche avec impatience :

– Mais où est Nate ?

– Je vais lui téléphoner, suggère Danny avant de sortir de la cuisine.

Max s'occupe près de la gazinière, il remue, surveille. Il lève les yeux.

– C'est prêt, dit-il à Ava. On l'attend ?

– Non, ça m'a pris des plombes pour convaincre papa de dîner avec nous, réplique-t-elle, sourcils froncés. Nous commencerons sans lui.

Oh. D'accord. Il faut encore que je fasse la connaissance de M. Durant. Ignorant mon propre conseil, je prends une bonne gorgée de vin.

Escortée par Izzy et Mrs. Durant, je me retrouve assise à une grande table de salon, dressée d'une manière qui ferait pleurer Martha Stewart d'une joie envieuse.

Je dois me ressaisir, parce que le père de Nate entre dans la pièce. Chevelure foncée, parsemée de gris, mince et beau, le portrait craché de ses deux aînés.

– Vous devez être Shelby, dit-il. Mitchell Durant.

Lui aussi, il a l'air maigre et épuisé, la mâchoire serrée comme s'il luttait contre la douleur. Mais ses yeux bleus sont glacés comme un lac des Alpes. Je commence à comprendre un peu plus à quoi l'enfance de Nate a dû ressembler.

Je réponds en espérant qu'il ne remarque pas mes jambes en coton :

– Ravie de vous rencontrer, monsieur.

Il se tourne vers sa femme et Izzy.

– Il est dix-neuf heures passées, dit-il avec insistance.

– Désolée, papa.

Max entre en s'affairant avec une grosse casserole, les mains dans des gants de cuisine. Ava est sur ses talons, chargée de saladiers remplis de pommes de terre et de haricots verts.

Danny entre à son tour.

– Nate est en route, annonce-t-il. Il dit de commencer sans lui.

Je surprends un regard dur que lui lance Ava, mais Danny est occupé à verser du vin à tous les convives autour de la table. Sauf à son père, je remarque. Je suppose que c'est logique. Bien que, personnellement, je pense que le vin aide à lutter contre les maux.

Max finit de disposer les plats sur la table, il compte les cuillères de service, vérifie les condiments.

– C'est du poulet, accompagné de poireaux braisés et de fenouil, nous informe-t-il. Bon pour la santé à tout point de vue. Papa, tu es le chef de famille. À toi l'honneur.

C'est peut-être mon imagination, mais j'ai l'impression que Max n'a pas la même prudence face à son père que les autres. Il n'est pas irrespectueux, précisément, mais il ne choisit pas ses mots avec autant de soin.

– Les invités d'abord, Max, répond son père.

– Oups, désolée Shelby, s'excuse Max avec un sourire. Passe-moi ton assiette.

Mes oreilles doivent être entraînées à percevoir le bruit du pick-up, parce qu'apparemment je suis la seule à l'entendre. Les autres ne lèvent la tête que lorsque la porte d'entrée s'ouvre et se referme.

– C'est pas trop tôt, marmonne Ava.

Je n'ai pas conscience de retenir ma respiration jusqu'à ce que Nate apparaisse. Il paraît anormalement pâle et il a les traits tirés. J'espère qu'il n'a pas dû gérer de problèmes au domaine, pendant que je buvais du matcha au bord de la mer.

– Tes mains ? dit Max, sur le ton que reconnaîtrait toute personne ayant un petit frère.

– J'en ai toujours deux, riposte Nate, avec une pointe de lâche-moi les basques dans la voix.

Il s'assied, fait des signes de tête aux personnes autour de la table, mais ne me regarde quasiment pas.

– Pardon d'être en retard.

Puis le dîner est servi et on commence à manger. Danny est celui qui fait la conversation. Il raconte des anecdotes amusantes sur des gens riches de L.A., et encourage Max et Izzy à me mettre au courant de leurs sujets d'étude. Je suis à la fois impressionnée et intimidée. C'est une famille habituée aux hautes performances.

M. Durant parle très peu, à part pour demander à sa femme de lui faire passer les plats. Nate est pratiquement silencieux, et se contente de donner des réponses succinctes à deux ou trois questions posées par sa mère. Il ne m'adresse pas un seul regard. À un moment, je pense qu'Ava lui donne un coup de pied sous la table, parce qu'ils luttent brièvement du regard, jusqu'à ce qu'Ava secoue rapidement la tête avec impatience et qu'elle intervienne dans une anecdote de Danny à propos d'un gars qui avait peint sa voiture d'une couleur assortie à son chien.

Je remplis mes engagements en participant à la conversation. Il m'est facile de leur parler, ils sont drôles et gentils. Comme Nate dans ses bons jours.

Ensuite, j'entends M. Durant prononcer mon prénom. Soudain, j'ai des sueurs froides.

– Shelby, depuis quand votre exploitation fonctionne-t-elle ?

Je lui réponds :

– Hum, un peu plus de vingt-six ans.

– Et pourtant elle ne s'est pas agrandie. Était-ce un choix ?

Je pourrais me sentir insultée, car il implique que nous n'avons jamais été assez bons pour nous développer.

– Mon père voulait que nous soyons sélectifs. Il ne voulait pas que n'importe qui puisse être client.

Prenez ça, espèce de grossier personnage.

– Et je suppose que votre père est à la retraite aujourd'hui ?

Oh, *dingue*. Personne ne lui a dit ?

Je suis paralysée sur ma chaise, incapable de jeter un regard à Ava pour qu'elle me vienne en aide. Je n'ai pas de réponse.

Alors je bégaye :

– Je suis désolée. Mon père est mort.

Il s'immobilise complètement. La pièce se vide de tout son air, comme si nous l'avions aspiré dans nos poumons. Le silence est affreux comme lorsqu'on attend le verdict des jurés à un procès pour meurtre.

Puis avec une fureur glaçante, il ordonne :

– Sortez.

– Papa…, tente Danny.

Mitchell Durant se met lentement sur ses pieds et répète :

– *Dehors.* Tous. Je ne veux plus voir vos visages une seconde de plus.

– Mitchell, s'il te plaît. La mère de Nate fait une tentative.

Mais son époux s'embrase de colère.

– Comment osez-vous ? Il hausse le ton. Vous me prenez pour un *imbécile ?*

– OK, ça suffit.

Ava repousse sa chaise en arrière. Elle me fait signe ainsi qu'à ses frères et sœurs.

– Allez, on s'en va. Laissons ce débile tout seul.

Pendant que nous hésitons, elle attrape Izzy et Max par les épaules, car ils sont assis à proximité.

– Allez.

Danny me prend le bras bien plus doucement, et me conduit vers la sortie, Izzy, Max et Ava à deux pas derrière nous.

– Et maman ? J'entends Izzy demander.

Ava a l'intention de nous emmener d'un bon pas jusqu'à ce qui ressemble à une salle télé.

– Ah, pardon, me dit-elle, sa respiration rendue difficile par la colère. Tu n'aurais jamais dû supporter ces conneries.

– On aurait pu s'en douter, déclare Danny, l'air abattu. Papa étant qui il est.

Izzy paraît au bord des larmes. Je soupçonne que c'est sa manière de réagir à la colère.

Elle ouvre la bouche pour parler mais soudain on entend des cris. Nate et son père se donnent à fond. Plein volume. Tous les coups sont permis d'après ce qu'on entend.

– Hé, lâche Ava. Dan, allons-y. Mieux vaut intervenir avant que…

– *Nate !* Sa mère s'exclame, d'une voix rendue aiguë par l'angoisse.

Danny et Ava échangent un regard inquiet avant de partir en courant. Izzy, Max et moi sur leurs talons.

En contournant la porte du salon, nous apercevons M. Durant, les bras appuyés sur la table, respirant avec peine. Sa femme est agenouillée et tient tendrement dans ses mains la tête de son aîné, étendu sur le sol, inconscient.

Danny glisse sur ses genoux, à côté de son frère.

– Nate ! Mais qu'est-ce qui s'est passé ?

– Il s'est… évanoui, déclare sa mère, accablée.

Danny vérifie le pouls de Nate, lui tapote légèrement les joues.

– Allez, mon vieux, réveille-toi.

– J'appelle le Docteur Wilson. Ava a son téléphone. Il est plus près qu'une ambulance.

– Nate, allez.

Danny lui tapote les joues à nouveau. La peau de Nate rappelle la cire et il est recouvert d'un fin voile de sueur.

Izzy et Max m'encadrent et comme par télépathie, ils glissent chacun une main dans les miennes.

Et nous restons plantés là, à le regarder, impuissants.

Chapitre 28

Nate

J'essaie de me réveiller, mais j'ai l'impression de devoir sortir d'un tunnel sombre en rampant. J'entends quelqu'un dire mon prénom, très loin d'abord, puis plus près.

Enfin, j'arrive à ouvrir les yeux, et quand je parviens à faire la mise au point, je découvre que j'ai le regard levé sur Dan. Je sens le bois ciré sous mes mains, ce qui implique que je suis allongé par terre. Qu'est-ce qui se passe ?

– Tiens bon.

Les mains de Danny sont posées sur mes omoplates et me soutiennent pendant que je me redresse. Ma vision est un peu floue, et je ramène mes genoux vers moi pour poser ma tête entre les deux.

– Nate, tu vas bien ?

Danny ne m'a pas paru si inquiet pour moi depuis la fois où il m'a accidentellement frappé dans l'œil en jouant au baseball quand nous étions enfants. Puis il s'était encore plus inquiété de se faire gronder. Cette fois, on dirait que c'est pour de vrai.

Ma peau est humide et fraîche. On dirait que je transpire.

Je demande à Dan :

– Qu'est-ce qui s'est passé ?

– Tu t'es évanoui, répond-il.

Je le dévisage :

– *Évanoui ?*

Il sourit.

– Que ta virilité en ait pris un coup, c'est ton inquiétude numéro un à l'instant ?

– Exactement.

– OK, alors, mec, t'es tombé dans les pommes. Tombé comme un arbre abattu, d'après maman.

Je n'en ai aucun souvenir. La dernière chose dont je me souvienne, c'est mon père qui se comportait mal avec...

Shelby. Elle est ici ?

Regarder autour de moi me donne le vertige, mais je la vois, debout entre les jumeaux, le visage pétri d'inquiétude. Je croise son regard, et j'y vois une demande. Si j'avais assez confiance pour me lever, j'irais vers elle et je la prendrais dans mes bras.

Mais je n'ai aucune chance d'essayer.

– Salut à tous.

Et maintenant c'est le Docteur Wilson qui colle son visage au mien.

– Mais Ava, à quelle vitesse as-tu roulé ? (J'entends Danny demander.)

Le Docteur Wilson pointe une de ces mini-lampes dans mes yeux, alors je ne saisis pas sa réponse.

Il m'entoure le bras d'un brassard.

– Vérifions ta tension.

– Je vais bien docteur.

Et c'est le cas. Je me sens bien mieux.

– Bon, voilà, mon garçon. En général, les hommes jeunes, en pleine forme, ne s'écroulent pas au sol comme des sacs de patates. Alors il faut que nous trouvions ce qui se passe.

Il me fait faire toute une flopée d'exercices du genre : « Suis mon doigt avec les yeux », il écoute mon cœur, il m'examine à la loupe un peu plus, puis il range sa mallette et se laisse tomber sur une des chaises du salon. Il me sourit, les yeux baissés, tandis que je suis toujours assis par terre, me sentant plus stupide qu'étourdi.

– Tu prends des repas réguliers, mon garçon ?

Je lui réponds avec précaution :

– La plupart du temps.

– Tu fais beaucoup d'exercice ?

– Il court des kilomètres, répond Ava, la moucharde. Debout tous les jours à l'aube. Il court la nuit aussi.

– J'ai couru *une fois* de nuit. Je lève mon majeur à son intention. Une fois.

– Tu as été stressé dernièrement ? Non, raye ça, déclare immédiatement le médecin. Tu es un Durant. S'il existe un type au-dessus du Type A, vous en êtes tous. Quand je fais un diagnostic pour l'un de vous, je dois prendre en compte ce que j'appelle le supplément Durant : tout est augmenté d'environ dix crans.

– Ray, quel est ton avis ?

Mon père. Aussi impatient que d'habitude.

– Je vais te faire faire des analyses de sang, déclare le Doc. Mais mon hypothèse est que tes taux de fer crèvent le plancher.

– De fer ? dis-je en voulant dire tout ce drame pour ça ?

Les autres présents dans la pièce ont la même réaction. Je peux sentir un courant d'air, alors qu'ils expirent tous en chœur.

– Je veux aussi te faire passer un électrocardiogramme, ajoute le médecin.

L'air est aspiré à nouveau.

– Ça pourrait être son cœur ? demande maman, dans tous ses états.

– Ginny, son cœur me semble aller très bien, répond le Doc d'un ton raisonnable. Mais dans mon domaine, nous préférons pécher par excès de prudence. L'état du garçon ne va pas empirer s'il fait un check-up complet. Ça lui ferait du bien de prendre un peu de repos, même s'il doit le passer dans une clinique.

Il prend appui sur ses genoux et se lève de sa chaise.

– Viens me voir demain matin, Nate, et je te prendrai entre deux. Écoute-moi bien... Il patiente jusqu'à ce que je lui accorde toute mon attention. Lève le pied les quelques prochains jours. Reste allongé sur le canapé. Regarde des mauvaises émissions à la télé. Va au lit tôt. Mange des bons petits plats et beaucoup.

– Nous veillerons sur lui, déclare Ava.

Je n'aime pas sa façon de sourire.

– Je vous raccompagne, Doc ?

Elle fait tourner les clés de la Porsche dans sa main. Danny les lui arrache.

– Je le reconduis chez lui, rectifie-t-il.

– Rabat-joie, marmonne Ava.

Une fois que Danny est parti avec le Doc, je décide de me mettre sur mes pieds. L'opération se passe bien, mais je chancelle un peu quand je suis à la verticale. Soudain, je suis encadré par Izzy et Max. Ils m'attrapent chacun par un bras.

– On va où ? demande Max. Lit ou canapé ?

– Vous n'allez pas me mettre au lit. Assez d'humiliation pour une seule journée.

– Oui môssieur. Canapé ce sera.

– Nate ?

Maman approche et tient mon visage dans le creux de sa main. Elle a l'air inquiet et épuisé. Il est possible que je n'aie pas l'air très vif non plus.

– Tu t'allonges et je t'apporte quelque chose à manger, dit-elle.

– Nous nous chargeons de ça, maman, déclare Izzy. Ne t'inquiète pas.

– Mais…

– Maman. Ava passe un bras autour des épaules de notre mère. Cool. Il va bien aller.

Ma mère fond en larmes et Ava l'attire contre elle, dans ses bras et lui caresse les cheveux en lui disant chut tout doucement.

Mon père, qui nous regardait de travers tout du long, s'éloigne d'un pas raide sans un mot. Ava fait un geste agacé à l'attention de son dos.

Puis je repère l'autre témoin silencieux de ce petit drame. Shelby. Elle se tient à l'écart, les mains serrées si fort que ses articulations blanchissent.

Ses grands yeux bleu-vert se bloquent sur les miens, et comme je suis piégé entre les jumeaux, je prends l'air le plus désolé possible. J'espère qu'elle sait que je ne m'excuse pas que pour cet instant, mais aussi pour ces derniers jours.

Les mains de Shelby couvrent sa bouche mais ensuite, miracle, elle m'envoie un baiser. J'ai la tête qui tourne, mais cette fois, c'est du pur soulagement. Je suis à deux doigts d'attirer l'attention des jumeaux sur elle, mais Izzy est déjà sur le coup.

– Shelby. Suis-nous. Nous allons installer Nate et ensuite… Je ne sais pas. Sortir le bourbon ?

– Le bourbon est thérapeutique ? s'enquiert Max, tandis que nous nous dirigeons vers la salle télé.

Je réponds :

– Aujourd'hui, oui. Même si je devrais certainement manger quelque chose.

Les jumeaux me conduisent au canapé et font mine de m'allonger.

Je résiste :

– Non. Assis, c'est parfait.

– Je vais chercher des provisions, dit Izzy. Je reviens dans une minute.

Shelby hésite près de la porte. Max donne l'impression qu'il va s'installer confortablement dans un fauteuil, jusqu'à ce qu'il pige que peut-être nous apprécierions de passer un instant en tête à tête.

– Je vais voir si maman et Ava vont bien, dit-il avant de quitter la pièce avec mon éternelle gratitude.

Je plonge mon regard dans les yeux de Shelby. Les mots se précipitent dans mon cerveau, mais aucun ne semble convenir. Heureusement, Shelby décide de ne pas trop réfléchir à la question. Elle se précipite, se glisse sur mes genoux et m'embrasse follement.

Je lui rends ses baisers avec toute l'énergie qu'il me reste. Ce qui n'est pas grand-chose à dire vrai, mais ça fera l'affaire pour le moment. C'est si bon de l'avoir dans mes bras, de sentir son odeur, la chaleur et la douceur de sa peau. Si je mourais à l'instant, je serais le mort le plus heureux de cette planète.

– Je suis désolé, je chuchote, quand nous reprenons notre respiration, et à cet instant précis, elle dit :

– Je t'aime.

Je ne suis pas certain d'avoir bien entendu. Ensuite, elle le répète et m'embrasse à nouveau, et je me dis que je suis bien mort et qu'il s'agit d'une sorte de paradis domestique avec des fauteuils et des tables d'appoint.

Elle cesse de m'embrasser et me donne un coup de poing dans le bras. C'est forcément la réalité. Son poing est sacrément costaud.

– Aïe.

– Pourquoi n'as-tu rien mangé ? me demande-t-elle. Il faut que tu prennes soin de toi !

– Je vais bien. J'avais tout le temps des taux de fer bas à l'époque où je courais. Le Docteur Wilson m'en injectait de fortes doses par piqûre dans le derrière, et le jour suivant, je pétais la forme.

– Dans le derrière.

– La fesse, je précise. Le muscle grand fessier, si tu veux des explications techniques.

Je suis tellement heureux de la tenir dans mes bras, je n'arrête pas de sourire. Shelby n'a pas fini d'être en colère contre moi.

– Tu m'as filé une trouille bleue, dit-elle d'un ton accusateur. Et tu m'as aussi prouvé que ma mère est une sorcière.

– Ta mère ?

– Elle l'a dit. Quand tu l'as vue hier, elle savait que tes taux de fer étaient bas.

– Hein ? Elle peut aussi voir des personnes mortes ?

Puis je me souviens, j'ai quelque chose de bien plus important à lui dire :

– Je t'aime aussi. Je ponctue ma phrase par un baiser. Et je suis désolé d'être un tel crétin.

– *Je* suis désolée. Je ne pensais pas du tout ce que j'ai dit.

– Je sais. Tu ne serais jamais méchante intentionnellement. (Je souris avec ironie.) Cela ne veut pas dire que ce n'était pas vrai, pourtant.

– Non, ne dis pas ça ! Elle a l'air aussi honteuse qu'agacée. Tu es le meilleur. Et ne discute pas.

Elle désamorce toute repartie en m'embrassant. Je n'ai aucune envie de discuter ce point-là.

– Hum hum.

Quelqu'un fait semblant de tousser à la porte. Shelby essaie de descendre de mes genoux, alors je la saisis par ses deux muscles grands fessiers et je l'empêche de partir.

– Euh, désolé de vous interrompre, s'excuse Max en agitant une bouteille. Mais nous avons du bourbon et des cookies. Et un sandwich au bœuf pour Nate.

Bon, je ne peux décemment pas faire sortir ma famille entière de cette pièce pour que Shelby et moi fassions l'amour sur le canapé. J'aimerais que ce soit le cas, mais ce n'est pas complètement réaliste. Je lui propose :

– Du Bourbon et des cookies ?

– Je dois rentrer à la maison, répond-elle, l'air désolé.

– Non ! Izzy arrive chargée d'un plateau. Reste ! Nous avons une chambre d'amis.

Shelby réussit à échapper à mon étreinte et à se lever.

– J'ai des animaux à nourrir, explique-t-elle.

– Personne d'autre ne peut le faire ?

Ava est là aussi. La pièce commence à devenir bondée. Shelby me lance un coup d'œil, elle hésite.

– Je suppose que je pourrais téléphoner à Cam… ?

Là tout de suite, l'allusion au membre du Commando ne met pas fin à mon effervescence. Je lui demande :

– Reste. Demande à Cam de garder les bestioles. Viens avec moi voir le médecin demain matin. Nous parlerons boulot en chemin.

Shelby regarde Ava pour avoir une ultime confirmation.

– Tu es certaine que cela ne dérange pas tes parents ?

– Maman serait aux anges, réplique Ava. Et franchement, qui en a quelque chose à faire de ce que pense papa ? Son comportement ce soir est impardonnable, et nous te devons des excuses.

– Oh, non… proteste Shelby. Non, je comprends pourquoi il s'est fâché.

– Les excuses valent aussi pour *notre* comportement.

Danny est de retour. Tous mes frères et sœurs dans une seule petite pièce. Je suis heureux qu'ils soient là. Il se pourrait même que je les aime, la bande de pénibles.

– Notre plan était stupide, poursuit Danny. Nous n'aurions jamais dû te demander d'y prendre part.

Je leur rappelle :

– C'était *mon* plan. Et oui… (Je tends la main vers celle de Shelby) Je suis désolé. Idée idiote. Échec spectaculaire.

Elle serre ma main.

– Ça valait le coup d'essayer, dit-elle en souriant.

– OK, *ça* c'est réglé. Max s'affale dans un canapé et ramasse la télécommande. Des demandes ?

Izzy pose son plateau et me tend un sandwich, garni de la moitié d'une vache on dirait. Puis elle me donne un verre qui contient une minuscule goutte de bourbon.

– L'alcool diminue ta glycémie, m'informe-t-elle. Il faut que tu sois prudent.

– Il faut *aussi* que je sois légèrement saoul, je lui réponds. Alors si tu n'y vois pas d'inconvénient… ?

– Tu es un patient encore pire que papa, fait-elle semblant de ronchonner. Mais elle remplit le verre jusqu'à un niveau plus acceptable.

Shelby est sortie pour appeler Montagne Man. Je parie qu'il n'a pas souvent de projets de soirée, alors il y a de grandes chances pour qu'il dise oui.

Shelby revient, sourire aux lèvres.

– Dylan sera ravi, déclare-t-elle.

– Qui est Dylan ? s'enquiert Ava, la fouineuse.

– Mon jars.

Shelby accepte l'invitation de mon bras tendu et se blottit à côté de moi sur le canapé. J'ajoute :

– C'est ma Némésis. Cet animal me déteste, bordel.

– Nate, surveille ton langage.

Maman est ici avec ce qui ressemble à un gâteau. Est-ce qu'elle vient d'en faire un ? Cela ne me surprendrait pas plus que ça.

Max est en train de zapper.

– *Die Hard !*, s'exclame-t-il. Génial !

– Pas question, proteste Ava. On les a vus à chaque Noël.

Maman, reconnaissant sa défaite, secoue la tête. Elle s'installe dans l'autre fauteuil confortable, Izzy est perchée sur l'accoudoir de celui de Max, et Danny et Ava ont tiré les énormes poufs. Le clan Durant n'a pas été entassé ainsi dans la salle télé depuis... eh bien le dernier Noël où nous étions tous réunis, probablement pour regarder *Die Hard*. Je ne veux pas compter combien d'années cela fait. Trop.

Il ne manque que papa. Je suis d'accord avec Ava à propos de son comportement de ce soir. S'il insiste pour nous repousser, alors laissons-le faire. Il peut mariner dans sa rancœur à l'étage, tout seul.

Ava a la télécommande maintenant. Max n'a jamais eu l'ombre d'une chance.

– Si tu choisis *La Légende de Seabiscuit*, je t'écrase le visage avec un coussin, menace Danny.

– Si c'était toi qui décidais, frérot, réplique Ava on serait devant *Fast and Furious*, n'importe lequel de ces nombreux films nullissimes.

Elle s'arrête sur *Ghostbusters*. Le préféré de la famille. Bon choix.

– J'adore ce film, confirme Shelby.

Elle a un cookie dans une main et un verre de bourbon dans l'autre. C'est la plus belle chose que j'aie jamais vue.

Je colle ma bouche sur son oreille et chuchote :

– Je t'aime. Avant d'ajouter : Ma chambre est à droite en haut des escaliers.

Elle se tourne vers moi et me lance un regard du type « Tu plaisantes ? ». Puis j'enfouis mon nez dans son cou et j'entends ses soupirs silencieux emplis de désir jusqu'à ce qu'elle soit gênée, et qu'elle s'écarte.

Je souris et je retourne à ma vache coincée entre deux tranches de pain de seigle. Cette soirée a été extrêmement bizarre et gênante. Pourtant, je suis plutôt sûr qu'elle est sur le point de *grandement* s'améliorer.

Chapitre 29

Shelby

Ava et Izzy m'ont dépannée avec un pyjama girly déterré au fond d'un tiroir, une serviette, une brosse à dents – « Inutilisée, nous le jurons » – et du dentifrice. Elles m'ont montré la chambre d'amis, qui possède une salle de bains attenante, je suis heureuse de l'apprendre. Dans ma famille, nous ne fermons jamais la porte de la salle de bains, mais nous nous connaissons très bien, et la nudité n'est pas un problème pour nous. Mais je ne connais pas du tout cette famille-là. Sauf Nate, bien sûr. *Lui,* je l'ai vu nu.

D'ailleurs, il veut que je vienne dans sa chambre un peu plus tard. Mais est-ce raisonnable ? Il a besoin de repos, pas d'activité physique. Et toute sa famille, que je connais à peine, dormira juste à côté. Et si on me surprend en train de marcher sur la pointe des pieds dans le couloir ? Et si je me perds et que je frappe à la mauvaise porte ? Qui peut bien aimer avoir une liaison, alors que c'est si stressant de se faufiler en douce ?

Je balance la montagne de coussins par terre, m'allonge sur le lit et fixe mon regard sur une peinture représentant un lévrier. Il est très élancé, ce qui me fait penser à Nate, nu, et à ses muscles si bien dessinés. Je me souviens du contact de mes mains sur son torse, elles descendent le long de ses tablettes et...

OK, on dirait bien que je vais me faufiler en douce dans ce couloir finalement. Une chance que je n'aie pas encore enfilé mon pyjama. Il est bleu avec des chevaux dessus. Devinez à qui il appartenait.

Je guette des signes de vie dans le couloir. C'est silencieux. Je retiens ma respiration, ouvre la porte et jette un bref coup d'œil. Personne. La chambre de Nate est par là. Tout le monde croise les doigts. Je bouge.

La première à droite. Mon cœur martèle ma poitrine. Je ne veux pas frapper... trop fort. Alors je tente d'ouvrir la porte. Ça marche. Si ce n'est pas la bonne, ce sera *sérieusement* gênant.

Dans la lumière tamisée d'une lampe de chevet, je distingue Nate assis sur le bord du lit. Il ouvre les bras et pour la deuxième fois en quelques heures, je m'assieds à califourchon sur lui, et plante ma bouche sur la sienne. Bon sang. Ce garçon sait vraiment embrasser. Entre deux baisers, je parviens à dire :

– Tu n'es pas censé trop t'agiter.

– Bien sûr.

Il répond mais il n'écoute pas. Ses yeux sont assombris par le désir, et ses mains soulèvent ma chemise. Je cède en essayant de faire croire à une certaine prudence et je l'aide à enlever ma chemise et mon soutien-gorge. Il fait passer son tee-shirt par-dessus tête et ensuite, je vois ses muscles. Je parie qu'il connaît le terme anatomique pour chacun d'eux. Il me donnera une leçon plus tard.

Là tout de suite, il faut que je sois dans l'instant. La bouche de Nate est sur mes seins et prête une attention particulière à chacun, jusqu'à ce que je ne puisse réprimer un bruit.

Il lève la tête et m'embrasse, mais sa tactique ne réussit qu'à demi. Je suis folle de désir, ni raisonnable ni prudente.

– Chut, murmure-t-il. C'est vrai, Shel, cette maison est vieille et les murs sont fins.

Je chuchote :

– Qui dort à côté ?

– Max. Jeune et impressionnable. Et ses hormones sont déchaînées. Il a sûrement collé un verre contre le mur, et il presse son oreille dessus.

Voilà qui me fait de l'effet. Il se pourrait que je croise Max au petit déjeuner. Je ne veux pas que mon imagination fasse des heures sup pendant que je verse du lait sur mes Captain Crunch.

– OK, je promets d'être silencieuse. Peux-tu retourner à ce que tu faisais ?

– Non, répond-il en souriant. Je veux faire ça maintenant…

Il détache ma ceinture, déboutonne mon jeans. Je portais le moins usé, celui qui n'a que quelques petits trous. Je me redresse pour qu'il le fasse glisser jusqu'à la moitié de mes cuisses et alors il glisse deux doigts dans ma culotte et s'applique sur une autre partie sensible de mon anatomie.

Je fais mon possible pour rester silencieuse. C'est quasiment impossible, mais je me mords la lèvre et me concentre sur ma respiration. Chacune de mes terminaisons nerveuses le réclame, et même s'il est doué, je meurs d'envie de l'avoir profondément en moi, ici, maintenant.

– Oh, marmonne-t-il, tu mouilles tellement. Et je bande si fort...

Ça suffit. Je descends du lit et retire mes vêtements en une demi-seconde. Puis je viens sur lui et commence à défaire sa ceinture, tout en admirant ses magnifiques abdominaux se contracter alors qu'il respire vite.

– Attends, dit-il, tandis que je commence à lui ôter son jeans. En meilleur état que le mien, soit dit en passant.

Il se lève et me fait doucement reculer.

– Un homme doit retirer lui-même son pantalon, m'informe-t-il.

D'un geste rapide, il fait tomber pantalon et boxeur sur le sol et dégage ses pieds. Nate nu. À nouveau. Il ne mentait pas sur le fait qu'il bandait.

Je vais m'agenouiller, mais il me rattrape.

– Je veux sentir ta peau sur la mienne, dit-il.

Il me dépose sur le lit. Nous sommes agenouillés, face à face. Il m'attire tout contre lui, une main saisit mes fesses, l'autre se pose sur mon dos, et il m'embrasse si profondément que j'ai l'impression d'une fusion.

Son érection se presse en moi, et je me pousse contre elle. Je meurs d'envie de connecter cette partie de moi qui veut qu'on la touche. La main chaude de Nate me caresse les fesses, la cuisse, et se glisse ensuite entre nous. La connexion est établie et je suis sur le point de jouir. Ma tête s'incline en arrière et impossible pour moi de rester silencieuse.

Il me soulève doucement la tête et m'embrasse, d'abord, ma lèvre inférieure, puis ma lèvre supérieure, et sa langue explore la mienne, et le rythme de ses baisers s'accorde avec le contact de sa main, et je pars. L'orgasme se déploie lentement, puis il me traverse de part en part comme un magma, embrasant chaque cellule sur son passage, jusqu'à ce qu'il jaillisse par le sommet de mon crâne. Quasi certaine que Max n'aura pas besoin d'un verre pour entendre celui-là.

Quand je reviens à moi, je suis agrippée aux épaules de Nate comme un aigle sur son roc. Et il rit doucement.

– J'espère que Max connaît le coup de la chaussette, dit-il.

Je proteste :

– Ça, ce n'est pas romantique. Je ne veux pas penser à ton petit frère en train de faire… ça.

– Mieux vaut te le faire oublier alors, propose Nate et il m'embrasse avec force cette fois.

J'avance la main vers son sexe tendu, et je me rends compte qu'il a mis à profit ma visite au septième ciel pour enfiler un préservatif. C'est tellement génial un amoureux organisé.

– Tu es d'accord ?

Il s'allonge sur le dos pour que je vienne sur lui. Je suis tout à fait d'accord.

– Il faut que tu gardes de l'énergie, dis-je en souriant. Heureuse de rendre service.

Je me baisse, lentement et me délecte des sons qui s'échappent de sa bouche. Je commence à bouger, et maintenant c'est à son tour de découvrir à quel point il est difficile de rester silencieux. Pauvre Max. Avec un peu de chance, il a des boules Quies.

C'est une super position. Je peux passer les mains sur ses abdos et son torse, et il peut caresser mes seins, à mon grand plaisir. Je peux aussi donner le rythme, à mon plus grand plaisir aussi.

Sa respiration se fait irrégulière et ses mains enserrent mes hanches – je parie que nous aurons tous les deux des ecchymoses aux doigts demain –, et il s'efforce de s'enfoncer en moi plus fort, plus profond. Il est plus faible que d'habitude, alors je joue avec lui d'une manière certes cruelle mais jouissive, je maintiens un rythme lent et régulier.

– Non, Shel, grogne-t-il. Aie pitié.

Si j'étais plus grande, et que je savais marcher en talons aiguilles, sans me tordre une cheville, je ferais une dominatrice plutôt douée.

Avec la colère du perdant, Nate décide bien sûr de riposter. Une de ses mains posées sur ma hanche se faufile entre nous, et maintenant c'est moi qui suis à sa merci. C'est moi qui veux que le rythme s'accélère, mais il ne le fait pas, le monstre. Si j'arrivais à ouvrir les yeux, je suis certaine que je le verrais en train de se moquer de moi.

Il m'emmène jusqu'au bout du plaisir en synchronisant parfaitement son toucher avec chaque coup de hanche contrôlé, magnifique, et pour être honnête, je n'en ai plus rien à faire que Max nous espionne.

Là, lorsque je suis sur le point de jouir, il saisit mes deux hanches, soulève ses fesses du lit et vient en moi plus fort, plus profond, plus vite, jusqu'à ce que je sente sa chaleur et la mienne, et que nous explosions ensemble en un million de points lumineux.

Je refais surface en premier ; je suis à moitié allongée sur lui. Il a passé un bras sur son visage. Il sent que je remue, il le soulève, cligne des paupières. Son regard bleuté est dans le vague, sonné.

– C'est la deuxième fois ce soir que je reprends connaissance, murmure-t-il. Cet épisode-là était nettement plus agréable.

Je culpabilise tout à coup. Il a besoin de repos, et je ne l'ai pas laissé dormir du tout. Je me cale sur un coude pour le dévisager.

– Tu te sens bien ?

Il m'adresse un sourire perplexe.

– Nous venons de faire l'amour de façon hallucinante et tu me demandes si je me sens bien ?

Je comprends ce qu'il veut dire, mais...

– Le docteur a dit que tu devais y aller mollo. Nous avons été un peu... énergiques.

– Shel, il a aussi dit que je devais limiter le stress. Comme chacun de mes muscles est aussi détendu qu'une lavette essorée, je dirais que l'objectif est atteint.

Certes, mais il a tout de même besoin d'un repos prolongé. D'accord, c'est un peu tard peut-être, mais je décide d'être une soignante plus scrupuleuse.

Je dépose un rapide baiser sur son front :

– Je vais te laisser dormir maintenant.

Et je glisse hors du lit.

– Attends, non. Il me saisit le bras. Dors ici.

J'échappe à sa prise. Il est *vraiment* faible.

– Non, pas possible, mon cher. Il te faut un vrai sommeil. Pas des galipettes au petit matin.

À son expression, je m'aperçois que ma supposition était correcte. Je ramasse les vêtements éparpillés et je recouvre ma nudité. Nate me regarde, mi-amusé, mi-navré.

– Je t'aime, dit-il. Et je n'arrive pas à croire que nous venons de faire l'amour dans ma chambre d'enfant.

Je ne remarque le décor que maintenant.

– Tu avais une table de couture dans ta chambre d'enfant ?

– Ma mère a opéré quelques changements, précise-t-il avec un sourire ironique.

Je distingue aussi une montagne de coussins par terre. Nate suit mon regard.

– Oui, ça non plus je ne comprends pas très bien. Mais j'oserais dire que l'économie de certains pays dépend aujourd'hui des habitudes de ma mère en matière de coussins.

Décemment vêtue à nouveau, je me penche sur lui. Son odeur musquée, terriblement sexy, a pratiquement raison de ma détermination et à la place du long et profond baiser d'adieu que j'avais prévu, je dépose un rapide bisou sur sa joue.

– Lâche, déclare-t-il en visant juste.

– Je t'aime aussi. À demain matin.

Je passe rapidement la porte avant que les hormones du désir ne me fassent changer d'avis.

Le couloir est faiblement éclairé et je progresse discrètement jusqu'à la chambre d'ami en me sentant un peu comme ce Grec qui avait laissé derrière lui un fil dans le labyrinthe du Minotaure. Je dois passer devant l'escalier et tourner au coin et ensuite je serai presque…

Purée de pois ! C'est le sacrebleu de père de Nate ! Qu'est-ce qu'il fabrique debout à cette heure ?

– Vous êtes perdue ? Son ton paraît incroyablement doux, en comparaison de sa rage passée.

– Non, je viens de… prendre des nouvelles de Nate.

Pas brillant, je sais, mais les orgasmes ont annihilé toute ma matière grise.

Le père de Nate opine du chef. Il fait trop sombre pour déchiffrer son expression.

– Bonne nuit alors, Miss Armstrong, dit-il.

Mes genoux faiblissent un peu sous le coup du soulagement.

– Bonne nuit, monsieur.

Les bonnes manières de Nate sont contagieuses.

Nous nous croisons, mais alors que je n'ai avancé que de quelques centimètres pour être en sécurité, il se remet à parler :

– Miss Armstrong ?

Redoutant la suite, je me retourne.

– Quand votre père est-il décédé ?

Reviens, matière grise. J'ai *besoin* de toi.

– L'année dernière.

– Il était malade ?

– Un cancer.

Mes réponses brèves paraissent impolies à mes oreilles, mais le père de Nate ne s'en offense pas, à ce que je vois.

Un silence inquiétant, puis il lâche :

– Je suis désolé.

Je riposte sans réfléchir :

– Oh, mon Dieu. Tout comme moi. Chaque jour.

Maintenant que j'ai commencé à parler, je suis incapable de m'arrêter :

– Parfois, j'oublie qu'il n'est plus là. J'attrape mon téléphone pour lui dire un truc, puis je me souviens. J'ai l'impression de le voir aussi, tout le temps. Une nuque entraperçue, ou alors j'entends un rire qui ressemble au sien, et je m'attends à le voir, comme si tout n'était qu'une énorme erreur. C'est tellement cruel, ça, parce que quand on réalise qu'on s'est trompé, le chagrin vous met par terre. Parfois, je dois me mettre en boule en attendant que ça passe. C'est affreux, et j'ai l'impression que ça n'a pas de fin. On pense que le temps estompe tout ça, mais ça revient en hurlant et ça vous ôte jusqu'au moindre souffle comme…

Le père de Nate fait un geste, peut-être d'impatience, peut-être pas, mais c'est suffisant pour m'arrêter au milieu de mes divagations.

– Désolée.

Il a cette réponse surprenante :

– Ne le soyez pas.

Il lève la main, il tapote le mur une seule fois.

– Dormez bien, Miss Armstrong.

– Vous aussi, monsieur, je bredouille avant de me précipiter vers la porte de la chambre d'ami, que je referme rapidement derrière moi.

Le pyjama aux chevaux est là où je l'ai laissé, sur le lit. Je l'enfile, et me faufile entre des draps de coton frais et *repassés* (qui repasse ses draps ?). De la belle qualité. Agréable.

Je m'attends à m'appesantir sur cette rencontre bizarre avec le père de Nate, mais mon corps a d'autres projets et m'envoie dans un sommeil si profond que j'en perds la force de rêver.

Chapitre 30

Nate

Je me réveille avec la sensation qu'il faut que je me souvienne de quelque chose d'important.

Oh, ça y est. Je dois rendre visite au Doc ce matin, à cause de mon évanouissement tout féminin.

Oh, *oui* Shelby et moi ! Nous sommes de nouveau ensemble et c'est absolument torride. En fait, je l'aime. J'ai tellement de chance.

Ah. Oui. Max...

Désolé petit frère, mais on ne pouvait pas s'en empêcher. Tu comprendras quand tu seras plus grand.

Incroyable étant donné l'heure de la matinée, la salle de bains est libre. J'ai peut-être chantonné sous la douche. Mon esprit est légèrement confus encore, mais une injection de fer arrangera tout ça. Quant à l'électrocardiogramme, le Doc se montre prudent, c'est tout. Pas de problème.

Je pourrais affronter le nœud coulant d'un bourreau et je serais toujours joyeux. La fille de mes rêves m'aime. Le soleil brille, et si un merle bleu de dessin animé se posait sur le rebord de ma fenêtre à cet instant, ce serait tout à fait naturel.

Je descends au petit trot et me retrouve dans une cuisine bondée. Izzy fait des pancakes. Max a son casque hi-tech sur les oreilles, mais il le repousse sur une des deux lorsqu'il m'aperçoit. Oh-oh. Et voilà…

– Comment tu te sens ? demande-t-il. Aucune trace d'accusation, ni (si moi j'avais été à sa place) de dégoût.

Ma mère intervient :

– Tu as bien dormi, mon cœur ?

Je lance un regard à Max, mais il garde un air innocent, qui aiguise ma méfiance. Je sens une menace potentielle de chantage.

– Comme une bûche. (Ce qui est la vérité, ces dernières heures, tout du moins.)

– Le Docteur Wilson a appelé, m'informe Ava. Il a dit neuf heures précises à sa clinique. Il faut que tu manges avant.

– C'est pour ça que je fais aussi cuire du bacon, déclare Izzy. (Précision inutile, étant donné que je l'ai senti à mi-chemin de l'escalier.) Ce n'est pas de la viande rouge, plutôt rose mais…

– À toi l'honneur, me dit Danny avec un soupçon de ressentiment.

Je prends une chaise autour de la grande table en bois. Il manque deux personnes. Papa, pas surprenant. Et Shelby. Je me demande si elle est encore…

– Salut, Shelby, s'exclame Max.

Je me retourne pour l'accueillir avec un sourire juste à temps pour la voir rougir. Le visage de Max est toujours totalement innocent. Dis donc, il a pris le pli pour la dissimulation à la Durant.

– Bonjour, tout le monde, dit-elle en se glissant rapidement sur la chaise à côté de moi. Je sens sa main chercher la mienne ; je la prends et la serre fort.

– J'espère que tu aimes les pancakes, lui dit Izzy.

– Quel genre de tordu n'aime pas les pancakes ? répond Shelby.

– Notre père, répond Ava immédiatement. Mais comme il n'est pas là, il n'a pas droit de vote.

Shelby rougit à nouveau. Je ne vois pas pourquoi... Parce qu'elle a implicitement sous-entendu que notre père était tordu ? Elle devrait savoir que personne à cette table n'est en désaccord avec ça.

Izzy pose une assiette devant moi, sur laquelle se dresse une tour de pancakes entourée de murailles de bacon.

– Tu as des projets pour mon foie ? je lui demande. Me gaver pour pouvoir manger du *foie gras** de Nate ?

– J'espère que tu n'en as *jamais* mangé en France, réplique Izzy avec des frissons. C'est *sadique*. Pauvre oie.

Je tends la main vers le sirop au lieu de répondre. Ma sœur ne devra jamais apprendre que je considère le *foie gras* saisi comme l'un des mets les plus délicats au monde.

Shelby me donne un petit coup de coude.

– C'est pour ça que Dylan ne t'aime pas. Les oies sentent ces choses-là.

Comment, elle, elle sait, voilà la question. Je dois perdre mon impassibilité. Max me l'a peut-être volée ?

– Tu vas vraiment manger tout ça ? Danny fusille du regard ma tour de pancakes.

– Yep. (Je meurs de faim. Inutile de deviner pourquoi.)

– T'énerve pas, le rassure Ava : Izzy est une machine à pancakes. Ensuite elle s'adresse à Shelby : Tes frères se disputaient la nourriture ? Dan et Nate mesuraient leurs parts avec une règle.

Ma mère rit, et nous nous retournons tous pour la regarder. Cela fait si longtemps qu'elle n'avait même pas souri.

– C'est pour ça que j'ai acheté des emporte-pièce, explique-t-elle. Pour éviter les disputes.

– Du coup, Dan comptait les pépites de chocolat par cookie, je leur fais remarquer. Je pense qu'il a même gardé la feuille de score.

Dan a sa propre tour de pancakes, alors ça ne le dérange pas qu'on le taquine.

– Dit le type qui pleurnichait quand on me donnait plus de bonbons à Halloween, réplique-t-il.

– C'est toi qui avais toujours le plus de bonbons à Halloween, se plaint Izzy. Tu étais un vendeur tout mielleux déjà à cette époque.

– *Mielleux* ? répète Dan. Je te ferais savoir que mes clients me confieraient même leurs enfants. Qui ont, soyons honnêtes, beaucoup moins de valeur à leurs yeux que leurs voitures de collection.

Max raconte à Shelby :

– Pour un Halloween, Danny nous a déguisés Izzy et moi en Ewoks, et il a pris la moitié de nos bonbons à titre de commission pour nous avoir rendus si mignons.

Je précise pour Shelby :

– Au cas où tu te le demanderais, Halloween était le seul moment de l'année où papa ne surveillait pas notre consommation de sucre.

– Oui, parce qu'il savait que ce serait *Sa majesté des mouches* chez lui s'il le faisait, déclare Ava. Papa a l'instinct de survie. Du moins il l'avait à cette époque.

– Vous allez arrêter ça, les enfants. Le ton de ma mère est calme, mais sévère. On vous a élevés dans le respect d'autrui, surtout si les opinions d'autrui diffèrent des vôtres. Votre père ne fait pas exception à cette règle.

La mine rebelle, Ava réprime une repartie intelligente, parce qu'elle sait que maman a raison. Nous le savons tous. Nous insultons papa en partie parce qu'il nous déçoit mais essentiellement parce que nous sommes terrifiés par ce qui pourrait lui arriver. C'est peut-être un dur à cuire, mais il nous aime et nous l'aimons. Nous ne voulons pas le perdre.

– Désolé, maman. Je parle en notre nom à tous.

Izzy nous tend la dernière assiette de pancakes et s'affale sur sa chaise.

– Ouf.

– Merci, Iz, tu es la meilleure, la félicite Dan, qui essaie sans complexe d'avoir du rab.

Mon assiette est nettoyée en un temps record. Je remarque que Shelby grignote à peine. Je ne peux pas lui demander pourquoi devant tout le monde.

– Je vois le docteur à neuf heures, je lui précise. Tu m'accompagnes toujours ?

– Bien sûr, répond-elle en esquissant un sourire.

Elle n'est pas dans son assiette, sans aucun doute. Ma bulle de bonheur commence à trembloter. Ai-je fait quelque chose de mal ? Je lui demanderai après la visite chez le médecin. Pas l'occasion avant. Nous prendrons deux voitures.

Après le petit déjeuner, je vais récupérer mes affaires dans ma chambre. Je croise Max et me sens obligé de lui demander :

– Tu as bien dormi ?

– Comme un bébé, répond-il.

Puis le petit chameau lève un sourcil.

– Tu ne me crois pas assez stupide pour avoir dormi dans ma chambre la nuit dernière ? Non, j'ai pioncé dans l'autre chambre d'ami. J'ai déjà une tonne de dossiers pour une future thérapie, ajoute-t-il en repartant d'un pas nonchalant. Pas besoin que la BO de ton film porno résonne dans ma tête.

Que puis-je dire ? Ce jeune homme ira loin.

De retour en bas, je retrouve Shelby à la porte d'entrée. Elle dit au revoir à toute l'équipe. Ils l'aiment bien, je le devine. J'en suis heureux, mais pour être honnête, s'ils ne l'acceptaient pas, je les laisserais tous tomber dans la seconde. Je l'aime. Je veux être à elle pour toujours.

Ma mère m'étreint comme si je partais à la guerre :

– Fais-moi savoir ce que Ray a dit. (Elle me serre les mains.)

– Envoie-nous un texto à tous, insiste Izzy.

Toute cette attention est un brin gênante. Sympa, mais gênante. Ce n'est pas comme si j'avais quelque chose de grave. Je ne suis pas papa.

Comme si je l'avais appelé par télépathie, il fait son apparition. Il a l'air… bien. Pas en colère. Du moins, je ne crois pas…

Le groupe s'écarte pour le laisser passer, et s'attend, je suppose, à ce qu'il veuille me parler.

Pourtant, c'est à Shelby qu'il offre sa main tendue.

– Au revoir, Miss Armstrong, dit mon père. J'ai apprécié votre franchise.

Une onde qui dit « C'est quoi cette histoire ? » résonne parmi les spectateurs. Nous sommes étonnés.

– Oh… !

Shelby l'est aussi, d'après ce que l'on entend. Elle se ressaisit et lui retourne sa poignée de main. Mon père écarquille rapidement les yeux sous l'effet de la surprise. Si mon père et moi n'étions pas brouillés, je l'aurais averti de la force de sa poigne.

– C'était un plaisir de faire votre connaissance, monsieur, dit-elle. Prenez soin de vous, maintenant.

J'ai l'impression qu'Ava est à deux doigts de la crise cardiaque.

Mon père s'approche de moi et, surprise, il me prend dans ses bras. Rigide comme un robot certes, mais c'est une réelle étreinte.

– Avec Ray, tu es entre de bonnes mains, dit-il.

– Merci, papa.

– OK, Nate, on ferait mieux d'y aller.

Shelby prend la situation en main. Nos facultés sont altérées par le choc.

À hauteur des voitures, elle se dirige vers le Dodge, mais je l'en détourne :

– Tout va bien ?

Elle hésite, fixe ses bottes. Puis elle inspire profondément et me regarde dans les yeux :

– J'ai parlé à ton père hier soir.

– C'est ce que j'ai cru comprendre.

– Ça m'a rappelé à quel point c'était horrible de perdre le mien. À quel point c'est encore terrible. Et…

Elle incline à nouveau la tête. Je pose ma main doucement sous son menton et je le soulève. Ses grands yeux bleu-vert débordent de larmes.

– Si quelque chose t'arrivait, je ne le supporterais pas, dit-elle à toute vitesse. Je ne pourrais pas.

Je l'attire dans mes bras, embrasse ses cheveux.

– Ça n'arrivera pas. Je vais bien.

– Mais il veut te faire passer un électrocardiogramme, dit-elle presque en gémissant.

Je tente alors de la rassurer :

– Parce que c'est un bon médecin. S'il avait eu une réelle inquiétude pour mon cœur hier soir, il m'aurait envoyé à l'hôpital de Martinburg avant que tu aies le temps de dire « Satané ».

Shelby esquisse un sourire :

– Le docteur Wilson dit « Satané » ?

– Il est connu pour employer le mot « gredin » aussi à l'occasion.

Elle passe ses bras autour de mon cou et m'embrasse :

– Merci de me faire rire, dit-elle.

– C'est quand tu veux. Maintenant faut met' les bouts. Le Doc n'est pas clément avec les gens qui lambinent.

– Tu fais ça bien, dit-elle en souriant.

– Des années de pratique.

Le cabinet du docteur Wilson se trouve à la lisière de Martinburg. L'administrateur de sa clinique s'appelle Priscilla et elle est ronchonne. Mais elle s'épargne le plaisir de me recouvrir de goudron et de plumes parce que Shelby et moi arrivons à l'heure précise.

– Le Docteur va vous recevoir tout de suite, annonce Priscilla, l'air revêche.

Shelby m'embrasse rapidement :

– Je t'attendrai ici.

Pour être tout à fait honnête, j'étais un brin stressé à l'idée de voir le Doc. Les gens qui s'inquiètent pour vous ont tendance à vous inquiéter.

Mais ça va. Je vais bien. Le Doc me fait passer un mini-électrocardiogramme et j'ai le cœur d'un bœuf. Il me fait une prise de sang et m'explique que les résultats seront prêts cet après-midi. Je suppose que selon mon taux de fer, ce sera des cachets ou une aiguille dans les fesses. Moments marrants en perspective.

– Moins de stress, mon garçon. Avale trois repas honnêtes. Fais de l'exercice comme une personne raisonnable.

Je lui fais de multiples promesses, le remercie et sors dans la salle d'attente.

Shelby n'est pas là.

– Dehors. (Priscilla tend un pouce vers le parking.) Elle a eu un appel. Qui l'a un brin… chamboulée.

Si la lapidation redevenait un châtiment légal, Priscilla serait la première à faire la queue à la carrière pour se ravitailler en munitions.

En sortant, il me vient à l'esprit que je n'ai pas consulté mon téléphone depuis hier soir. Avant le dîner catastrophe et mon évanouissement.

Je le sors de ma poche, l'allume. Sept appels manqués : quatre de Javi, un de Ted, et deux de Ciara. Il y a des messages aussi, mais j'ai repéré Shelby près du Dodge. Elle est toujours au téléphone. Dès qu'elle me voit, elle lance quelques mots rapides à son interlocuteur et met fin à l'appel.

Elle vient vers moi à grands pas et parce que je ne m'y attends pas, je ne remarque pas d'emblée son air révolté et furieux.

– Qu'as-tu *fabriqué*, Nate ? m'accuse-t-elle. Sa voix, son corps tout entier tremble. Javi m'a appelée, poursuit-elle. Tu as loué une *machine à vendanger ?* Et un *pressoir ?*

Je ne l'ai jamais vue aussi en colère. Je ne pensais pas qu'elle en était capable.

– Shel...

Je tends la main vers elle. Mais elle lève les bras pour me tenir éloigné.

– Je ne peux pas te parler là tout de suite, dit-elle. Je ne veux même pas te voir.

Et elle rejoint le Dodge en courant, grimpe à l'intérieur et sort du parking en poussant le moteur au maximum.

Hélas. Comment vais-je rattraper *ça* ?

Chapitre 31

Shelby

Je dois me ranger au bord de la route, je suis un danger pour les autres automobilistes. Tantôt je frappe le volant à coups de poing, tantôt je l'inonde de larmes de colère. Le Dodge est costaud. Il peut supporter ça.

Comment Nate a-t-il *pu ?* Je hurle cette question dans ma tête et aussi à voix haute. Je la *crie.*

Bien d'autres l'accompagnent : Comment a-t-il pu faire ça à Javi ? Le mettre lui et toute son équipe, qui *dépend* de ce boulot, au chômage ? Comment a-t-il pu aller à l'encontre de tout ce que les Vins Flora Valley défendent ? De ce que mon père a dédié sa vie à bâtir ? Nous n'avons jamais remplacé des personnes par des machines sans âme. Nous n'avions jamais dit aux membres de notre communauté qu'ils n'ont pas d'importance à nos yeux, que nous nous en séparerions pour faire du profit.

Comment a-t-il pu garder ça pour lui ? Il aurait dû me consulter, c'était une décision *cruciale.* Il connaissait ma position à ce sujet. Il savait que je considérerais ça comme une trahison envers tout et tout le monde, que c'est important pour moi.

Comment a-t-il pu me dire qu'il *m'aimait* ? Comment a-t-il pu *faire l'amour* avec moi en sachant ce qu'il avait fait ?

Javi était tellement désespéré au téléphone. Il a découvert la location de la machine par hasard, en parlant à quelqu'un à la société de location. Il était furieux que Nate n'ait pas daigné l'en informer, *et* qu'il n'ait pas eu la politesse de prendre ses appels.

Javi était furieux contre *moi* aussi jusqu'à ce que je parvienne à le convaincre que je n'étais au courant de rien. Plaider l'ignorance n'a pas arrangé mon image, mais au moins, j'étais de son côté. J'ai fait la promesse rapide de gérer ça, parce que je suis déterminée à ce qu'aucune machine ne soit utilisée sous ma responsabilité. Pourtant, d'après ce que Javi a dit, les contrats de locations sont signés, et irrévocables. Impossible de les résilier.

Je ne sais pas quoi faire. Je ne sais pas comment arranger ça.

Mon téléphone bipe. Ciara : « Tu vas bien ? Keskil fout ton mec ? »

Mon mec ? Fini. Plus après ça.

Je lui réponds : « T oqp ? Besoin d'aide »

Elle renvoie immédiatement : « Pause à 10h. Viens à hôtel. »

Je fouille le Dodge à la recherche de mouchoirs. Il y a un foulard, en batik, probablement à ma mère. Ça fera l'affaire. Mon reflet dans le rétroviseur est à des lieux de ce qui est acceptable chez Bartons, mais je pense que Ted comprendra. Certaine qu'il sait tout maintenant, lui aussi.

Pas envie de ternir l'image du parking, alors je laisse le Dodge dans la rue principale. En fermant la portière, je suis submergée par une vague de désespoir. Mon père était si fier quand il a fait peindre le logo de l'exploitation sur le camion. Il a fait des tours dans Verity, pour que tout le monde le voie. Je ne veux même pas *imaginer* comment il aurait pris cette nouvelle. Ou ce qu'il aurait pensé de moi d'avoir permis ça.

Ciara m'attend dans le hall d'entrée de chez Bartons. La Chinoise glamour est à son poste à la réception. Elle me fait un signe de tête lorsque Ciara me prend le bras et me conduit jusqu'au comptoir.

– Il est prêt à vous recevoir, dit-elle.

Ciara me fait plonger dans l'espace sacré : le bureau de Ted, tout à fait fidèle à l'image que je m'en faisais, velours vert et tout.

– Shelby, ma chérie.

Je m'attends à ce que Ted me fasse deux bises mais il me prend dans ses bras. Complètement humiliée, je commence à sangloter contre son torse. Torse enveloppé d'une magnifique chemise sur mesure, hors de prix.

– Là, là.

Ted me tient dans ses bras, et je ne sais pas si son parfum contient des huiles essentielles apaisantes ou si c'est juste son naturel imperturbable, mais je parviens à me ressaisir avant que sa chemise ne soit totalement trempée. J'articule un « Désolée ».

Il se contente de sourire et de sortir un mouchoir en coton blanc immaculé. Que je prends avec reconnaissance, sachant que je peux le tremper autant que je veux, parce qu'il ne s'attend pas à le revoir un jour. Mon hypothèse est qu'un groupe de femmes vivant dans un village reculé d'Asie les coud à la main spécialement pour lui.

– Suis-moi.

Ted me conduit vers un magnifique fauteuil en velours vert, dans lequel je m'affale. Ciara s'installe avec beaucoup plus d'élégance dans un autre, alors que Ted reste debout.

– Un thé, un café ou un shot d'alcool fort ? propose-t-il.

Je réponds :

– Tentant. Mais il vaut mieux que je prenne un café.

Il lance un bref mot derrière la porte, puis tire une chaise en bois qui ressemble à une antiquité. Pas la camelote vendue par l'antiquaire d'une petite ville, le genre d'objet de famille listé sur une police d'assurance.

Il va droit au but :

– J'ai donné sa journée à Javi. En temps normal, c'est un modèle de retenue, mais ce matin je craignais qu'il ne balance son poing à travers un mur de l'hôtel.

– Qu'est-ce qui se passe, Shelby ? intervient Ciara. Nate souffre d'une sorte d'hémorragie cérébrale ?

Je secoue la tête. Ses actes se situent au-delà de ma compréhension.

– Tu n'étais au courant de rien, vraiment ? ajoute-t-elle.

Je la fusille du regard :

– Bien sûr que non !

Elle lève les mains dans un geste de capitulation :

– OK, OK. Alors quoi ? Il ne t'a rien dit ?

Ciara a vraiment le truc pour appuyer là où ça fait mal. Ça doit venir de son entraînement aux arts martiaux.

Elle a raison. Il n'y a aucun moyen pour que je ressorte de ça indemne. Soit je me suis montrée bêtement ignorante, soit j'ai autorisé qu'on m'ignore sciemment. Étant censée être expérimentée dans mon domaine, les deux sont impardonnables.

Un petit coup à la porte et Ted bondit sur ses pieds. La réceptionniste nous apporte un plateau. Du café dans une cafetière en argent. Des tasses et des soucoupes en porcelaine translucide.

– Merci Mei, dit Ted.

Mei dépose le plateau et soulève un sourcil parfait vers Ciara.

– Ta pause se termine dans huit minutes, dit-elle.

Ouille. Regard d'acier.

Bien sûr, Ciara lui renvoie le même immédiatement. Cela peut virer en une scène de *Faster Pussycat, Kill, Kill.*

– Je le rappellerai à Ciara, déclare Ted, avec sa propre main d'acier dans un gant de velours.

Mei se retire d'une démarche élégante. Ciara la contemple, un petit sourire satisfait aux lèvres.

– Vraiment, vous deux, ponctue Ted avec douceur, avant de se tourner vers un problème plus pressant : moi. Shelby, je dois avouer que je me sens un peu coupable.

– Toi ?

– Quand Nate est venu me voir l'autre jour, il a laissé entendre d'un point de vue général qu'il étudiait différentes options de management. Je lui ai donné une légère mise en garde, mais peut-être aurais-je dû me montrer plus vigoureux.

– Tu n'es pas responsable, dis-je.

Ciara l'accuse sans détour :

– Mais tu aurais pu y *faire allusion.* N'étais-tu pas officier dans l'armée ? N'as-tu pas songé à une attaque préventive ?

Je n'ai jamais eu de patron, mais je suis quasi certaine qu'on ne leur parle pas comme ça.

Néanmoins, Ted garde son calme même sous les tirs directs :

– Je n'avais pas conscience que ses projets allaient aussi loin, objecte-t-il. Mais, oui, tu as raison. Prudence n'est pas *toujours* mère de sûreté.

– Alors que faisons-nous ? (Ciara est une femme d'action.)

Ted intervient :

– J'ai conscience que les émotions sont à vif, mais si j'étais à la place de Nathan, j'aimerais avoir une chance de présenter *ma* version des faits.

– Comment pourrais-je lui pardonner ? Aucune raison n'excuse ce qu'il a fait !

– Alors il est coupable sans procès ?

Le ton de Ted reste neutre, mais son message est clair.

– Je ne veux pas lui parler, dis-je. Puis je suis gênée par la puérilité de mes mots.

C'est *ton* exploitation, Shelby, et la responsabilité t'en incombe. Grandis, et embrasse-la. Des personnes dépendent de toi.

– OK, je lui parlerai, dis-je avec un soupir. Je retourne au domaine. Je suppose qu'il y sera. En train de faire de la place pour ce *fichu* pressoir.

– Je ne sais pas, intervient Ciara en haussant les épaules. La machine à vendanger, je suis *entièrement* contre. Mais ce truc de foulage aux pieds, je trouve ça crado.

Ted se met lestement sur ses pieds.

– Le temps est écoulé, ma chère. L'appel du devoir.

Cette phrase s'adresse à chacune de nous. Aucun doute là-dessus.

Sous le regard noir de Mei, debout à la réception, Ciara rallonge sa pause de trente secondes pour me serrer dans ses bras.

– Un verre ce soir, au Silver Saddle. Je forcerai Jords à venir.

– Merci, dis-je.

Jusque-là, j'avais envisagé de passer la soirée recroquevillée dans mon lit, éloignant les chats par mes constantes pleurnicheries. Mais des verres et de la compagnie me feront du bien. Je me recroquevillerai et pleurnicherai plus tard.

En prenant l'allée du domaine, j'ai l'estomac tout retourné. L'adrénaline qui me parcourait, alimentée par la colère et l'affront, a cédé la place à une lourde appréhension et à un tourbillon d'émotions conflictuelles.

Je meurs d'envie de voir Nate, et je ne veux jamais le revoir. J'ai envie d'entendre sa version des faits, Ted a raison, et je ne lui pardonnerai jamais aussi longtemps que je vivrai. Je l'aime, et je déteste ce qu'il a fait. Je ne veux pas que ce soit la fin, et je ne vois pas comment nous pourrions nous réconcilier.

Le pick-up n'est pas là. Je ferme les yeux et les ouvre à nouveau, juste au cas où, mais la place est vide sur le gravier. Pas de Nate.

Incroyable ! Je me suis mise dans tous mes états ! Le moins qu'il puisse faire est d'être ici pour que je lui hurle dessus. Parce que je dois lui hurler dessus avant de l'écouter.

C'est atrocement calme. En général, quand quelqu'un se gare, le chien fait du bruit et Dylan fait encore plus de bruit. Ils sont peut-être fâchés contre moi parce que je ne les ai pas nourris ce matin. Mieux vaut le faire tout de suite avant qu'ils ne décident de me manger moi.

Mon téléphone bipe dans ma poche, et je sursaute. Nate ?

Non, mais presque. Ava. Elle envoie un texto du même genre que Ciara, bref et droit au but : « Keske t'as dit à notre père ? »

Je n'ai pas le temps pour ça. Si elle veut le savoir, elle n'a qu'à lui demander. C'est *son* père.

Je contourne la maison jusqu'à la porte de derrière, où se trouve la nourriture. Et tombe sur Cam.

– Les ai nourris, dit-il en interprétant correctement mes projets.

Soudain, j'ai du mal à parler :

– Merci.

Il examine mon visage bouffi par les larmes.

– Ça va ?

Et j'éclate en sanglots, ENCORE !

Cam, qui n'est pas du genre tactile, fait comme Ted et me prend dans ses bras. Contrairement à Ted, son tee-shirt a des trous et il sent la sciure mêlée à un soupçon de fumet de cochon. Il a le même effet apaisant. Cam a une solidité naturelle comme un séquoia musclé. Ma tête arrive à peine à son torse.

Je libère Cam de son devoir d'étreinte, et j'extrais le mouchoir de Ted (plus du tout immaculé) de ma poche.

– Pardon.

Les excuses semblent être le thème du jour. Tout comme l'humidité.

– J'ai su pour Javi, m'informe Cam.

Il n'a pas besoin d'expliciter. Non qu'il en ait eu l'intention, de toute façon.

– Je dois l'appeler. Je ne sais pas comment arranger la situation, mais…

– Iris, aussi.

Je râle :

– Oh. J'ai complètement oublié Iris !

Je repose mon front contre le sternum de Cam, juste pour me maintenir en équilibre. Il me tapote le dos avec hésitation.

Respire profondément, Shelby. Tu as traversé bien pire. Tu peux gérer ça.

Cam se contracte, un peu, et un instant plus tard, je comprends pourquoi. Des pneus crissent sur le gravier. Cela pourrait être n'importe qui. Mais je sais que non.

Le boss. Cam le sait aussi.

– Je dois lui faire face. (J'aurais souhaité le contraire. J'aurais souhaité que ce cauchemar cesse.)

Sans vergogne, je le supplie :

– Tu peux venir avec moi ?

On dirait que je viens de lui demander de courir nu dans la rue principale de Verity pour la bonne cause. C'est la dernière chose qu'il a envie de faire, mais c'est une bonne cause, alors il ne peut refuser.

– OK, soupire-t-il.

Nate sort de son camion. Nous aperçoit, se fige un instant. Referme la portière. Marche vers nous avec détermination.

– Tu peux me laisser m'expliquer ? me dit-il.

– Je vais... Euh... (Du pouce, Cam désigne un endroit plus loin.)

– J'apprécierais que vous restiez, lui dit Nate. Je vous dois des excuses.

Son ton est sérieux, son visage posé. Je sais que cela doit lui coûter.

Je leur propose :

– Vous venez dans la maison ? (Le bureau ne peut nous contenir à deux plus un Cam grandeur nature.)

– Merci. (À présent, je vois la lueur d'excuse dans son regard.)

– Je vais faire du café. On appréciera tous une surdose de caféine.

Chapitre 32

Nate

Quand je serai plus vieux, il se pourrait que je repense à tout cela et que je réalise que ce que je prenais pour le pire moment de ma vie était en fait du gâteau en comparaison de ce qui m'attendait. Non que je me souhaite un futur pourri ou autre, mais autrefois j'ai pensé qu'être abandonné par Camille était le pire événement de ma vie et le destin m'a prouvé le contraire.

Le spectacle de Shelby en colère contre moi, son regard haineux, voilà le pire moment de mon existence jusqu'ici. Je suis déterminé, mais ce choc m'a galvanisé comme rien d'autre, pas même le pistolet d'une finale de compétition.

Un peu plus tôt, j'ai dû prendre une minute pour calmer mon rythme cardiaque, mais ensuite j'ai agi. D'abord, j'ai appelé Javi, et il m'a fallu attendre qu'il arrête de m'insulter en espagnol. Je croyais que les Français avaient une grande inventivité en matière d'injures, mais même si je n'en ai compris qu'une poignée, je confirme que la collection espagnole remporte une victoire mondiale.

Quand j'en ai eu l'occasion, j'ai reconnu mon erreur. Je lui ai dit que j'annulais la location de la machine, et à moins qu'il n'ait plus envie de remettre un pied au domaine, que son équipe et lui seraient les bienvenus pour vendanger.

– Vous allez payer pour résilier le contrat de location, dit-il soupçonneux. Je croyais que le but était de faire des *économies* ?

– Eh bien, parfois, ce qui vous paraît être la bonne solution ne l'est pas, ai-je répondu. J'ai appris une leçon.

Un long silence a résonné à l'autre bout du fil. Puis il a dit :

– Vous voulez des fouleurs aussi ?

– Oui, ai-je confirmé en réprimant un soupir.

– Vous faites ce qu'il faut maintenant, m'a assuré Javi. C'est comme ça que ça doit être.

C'est très bien, ai-je pensé. Mais pour le mettre en application, je dois plonger l'exploitation dans le rouge. Je dois nous endetter. Et expliquer pourquoi à J. P.

Inutile de préciser que mon second appel a été pour l'homme en question. Ce fut long, et pénible. J. P. a certes un penchant sentimental pour Flora Valley et les Armstrong. Mais son instinct de tueur revient au premier plan quand ses investissements sont menacés.

– Je te croyais plus futé que ça, Nate, a-t-il dit.

– Je crois que ça sera payant. Le marché veut de l'authenticité, des marques qui ont de l'humanité, qui font du bien à la société. J'ai pris la décision de diminuer les coûts, parce que c'était une solution à court terme. Mais j'ai pris le risque de ruiner notre réputation sur le long terme, notre histoire unique. J'ai failli détruire le futur des Vins Flora Valley.

– Qu'en pense Shelby ? m'a-t-il demandé.

– Elle veut protéger l'esprit de Flora Valley. Elle ne soutenait pas ma décision initiale.

– Vous faites toujours équipe ? a-t-il insisté.

– Oui, ai-je menti. J'ai croisé les doigts et dit une prière pour en faire une vérité.

À nouveau, un long silence. Je suppose que lorsqu'on agit sans une mûre réflexion, le châtiment requis est de vous faire attendre, pour que vous sentiez l'épée du destin suspendue au-dessus de votre tête.

– Entendu, fais-moi savoir ce dont tu auras besoin, a conclu J. P.

J'ai un pied hors de prison. Le reste de ma personne ne sera libéré qu'une fois ma cause plaidée devant Shelby. L'épée était toujours suspendue au-dessus de moi, la lame aiguisée se balançait.

Je conduis jusqu'au domaine et je n'ai pas vraiment de plan.

Le Dodge est là, ce qui signifie qu'elle aussi. Je me gare, sors et mon cœur s'arrête quand je vois Shelby et Cam surgir de derrière la maison.

Shelby me dévisage avec prudence. Elle me déteste certainement toujours, mais c'est trop tard pour faire machine arrière.

– Tu peux me laisser m'expliquer ? dis-je, et cette phrase sonne si brutalement que je me filerais bien des claques.

Cam veut partir, mais je lui demande de rester. J'avais prévu de m'excuser auprès de lui pour mes manières désagréables, alors autant que j'en finisse avec ça aussi. D'une pierre deux coups.

Shelby croise mon regard, et ça me tue, cette froideur.

Par miracle, elle nous invite chez elle. J'ai l'impression d'avoir une dernière minute de sursis avant mon exécution. Ne rate pas cette partie, Nate. Pour de bon.

Shelby est près du plan de travail, bataillant avec le café, pendant que Cam et moi prenons place autour de la table. Nous laissons plusieurs chaises entre nous. Un silence gêné.

Tant pis, j'en ai assez de cette attente angoissante. Alors j'annonce :

– J'ai annulé la location de l'équipement. Les vendanges et le foulage se dérouleront comme d'habitude.

Shelby se retourne lentement et s'appuie contre le plan de travail. Elle n'a pas l'air transporté par la nouvelle, je dois dire.

– Pourquoi as-tu fait ça pour commencer ? Pourquoi faire une chose pareille ?

Oui, toujours en colère contre moi. Je m'explique :

– Parce que l'exploitation est sur la paille. J'ai obtenu une injection de cash à court terme par J. P., mais à la condition de vendre tout le stock du nouveau cru. Quand j'ai relancé nos clients réguliers, j'ai récolté zéro commande.

Je lève les bras en l'air.

– Alors, j'ai dû trouver une solution pour garder le domaine à flot. J. P. pense que tu es le père Noël, mais si tout part en cacahuète, il n'hésitera pas à démanteler cet endroit et à le vendre par lot. Je savais que tu n'apprécierais pas ma décision, mais elle nous faisait gagner du temps. Le temps pour moi de me concentrer sur la manière de vendre le vin que nous allons embouteiller.

J'avais haussé la voix, je sais, mais bon sang, je ne suis pas le méchant. J'ai commis une erreur de jugement, mais ça ne fait pas de moi Gozer le Destructeur de *SOS Fantômes* !

La cafetière siffle sur le feu. Elle ne m'approuve pas non plus.

Shelby reste plantée là, la cafetière à la main.

– Pourquoi as-tu promis à J. P. de le vendre alors que tu n'étais pas certain d'y arriver ? demande-t-elle.

– Parce que je voulais protéger l'exploitation. Empêcher J. P. de la revendre. (Je prends une profonde inspiration.) Je voulais la protéger pour toi.

Elle se mord la lèvre, signe qu'elle réfléchit. J'entends la lame de l'épée siffler plus près de ma tête.

– Tu aurais dû m'en parler, dit-elle.

Je confirme :

– Oui. J'aurais dû.

– Me faire confiance.

– Ça aussi.

Il me faut un moment pour saisir que Cam s'adresse à moi :

– Ça a dû être difficile de faire face.

– Oui. Le problème c'est que quand on veut quelque chose très fort, on ne prend pas toujours les meilleures décisions.

– Y a assez pour franchir le cap ? questionne-t-il.

– J'espère. J'ai mendié une autre avance à J. P. Il pense que ce cru va payer.

Shelby pose trois tasses de café et en fait glisser une vers Cam et moi. Elle prend une chaise en face de moi. Garde encore ses distances.

– Donc tu as demandé plus d'argent à J. P. en sachant que nos commandes étaient toujours aussi faibles ? me demande-t-elle.

– Oui. Je fais la grimace. J'ai eu une idée, mais tu ne vas sans doute pas l'aimer non plus.

– C'est une affaire conclue ? insiste-t-elle.

– Pas complètement...

Shelby s'adosse à sa chaise, me dévisage une bonne demi-minute. La lame de l'épée effleure le sommet de mon crâne.

Tout à coup, elle bondit sur ses pieds :

– Attendez-moi. Et elle se sauve par la porte.

Je reste seul avec Cam. Cela ne me dérange pas. C'est un type bien.

– Je vous dois des excuses. Pour mon attitude arrogante.

– Zaviez l'esprit occupé. (Je suppose que c'est sa manière de les accepter.)

Shelby est de retour. Debout à côté de ma chaise. Elle fait glisser des feuilles agrafées devant moi. Je reconnais ces papiers. C'est la liste de clients. Ou plus précisément la liste de nos ex-clients.

– Je voulais donner un coup de main, dit-elle. Alors j'ai piqué ça sur ton bureau et je les ai rappelés.

– Tu as fait quoi ? Mon cerveau est à plat.

Elle tapote la liste du doigt.

– Je les ai appelés. Tous ceux que tu as rayés à la règle. Et ils ont passé des commandes !

Il me faut un moment pour comprendre, parce que j'éprouve à la fois de la confusion et de la contradiction. Shelby a téléphoné aux clients que j'avais contactés, et ils lui ont dit oui à elle et pas à moi ? J'ai l'impression de compter pour du beurre. Qu'est-ce qu'elle a de plus que moi ?

Oh vraiment, Nate, abandonne cet esprit de compétition. C'est une super nouvelle.

– Tu es certaine ?

– Non, je suis une folle dingue en plein délire. Oui. J'en suis sûre. J'ai même inscrit les commandes dans le registre.

– Quel registre ?

– Le… oh… Son regard joyeux se charge de culpabilité. J'ai peut-être oublié de te le donner. Papa le gardait toujours à la maison, sur l'étagère avec les albums photo, parce qu'il disait que nos clients étaient comme des membres de la famille.

Cam fait remonter son pouce le long de son nez, je vois sa bouche remuer.

– Et ensuite je n'ai pas eu l'occasion de te le dire parce que nous étions brouillés, ajoute Shelby.

Oui. Logique. À part pour les albums photo, mais je laisse tomber ce point.

– Et nous ne sommes plus brouillés maintenant ? je lui demande.

Elle me fixe, l'air grave. Je crois que l'épée vient de me trancher le cuir chevelu.

– J'aurais dû te laisser t'expliquer ce matin. Et pas juste péter un plomb. Je suis désolée.

Et ce qui reste de mon énergie appauvrie en fer me déserte, je m'affale sur la table, la tête posée sur mes bras croisés.

– Nate ?

Shelby semble inquiète alors j'inspire profondément et je me redresse :

– Je vais bien, dis-je. Vraiment. Mais la journée a été *très* longue.

Bien entendu, mon téléphone choisit ce moment pour sonner. C'est Ava. Cela doit être important ; elle aurait envoyé un texto sinon.

– Oui ? (Je n'ai pas la force pour autre chose.)

– Papa est à l'hôpital…

Je bondis sur mes pieds :

– Non ? OK, je...

– Non, non, tais-toi ! Écoute ! m'ordonne Ava. Il accepte l'intervention ! Pour la greffe du truc IC !

Mon cerveau flotte et ce n'est pas entièrement dû à ma carence en minéraux essentiels. Je retombe sur ma chaise.

– Il est... Il a fait une autre attaque ?

– Non, il est venu de son plein gré ! (Ava est aussi étonnée que moi.) Apparemment, le Doc avait réservé une date d'opération il y a une éternité en espérant le convaincre entre-temps. Quand il a appelé papa pour le lui rappeler, il a supposé qu'il annulerait, mais papa a fait l'inverse !

– Mais pourquoi ? Pourquoi ce subit changement d'avis ?

– Je pense que tu devrais demander à ta petite amie, répond Ava. Faut que j'y aille. Papa vient de rentrer en salle d'op et nous l'attendons à l'hôpital jusqu'à ce que ce soit terminé, dans environ trois heures, si tu veux venir nous rejoindre.

Je ne sais plus où j'en suis. Je cligne des yeux devant l'écran de mon téléphone jusqu'à ce que je me rende compte que Cam et Shelby me scrutent, l'une ayant l'air bien plus angoissé que l'autre.

– Qu'as-tu dit à mon père hier soir ? Il a accepté de se faire opérer.

Son visage s'illumine :

– C'est fantastique ! Je n'ai pas dit grand-chose. Je lui ai raconté à quel point mon père me manquait...

Mon plan. Il a marché. Bon, ça fait *un* pari payant au moins.

Si seulement...

– Quelle équipe nous faisons. (Shelby me sourit.) Tu penses que ce sera plus simple à partir de maintenant ?

– Nous avons oublié le code, je lui rappelle. Celui censé nous arrêter quand nous déraillons.

– C'est vrai ! On a oublié de dire « cookie » !

– Cookie ? Le regard de Cam va de l'un à l'autre.

– J'aimerais bien un petit cookie d'ailleurs, déclare Shelby. Plus d'un, en fait.

– On pourrait en acheter en route, je lui propose. J'aimerais aller à l'hôpital pour être avec ma famille en attendant la fin de l'intervention. Tu viens avec moi ?

Shelby hésite.

– Je nourrirai les bêtes, propose Cam.

C'était un type bien jusque-là. Maintenant, je l'aime comme un frère.

Mon amour s'émousse un peu quand Shelby court le prendre dans ses bras.

– Je te dois *énormément*, dit-elle. Je te rapporte un cookie.

Je suis toujours assis et je songe à me lever quand Shelby me prend la main.

– Viens. Je conduis.

Et elle me tire de la chaise avec sa poigne puissante.

Je m'adresse à Cam en chemin vers la porte :

– Merci.

– Volontiers. Il se lève, commence à débarrasser les tasses.

Ce type est un prince. Je ne tolérerai pas un seul mot négatif contre lui.

Chapitre 33

Shelby

Je n'aime pas les hôpitaux. Mais j'avais oublié à quel point jusqu'à ce que j'entre dans celui-ci.

Nate me tient la main, et il remarque que je ralentis le pas. Il se tourne vers moi, le regard interrogateur, il me dévisage et parce qu'il est incroyable, il comprend instantanément ce qui se passe.

– Désolée, Shel, j'aurais dû y penser, dit-il et il m'attire contre lui. Tout va bien. Tu n'as pas à rester.

Je nous ai conduits ici avec le Dodge, parce qu'il était cuit et qu'il y avait eu assez de drames pour une seule journée sans en plus finir dans un fossé.

– Va voir un film, propose-t-il et il m'embrasse. Je t'appellerai quand papa sera sorti.

– Tu en es sûr ? Je n'aime pas te laisser seul.

– Tu as dû remarquer que j'ai un million de frères et sœurs. Je compte sur les doigts d'une seule main les fois où j'ai été seul.

L'odeur de cet endroit me déstabilise. La vue du personnel en blouse blanche. Ma poitrine se serre. J'ai du mal à respirer.

– Va-t'en, m'ordonne Nate gentiment.

Pas besoin de me le dire deux fois. Je me précipite dehors et j'aspire de l'air sans odeur de désinfectant ni de viande bouillie.

Il y a un petit jardin ici, avec du gazon bien tondu et des plates-bandes, ainsi que des bancs en bois, pour ceux qui ne sont pas sur des lits à roulettes. Je m'assieds et lève mon visage vers le soleil.

Puis je comprends que je suis une lâche intégrale. Shelby, tu viens de livrer l'homme que tu aimes à deux heures d'attente stressantes, pendant qu'on implante un appareil dans la poitrine de son père. Il t'abandonnerait, lui ? Bien sûr que non. Il ferait n'importe quoi pour toi, et tu le sais.

Je me penche et hume la senteur douce des roses plantées près de moi et je repasse à contrecœur par l'entrée principale.

Oh, seigneur. Respire, Shelby. Ce n'est qu'un hôpital, et même pas *l'*hôpital. C'était un grand, avec un service cancérologie. C'est juste un petit, ici, où les gens viennent se faire brûler des verrues et mettre des plâtres sur leurs bras cassés.

Pas de trace de Nate dans le hall, et je ne sais pas dans quel service se trouve son père. Je demande à la réceptionniste.

Elle me dévisage :

– Vous êtes de la famille ?

Je mens :

– Sa belle-fille.

Cela *Pourrait* être vrai. Un jour.

– Bien, la salle d'attente de la famille est au service cinq.

Elle me montre la direction, bien sûr un peu plus profond dans les entrailles de l'hôpital. Je repère un distributeur d'eau et je file me remplir un gobelet en carton. Pas pour boire. Pour m'éclabousser le visage si je sens que je m'évanouis.

J'essaierai de ne pas tomber dans les pommes. La famille de Nate en a certainement assez que les gens perdent connaissance.

Nate et moi n'avons pas beaucoup parlé pendant le trajet. Pas besoin. Nous nous sommes beaucoup souri, et par moments, nous nous sommes serré la main, parce que nous étions trop épuisés émotionnellement pour nous peloter.

Nous nous sommes dit « je t'aime » en sortant du Dodge à l'hôpital. Je l'aime tellement, j'ai l'impression que quelque chose me tire vers lui en ce moment même. Quand je pénétrerai dans la salle d'attente, même si elle est bondée, je ne verrai que lui.

Ou pas.

– Shelby !

Un chœur de Durant, qui se lèvent de leurs chaises pour m'accueillir. Ils sont tous là. Sauf le type en intervention. Et Nate.

– Nous pensions que tu nous retrouverais plus tard. Izzy me prend le bras, et me dirige vers une chaise entre Max et elle.

– Nate est avec Doc Wilson. Ava devine ma question tacite : Apparemment, son taux de fer était si bas, il se pourrait qu'on le reclasse dans une espèce différente.

– Le Doc lui fait une transfusion, précise Danny. Il revient bientôt.

– Une transfusion ?

– Apparemment, la science a avancé depuis la piqûre dans les fesses, poursuit Danny en souriant. Maintenant, ils vous plantent une perfusion.

Oh, ça continue. À cette allusion, je dois laisser tomber ma tête entre mes genoux. Bien sûr, tous les Durant se regroupent autour de moi. J'ai des mains sur mon dos et des murmures inquiets dans l'oreille.

– Je vais bien. (Je lève lentement la tête et j'essaie de prendre un air rassurant.) C'est juste... l'hôpital.

– Une bonne chose que tu aies manqué la description de l'intervention de papa, déclare Max. Nous étions tous un peu verts à la fin.

– Max, *en quoi* ça aide ? Izzy lui donne une tape sur le bras.

Son frère lui agrippe le bras de façon exagérée :

– Infirmière !

– Les enfants, s'il vous plaît, intervient Mrs. Durant. Faites en sorte de rester *tranquilles*.

Danny fouille sur une étagère où sont empilés un tas de vieux jeux de société.

– Pas de Monopoly, prévient Ava. Tranquille, tu te souviens ?

– Ah ha ! Son frère sort un paquet de cartes. Une partie de pêche, quelqu'un ?

– Oh, on *jouait* à ce jeu-là ! je m'exclame.

– Alors asseyez-vous en rond, propose Danny. Et que la grande bataille de la pêche commence.

Deux parties et Nate revient, un pansement sur le dos de la main gauche, que j'essaie de ne pas regarder.

– Ta copine rafle la mise, annonce Danny.

Nate fait décaler Izzy pour tirer une chaise à côté de la mienne. Il passe un bras autour de moi et m'embrasse la tempe.

– Ça va ? je lui demande.

– Je suis aligné en permanence sur le nord magnétique, réplique-t-il, mais oui, je me sens déjà mieux.

– Je te distribue tes cartes ? s'enquiert Danny.

– Non, merci. (Nate sourit.) Je vais m'asseoir ici et savourer le spectacle de votre défaite.

Nous jouons encore trois parties. Je gagne chacune d'elles. Je sens que Nate rit en silence près de moi. Les membres de sa famille s'amusent moins. Voilà une bande à l'esprit de compétition.

– Et si on jouait au Texas Hold 'em ?[1] Danny jette sa main perdante sur la table. Je suis pas trop mauvais à ce jeu.

Personne n'a l'occasion de répondre, parce qu'un médecin passe la porte.

– Mrs. Durant ? demande-t-elle.

La mère de Nate se précipite, le visage pétri d'angoisse. Nous nous levons tous et restons derrière elle comme des gardes du corps. Je glisse ma main dans celle de Nate et il la serre fort. Il est inquiet.

– L'intervention de votre époux s'est déroulée sans incident, déclare le médecin. Il est de retour dans le service, et il récupère. Nous le garderons en observation cette nuit, mais je n'anticipe pas de problèmes.

– Pouvons-nous le voir ? demande la mère de Nate.

– Il est endolori et étourdi, il a besoin de repos, répond la médecin. Je vous propose de revenir demain matin. Si tout va bien, vous pourrez le ramener chez vous dans l'après-midi.

– Nous voulons le voir, répète Ava.

La femme médecin la dévisage un instant, puis elle hoche la tête.

– Deux minutes, dit-elle. Suivez-moi.

– Tu veux rester ici ? murmure Nate à mon oreille.

---

1. Une variante du poker.

– Non, je réponds et je serre fermement sa main.

Je m'attarde néanmoins à l'arrière, pendant que la famille se réunit à son chevet. Mr Durant a le teint gris et fatigué, mais il parvient à sourire à sa famille, et il présente ses joues pour qu'on les embrasse plusieurs fois.

Il m'aperçoit et m'adresse un signe de tête. Je lui souris même si je suis sur le point de laisser s'échapper les cookies mangés en route.

Ensuite, merci, merci, nous partons. Air frais et liberté tant attendus.

Pendant que nous nous regroupons devant l'entrée principale, mon téléphone bipe. Je déchiffre le texto.

– Oh, zut. J'ai oublié que j'étais censée prendre un verre au Silver Saddle avec Jordan et Ciara.

– Des amies à toi, Shelby ? s'enquiert Danny d'un ton désinvolte.

– Vous pouvez tous venir, si vous voulez, j'ajoute à la hâte. (L'air frais m'est monté à la tête.)

– Le bar est à Verity. Nate s'efforce de limiter les dégâts. Très loin d'ici.

– C'est à trente minutes, max, rectifie Danny. Dix si Ava conduit.

– Allez-y les enfants, déclare la mère de Nate. Amusez-vous bien.

– Non, on ne peut pas te laisser toute seule. Izzy passe son bras sous celui de sa mère.

Les portes de l'hôpital s'ouvrent et le vieux médecin qui est venu chez Nate en surgit.

– Quel est le nom collectif pour désigner un groupe de Durant ? demande-t-il en arrivant à notre hauteur. La détermination ?

– Ray, que faites-vous ce soir ? demande la mère de Nate. Voulez-vous bien vous joindre à moi pour le dîner ? Ces jeunes gens doivent sortir... – elle sourit avec malice – et j'apprécierais bien volontiers la compagnie d'un adulte.

– Maman, c'est rude ! proteste Max.

– Avec grand plaisir, Ginny, approuve le Doc Wilson. Permettez-moi de vous escorter dans ma fidèle guimbarde.

J'entends Nate souffler :

– *OK* pour le Silver Saddle.

Il m'adresse un regard :

– Mieux vaut prévenir tes copines.

J'envoie déjà un texto à Ciara :

– Gars sexy en route ! (Mais Nate n'a pas besoin de voir celui-là.)

Danny a les clés de sa Porsche dans la main :

– J'y vais.

Il fait signe à Izzy et Max :

– Ava vous prend tous les deux dans la voiture de maman.

– Il veut être le premier à rencontrer les filles, déclare Max, l'air sombre.

– Ah c'est ça ? Ava a une lueur maléfique dans le regard. Alors, bouclez vos ceintures, les petits. Vous allez découvrir à quelle vitesse une vieille Toyota Landcruiser peut rouler.

Chapitre 34

Nate

Izzy vote pour monter avec Shelby et moi dans le Dodge. Elle dit que la conduite d'Ava lui donne envie de vomir.

À cinq minutes de Verity, nous tombons sur la preuve que les tactiques d'Ava n'incluent pas seulement de repousser les limites du Landcruiser. La Porsche de Danny est garée sur le bord de la route et, à quelques mètres, mon frère a une discussion fort gênante avec un officier de patrouille.

– Oups, lâche Shelby. Pas de bol.

– Je doute que la chance ait un quelconque rapport avec ça. Je vois l'intervention diabolique de ma sœur planer sur tout ça.

– Tu veux dire qu'elle l'a dénoncé aux flics ?

Quand Shelby connaîtra mieux Ava, elle ne posera plus ce genre de questions.

– Ava déteste perdre, précise Izzy inutilement. Et elle le punit pour s'être comporté en idiot sexiste, qui veut se vanter devant les femmes. Pareil pour Max.

– Qu'est-ce qu'elle va faire à ce pauvre Max ? demande Shelby.

– Pas de « pauvre Max », fais-je remarquer. Ce garçon est rusé comme un rat d'égout. Et je dis ça sans la moindre admiration.

– Je pense qu'Ava et Ciara vont s'entendre du tonnerre, déclare Shelby. Ou comme une explosion nucléaire plutôt.

Le Landcruiser est garé devant le Silver Saddle. Je le vois presque transpirer et haleter, comme un cheval du Pony Express après un galop à travers le pays.

C'est la première fois que je viens ici. C'est un bar typique de style Western, avec un jukebox, des tables de billard, et un paquet d'objets de collection sur le thème général des ploucs. Je n'ai aucune envie de dire ça à haute voix car le gars derrière le bar est un motard baraqué à l'air louche, avec des tatouages et des biceps protubérants. Il a probablement un deuxième boulot de videur.

Il sert Ava et rit de quelque chose qu'elle a dit.

– Wow, lâche Shelby. Brendan ne sourit pratiquement jamais, alors rire…

Mon penchant jaloux me donne un coup dans le rein.

– Tu es copine avec Hulk Hogan le catcheur là-bas ?

Shelby m'entoure la taille et me prend dans ses bras, alors qu'en fait je ne mérite qu'un coup de poing dans l'autre rein.

– Je connais Brendan depuis que je suis gamine. Il était chauffeur de camion et il a acheté le bar il y a environ douze ans. Elle baisse la voix : Jordan était amoureuse de Brendan pendant au moins tout ce temps. Malheureusement, elle a découvert qu'il avait une copine secrète.

– Dans sa cave ?

– Ha, ha. Non, à L. A. C'est une actrice.

Nous marchons vers une grande table, où Max, le petit filou, s'est installé en face de Ciara, qui ne paraît que faiblement intéressée, et juste à côté de Jordan, qui ne le lâche pas.

Sauf que je sais maintenant que c'est pour rendre le Barman Biker jaloux. Je conserve cette info pour plus tard, quand j'aurai besoin d'humilier Max un petit peu.

– Qu'est-il arrivé à ta main ? Rien n'échappe au regard de Ciara.

– Transfusion de fer, dis-je.

– S'il vous plaît. Plus de discussion médicale, implore Shelby avec un frisson.

– Et tu dois être la jumelle de Max, dit Ciara à Izzy. Je m'appelle Ciara, la meilleure amie de Shelby de toujours et pour toujours. Et voici Jordan, sa deuxième meilleure amie, après moi.

– Hein ? Jordan détourne son attention de Max. Son visage s'illumine lorsqu'elle remarque Izzy : Oh, wow, deux comme vous *!* Vous êtes si mignons.

Ava arrive, et nous tend nos verres. Une tournée de bourbon, du Ava tout craché ; trop impatiente pour prendre des commandes personnalisées. Elle pousse le plateau sur la table voisine, s'assied et lève son shot de Jack.

– À une journée sans drame, lance-t-elle, et nous trinquons.

– Où est votre autre frère ? demande Ciara.

– Oui, Ava, dis-je avec insistance. Que penses-tu qu'il est arrivé à Danny ?

– Le voilà ! s'exclame Izzy, assise face à la porte. Hum, il a l'air… fâché.

Nous nous retournons tous. Danny marche vers nous à grands pas, l'air orageux, attrape une chaise, se laisse tomber dessus. Puis il se penche sur la table et brandit son majeur juste sous le nez d'Ava.

Ava demeure impassible.

– C'est ta faute, déclare-t-elle. Tu as eu vingt-cinq ans pour t'habituer à moi. Je n'y peux rien si tu apprends lentement.

Ciara donne l'impression d'approuver pleinement les méthodes d'Ava. Shelby avait raison ; elles sont taillées dans la même étoffe. Mais le monde sera un endroit plus sûr si elles ne font pas équipe.

Heureusement, Ciara a reporté son attention sur Dan. Qui, à présent que l'orage s'est calmé, est capable de se ressaisir et de passer en mode charmant.

– Puis-je t'offrir un verre, autre frère ? demande Ciara.

– Permets-moi, répond-il avant de se lever. Qu'est-ce que tu prends ?

– Surprends-moi, poursuit-elle avec un regard susceptible de doubler instantanément le taux de testostérone de Dan.

– Je ferais mieux de l'aider, propose Shelby. Sinon il va attendre au moins une demi-heure. Brendan est allergique aux types BCBG.

– Brendan. (Jordan marmonne son prénom comme si elle lui jetait un sort.)

Max lui adresse un regard curieux et je souris intérieurement.

En l'absence de Dan, je deviens le centre d'intérêt de Ciara.

– Alors tu as été contraint de céder ? lance-t-elle en guise d'entrée en matière.

– J'ai commis une erreur. (Inutile de se mettre sur la défensive.) Ensuite, je l'ai réparée.

– Je suis si contente. (Jordan me fait un grand sourire.) J'adore fouler le raisin. C'est tellement… *physique.*

Vu l'emphase qu'elle met sur le dernier mot, Max avale son bourbon de travers.

– Vous devriez tous venir, suggère-t-elle. À la mi-septembre. C'est dans pas si longtemps.

– Nous serons retournés à la fac d'ici-là, répond Izzy, l'air sombre. Sinon, j'aurais adoré ça.

– Je serai là, intervient Ava. Elle me regarde : j'ai décidé de rester.

– Comment ça se fait ? (Je suis réellement surpris.)

– Tu ne me veux pas dans le coin ?

Elle affiche son sourire habituel, mais je la connais assez bien pour capter une onde de vulnérabilité.

– Rien ne me ferait plus plaisir, dis-je avec une absolue sincérité.

J'ai été séparé trop longtemps de ma famille. Maintenant, j'en ai au moins quelques-uns tout près. Peut-être Ava voudra-t-elle partager un appartement avec moi ? Non, je vais certainement trop loin.

Danny et Shelby sont de retour. Dan tend à Ciara un cocktail qui ressemble à un Manhattan.

– Il n'y avait pas beaucoup de choix, s'excuse-t-il.

– Une chance alors, c'est mon préféré, répond-elle avec un autre de ses regards.

Dan a la capacité des Durant à cacher son jeu, mais il est sur la réserve. Il a réalisé que les femmes les plus matérielles de L.A. n'arrivent pas à la cheville de Ciara, et qu'il serait avisé de procéder avec prudence. Il est temps d'agacer mon frère.

– Ava nous a annoncé qu'elle restait ici, dis-je. Tu penses faire de même ?

– Oh, tu restes, Ava !

Shelby semble contente. J'apprécie de voir ma sœur à deux doigts de rougir.

– Oui, dit-elle rapidement. Je... Tu vois... Maman et papa...

– Pareil, déclare Dan. On pense qu'on a des années à passer avec eux et puis... Il hausse les épaules : Je ne peux pas encore laisser mon affaire, mais je peux faire des projets.

– Ça veut dire que Max et moi serons les seuls à être à des kilomètres ? La lèvre inférieure d'Izzy tremble un peu.

– Seulement pour deux ans, la conforte Max. Oh, non, c'est vrai, tu fais un doctorat. Nate sera grand-père quand tu auras terminé.

Le biker du bar fait son apparition près de l'épaule de Shelby.

– Je vous sers quelque chose ?

Il s'adresse à notre tablée, mais il regarde Jordan. Qui se redresse et lève la tête, nez en l'air, comme une dame aisée de l'ère victorienne, qui se ferait accoster par un clodo.

– Une autre tournée, ce serait super, suggère Ava.

Brendan le Barman adresse un dernier regard à Jordan. Elle continue de l'ignorer.

– Bien sûr, dit-il brusquement avant de tourner les talons.

Nous observons tous Jordan qui le regarde du coin de l'œil.

– Qu'est-ce qui se passe entre eux ? murmure Max à l'oreille de Shelby.

– Rien, chuchote-t-elle. C'est ça le problème.

– Ah... Les espoirs de Max s'écroulent en même temps que ses épaules.

Je le réconforte :

– Souris, petit coco. Réfléchis. Tu vas retourner à tes violonistes en un rien de temps.

– Ce sont les violoncellistes qu'il faut repérer, dit-il avec un large sourire.

C'est tout Max. Incapable d'être longtemps déprimé.

– Quelqu'un d'autre meurt de faim ? demande Shelby. Les cookies ont fait leur effet il y a des heures.

– À mon tour de commander, déclare Izzy. Nate, c'est toi qui paies ?

– Moi ? Je proteste : C'est Dan qui est blindé.

– Pas après la petite contribution de ce soir aux caisses de l'État, riposte-t-il avec un regard revêche à Ava.

Je propose :

– Moitié-moitié ?

– Pourquoi pas, soupire Dan. Plus de boisson pour moi. J'apprends peut-être lentement, mais je sais très bien quand il ne faut pas pousser le bouchon.

Je passe mon bras autour des épaules de Shelby. J'ai poussé le bouchon jusqu'au point de rupture et je remercie la force qui a décidé que je méritais une seconde chance.

– Où en est ton énergie ? murmure Shelby au creux de mon oreille.

Oh, j'ai assez de ressources dans le réservoir pour plus tard. C'est une promesse.

Je sais que le désir diminue en intensité avec le temps, mais honnêtement, je ne me vois pas ne plus aimer partager mon lit avec Shelby. Chaque instant passé avec elle, chaque baiser, chaque contact est un instant de pure joie. C'est une personne gaie et sexy. Si l'amour est une folie, alors je suis cent pour cent dément.

Nous avons été les premiers à dire au revoir ce soir. Malgré le serment de Danny de ne pas boire, les autres avaient l'air de partir pour une bonne vieille beuverie. Je suppose que Brendan les jettera dehors, c'est littéralement possible, quand il voudra fermer.

Dylan nous a accueillis en criant comme d'habitude, mais j'ai bombé le torse et me suis confronté à cet oiseau comme un homme. Il se trouve qu'il a fourré sa tête dans ma main, et pour la première fois de ma vie, j'ai caressé un jars. J'ai décidé de renoncer au *foie gras* pour toujours. Nul besoin de tenter le diable outre mesure.

Pendant que je caressais ce cou emplumé, l'idée m'a traversé que je n'avais pratiquement pas pensé en français ces derniers jours. Et que ma honte et mes regrets concernant le temps passé là-bas avaient diminué. Tout ce que je ressens à présent, c'est un léger serrement de cœur.

Je ne cesserai pas de reconnaître ma part dans cette rupture : si vous ne vous souvenez pas de l'histoire, vous êtes condamné à la répéter. Mais je ne me flagellerai plus. J'ai la vie devant moi, et on épuise une précieuse énergie à s'appesantir sur ses erreurs et en plus, ça rend grincheux. Cela risque de rendre frileux aussi, et on gagne des récompenses bien plus importantes en se montrant courageux. Quand on met son cœur sur la balance.

– Où es-tu parti ?

Shelby me sourit. Après avoir chassé les chats du dessus-de-lit, nous avons fait l'amour lentement et intensément, savourant le contact et le goût de l'autre. Son orgasme a provoqué le mien, et il m'a effectivement transporté sur un autre plan. Un plan astral post-orgasmique. Un super endroit à visiter. Je le recommande.

Je réponds :

– Pas certain. Il y avait des nuages roses. Il se pourrait que j'aie vu une licorne.

– Oh, *cet* endroit-là, dit-elle. J'ai toujours envie d'acheter des guirlandes lumineuses quand je reviens de là-bas. Et des bougies qui sentent la vanille.

– Puis-je t'aimer plus ? dis-je.

C'est une question rhétorique.

– Je t'aime aussi. Tellement.

Elle embrasse le creux de ma clavicule, puis ma mâchoire, puis ma bouche. Les parties plus au sud commencent à bouger. Le désir peut s'attarder un peu plus longtemps. Je suis totalement d'accord.

– Mmm...

La main de Shelby a voyagé vers le sud et elle émet ce bourdonnement à nouveau. J'entretiens ce désir d'embrasser chacune de ses taches de rousseur, du sommet de la tête à ses orteils, mais cela va me prendre un long moment, et certaines choses me donnent l'impression d'être beaucoup plus urgentes. Heureusement que je me suis réapprovisionné à la pharmacie de l'hosto.

– Une envie en particulier ? je murmure.

Je suis si bien élevé, je mérite une médaille.

Ouah !

OK, d'accord, on fait *ça*...

Celles qui ont de grands yeux bleus paraissent toujours innocentes, n'est-ce pas ?

Tout ce que je peux dire c'est... j'ai de la chance.

Chapitre 35
Shelby

Nous ne sommes pas à court de volontaires pour le foulage, mais nous aurons besoin de chacun d'eux, parce que c'est un boulot difficile, et en plus ça gèle les pieds. Les raisins ont une température d'environ quatre degrés, et au bout d'un moment, on ne sent plus ses orteils. Mieux vaut que quelqu'un soit prêt à vous remplacer, pour les décongeler.

Pas à court de spectateurs non plus. Aujourd'hui, c'est la plus importante foule que les Vins Flora Valley ont attirée. Iris a installé un stand de nourriture, et le moindre centimètre carré à peu près plat est recouvert par des couvertures avec des gens en train de manger, de boire et de rire. L'air a cette douce fraîcheur automnale, mais le soleil brille et il n'y a pas de vent. La plupart des gens ont mis des tenues estivales pour en profiter.

Les cuves de foulage sont toutes alignées, et une grande rampe en bois passe devant pour que nous puissions nous y tenir. Cam l'a construite pour papa il y a quelques années. Il est là quelque part, parce qu'il m'a promis qu'il viendrait, mais je ne l'ai pas encore repéré.

Ce n'est pas mon tour de piétiner, mais j'ai vraiment envie d'y aller. Je cours dans tous les sens depuis les vendanges il y a dix jours. On a fait macérer les raisins dans un bain froid avant de les faire fermenter, et maintenant il est temps d'en extraire le moût, pour mettre le jus dans des fûts et commencer le vieillissement.

Mon premier cru a été embouteillé il y a trois semaines, et en totalité expédié à nos clients. J'ai créé un assemblage spécial pour Ted – l'idée brillante de Nate – et à en juger par la fréquentation croissante de notre site, et le nombre de nouvelles inscriptions à notre mailing list, il a été apprécié par la clientèle de Bartons. Cette forte demande implique que nous pourrions gonfler nos prix, mais je refuse de tirer profit de notre base de clients fidèles, et Nate est d'accord. Si nous achetons du raisin, je pourrai élaborer une plus grosse quantité de cet assemblage pour les riches clients de Ted, qui sont maintenant nos riches clients. Hourrah – comme on ne dit probablement pas en Angleterre.

Ted est ici lui aussi. Il a l'air de sortir de *Retour à Brideshead* avec son pantalon en lin, sa chemise et son chapeau de paille. Il ne participe jamais au foulage, surtout parce qu'il ne voudrait pas mourir en short. Une de ces femmes brillantes l'accompagne, dont j'ai oublié le prénom à l'instant où il me l'a présentée.

Ciara est venue avec ses parents. Son père a apporté assez de cannoli pour nourrir l'état entier, et il les a distribués à droite et à gauche avec son habituelle verve italienne.

Jordan est dans les cuves, elle piétine. Étant une fille d'extérieur, elle peut faire des sessions plus longues que n'importe lequel d'entre nous. Il se peut aussi qu'elle résiste au froid. Son short est très court, et son top a attiré une sacrée foule de jeunes gens, qu'elle ne voit même pas. Brendan n'assiste jamais au foulage, car il a un bar à tenir. C'est peut-être pour cela que Jordan est si enthousiaste. Elle va piétiner ce type jusqu'à le faire sortir de sa tête.

Le frère de Nate, Danny, est retourné à L.A., et Izzy et Max vers l'est, dans leurs facs respectives, mais ils menacent de rentrer à Noël.

Ava est ici ainsi que les parents de Nate. Son père a l'air d'un homme neuf, et il s'est mis à serrer les gens dans ses bras d'une manière qui surprend en permanence ceux qui le connaissent, et qui les inquiètent un peu aussi. La mère de Nate a rajeuni de dix ans, elle est radieuse. Elle bavarde avec ma mère et les deux ont l'air de bien s'entendre.

À côté d'eux se trouvent J. P. et son *incroyable* épouse, Petra. Nate avait essayé de me décrire sa beauté, mais les mots ne lui rendent pas justice. J'ai dû réprimer un rire quand elle a salué Nate, parce qu'il est devenu tout rouge et a perdu l'usage de la parole. Il m'a raconté qu'elle avait cet effet sur lui depuis sa puberté et que Danny était encore moins à l'aise que lui en sa présence.

– Vous ne vous désinfectez pas *du tout* les pieds ?

Ava est près de moi, un gobelet de vin à la main. Elle porte un short de running, et un top croisé dans le dos. Noirs, fidèle à elle-même.

– On les lave et on peut les vaporiser d'éthanol. Mais nous préférons ne pas utiliser de produits chimiques. Les agents pathogènes humains ne survivent pas dans le vin de toute façon, pourquoi s'embêter ?

Je lui donne un petit coup de coude.

– Tu vas essayer ?

– Peut-être. Elle scrute la foule. Où est le grand type ?

– Le grand type ?

– Le fabricant de fûts.

– Oh. (Je regarde autour de moi.) Quelque part. Cam n'aime pas la foule.

Je montre des arbres un peu plus loin :

– Essaie par là-bas.

– Merci, dit-elle avant de s'en aller.

Je n'ai pas le temps de m'en étonner parce que Javi m'appelle.

– Shelby ! Il me fait signe d'approcher. C'est à toi !

Le foulage m'appelle.

Près des cuves, j'enlève mes baskets, je lave et sèche mes pieds.

– Cuve numéro trois, lance Javi.

Je monte dedans et je sens le gargouillis froid bien connu. Ciara a raison, c'est un peu crado, mais crado marrant comme de faire des tartes de boue quand on est petit. Jordan est dans la cuve à côté de moi, elle continue. Elle m'adresse un sourire radieux. Ses pieds sont violets mais ce n'est pas de froid, juste le raisin. Jordan est robuste.

– OK. (J'entends Javi frapper des mains. Qui a passé son tour ?) OK… Toi. Oui, toi. Viens par ici.

Je me retourne pour voir qui a été désigné. C'est Nate. Évidemment.

– Je ne suis pas en short, proteste-t-il en riant.

– Ooh ! Jordan regarde aussi. Avant que j'aie pu l'arrêter, elle met ses mains en coupe autour de sa bouche et hurle : « À poil ! »

Soudain un chœur reprend : « À poil ! À poil ! À poil ! »

L'expression de Nate indique : « Oh, non, non » mais le chœur est impitoyable. Je vois Ciara scander avec jubilation.

Alors il lève les mains en geste de reddition et d'une main il retire son tee-shirt.

Sifflements et applaudissements. Normal. Mon homme a un corps incroyable, élancé, magnifique, des muscles bien dessinés. Je n'ai plus aussi froid aux pieds tout à coup, parce que je pense que ma température corporelle a augmenté de plusieurs degrés.

Nate secoue la tête parce qu'il sait maintenant qu'il doit se débarrasser de son jeans.

Et voilà ! La foule se déchaîne ! Nate tourne lentement sur lui-même, mains tendues, remerciant pour les applaudissements avec un sourire ironique.

Il jette un œil aux cuves et s'entretient avec Javi. Qui acquiesce et sourit.

– Bien sûr, approuve-t-il. Lance-toi.

Mon sublime Nate, vêtu uniquement de son Calvin, marche vers moi, encouragé par la foule.

– Y a de la place pour un de plus ? demande-t-il.

– Peu conventionnel. Mais autorisé. Pieds propres ?

Je suis désolée mais l'hygiène prend le dessus sur la romance quand c'est votre gagne-pain.

– Et maintenant ? dit-il en revenant.

Je lui prends la main :

– Allez saute là-dedans.

– Oh là là. Il grimace. La sensation est *funky*.

– Ne sois pas timide. Je lui ordonne : tu dois être ferme et rapide.

– Je préférerais entendre ça de ta bouche dans un contexte différent, marmonne-t-il, mais il se tient à la barre, et nous piétinons ensemble.

– Je pense que la partie qui se trouve au-dessous de mes tibias est morte, dit-il après un assez long moment. Tout est engourdi.

– C'est bon, on peut arrêter, dis-je, et il laisse échapper un soupir de soulagement.

Javi, toujours vigilant, nous rejoint comme une flèche.

– Vous avez fini les gars ? demande-t-il.

– Presque, répond Nate. Encore une petite chose.

Je le dévisage, perplexe, et je le suis encore plus quand il m'attire dans ses bras.

– Nous allons faire l'amour devant un million de personnes ?

– Non. (Il ne sourit pas. Il a l'air plutôt *nerveux,* même.)

– OK, alors…

– Tais-toi une seconde, dit-il. Je rassemble mon courage.

Je me tais.

– Shelby, dit-il. Veux-tu m'épouser ?

– …

Jordan est dans tous ses états. Elle hurle vers la foule :

– Hé, *tout le monde !* Nate vient de demander Shelby en mariage !

La foule se déchaîne une seconde fois.

– Tu as intérêt à dire oui (Nate a élevé la voix pour que je l'entende), ou ils vont nous manger tout crus.

– Oui. (C'est exactement ce que je dis et je le répète encore et encore :) Oui, oui, *oui.*

– Merci, déclare Nate et il m'embrasse fort.

Je vais devenir Mrs. Armstrong-Durant. Je suis la fille la plus chanceuse au *monde.*

L'amour est-il vraiment là où on l'attend ?
LE MERVEILLEUX PENDENTIF DE LAURA
KAREN SWAN
Un été sans toi
Nos baisers sous la neige
Après les succès de *Un été sans toi* et *Nos baisers sous la neige*,
Karen Swan revient avec un nouveau roman.
Emportée malgre elle dans un véritable tourbillon de mysteres et de romantisme,
Laura n'a d'autres choix que de sortir de sa zone de confort.
Disponibles en librairies et en version e-book
www.editions-prisma.com

Le nouveau roman de JENNY COLGAN
Et si cette petite librairie dans les Highlands écossais était le secret du bonheur et le chemin d'une nouvelle vie ?
Jenny COLGAN
La charmante librairie des jours heureux
Par l'autrice de la série à succès *Au bord de l'eau*
ENFIN DISPONIBLES EN LIBRAIRIES !
www.editions-prisma.com

Cultivez vos moments de bonheur !
Felicity Hayes-McCoy
La petite bibliothèque du bonheur
Felicity Hayes-McCoy
Le petit café du bonheur
Felicity Hayes-McCoy
Le petit jardin du bonheur
La prose délicate de Felicity Hayes McCoy nous embarque pour une virée enjouée au coeur de la campagne irlandaise. Au fil de ces trois romans, découvrez le village de Lissbeg et le quotidien de ses habitants hauts en couleurs pour des aventures pleines d'amour et d'amitié !
Disponibles en librairies et en e-book
www.editions-prisma.com

Entre orages et passion...
Deux héroïnes pleines d'ambition... Quels sacrifices devront-elles faire pour sauver leur rêve ?
C. J. ROBERTSON
UNE PREUVE D'AMOUR
LUCY DANIELS
Un été pour tout changer à Vert-Cottage
DISPONIBLES EN LIBRAIRIES ET EN E-BOOK
www.editions-prisma.com

Après Coup de foudre & Quiproquos,
une nouvelle comédie romantique drôle et légère :
Julia rencontrera-t-elle enfin le grand amour ?
Nouveau
Tamara Balliana
Diamant & Mauvais Karma
EDITIONS PRISMA
La journée de Julia avait commencé plutôt normalement : son amie Libby était ravie de lui confier ses enfants et Julia était prête à faire contre mauvaise fortune bon cœur pour aider son amie… Jusqu'à ce que le petit Kyle se blesse et finisse aux urgences, après avoir confié à Julia son « trésor » trouvé dans le bac à sable : un magnifique solitaire !
Très vite, les catastrophes commencent à s'enchaîner et Julia réalise que le pouvoir de nuisance de cette bague est proportionnel à la taille de son diamant. D'où vient cette bague et comment s'en débarrasser ? Qui est ce bel homme que Julia ne cesse de croiser ?
Par l'auteur de *Coup de foudre & Quiproquos.*
Coup de foudre & Quiproquos
DISPONIBLES EN LIBRAIRIES
ET EN VERSION EBOOK
EDITIONS PRISMA
www.editions-prisma.com

DEUX AVENTURES
ROMANESQUES ET HISTORIQUES
ROSALIE LOWIE
QUAND BRUISSENT LES AILES DES LIBELLULES
La Rose Blanche
Caroline von Krockow
EDITIONS PRISMA
Des secrets de famille.
Des femmes au destin singulier.
Une même envie de vérité.
Disponibles en librairie et en e-book

Responsable éditoriale : Ambre Rouvière
Assistante éditoriale : Adèle Jacquet
Correction : Nord Compo Multimédia
Composition : Nord Compo Multimédia
Conception graphique de la couverture : Nord Compo Multimédia
Illustration de couverture : © Shutterstock/alaver

ISBN : 978-2-8104-2925-7

Depuis 2009, Prisma Media met en place une politique d'achat éco-responsable. Ainsi, près de 100 % du papier de nos magazines est certifié PEFC (gestion durable des forêts). La fabrication des livres des Éditions Prisma s'inscrit également dans cette démarche.

Dépôt légal : juin 2020 – n° d'impression 96138
Achevé d'imprimer en France par l'Imprimerie Floch